Projekt Lalo
oder:
Derwisch Susanne

ANNELIE SCHLOBOHM

Projekt Lalo

oder:

Derwisch Susanne

Kriminalroman

Bibliografische Information der Deutschen Nationalbibliothek:
Die Deutsche Nationalbibliothek verzeichnet diese
Publikation in der Deutschen Nationalbibliografie; detaillierte
bibliografische Daten sind im Internet über
dnb.dnb.de abrufbar.

© 2023 Annelie Schlobohm
Satz, Umschlaggestaltung, Herstellung und Verlag:
BoD – Books on Demand, Norderstedt
ISBN: 978-3-7519-1671-4

1. Kapitel

1995

»Solch einen merkwürdigen ersten Arbeitstag habe ich noch nicht erlebt!«, sagte Brita. »Was ist hier bloß los? Keiner in der Agentur für Arbeit spricht mit uns. Unser Beratungszimmer im Amt ist gesperrt! Warum? Allgemeines Schweigen! Nun sitzen wir hier, drei Straßen weiter in einer kahlen Wohnung.«

Sie zog ihren hellblauen Sommermantel aus und legte ihn über einen der beiden Schreibtischstühle.

»Nicht mal ein Garderobenhaken, nur zwei Schreibtische mit Computern, die nicht ans Internet angeschlossen sind. Wir sollten doch eigentlich im Amt direkt arbeiten, damit die Langzeitarbeitslosen einen kurzen Weg haben, um zu unserer Beratung zu kommen.«

Susanne ging zum Fenster. »Immerhin sieht man ein paar Kastanienbäume. Ach Brita, es hat doch auch Vorteile, dass wir weit ab sind vom Schuss! Niemand sieht, wann wir kommen und gehen. Die Lalos finden uns hier schon auch, sie bekommen ja unsere Adresse von ihren Arbeitsvermittlern. Ich mache gleich mal einen Zettel ans Klingelschild mit ›Beratung‹ darauf. Zum Glück habe ich einen kleinen Schraubenzieher an meinem Taschenmesser. Bis gleich.«

Sie ging auf die Straße und dachte über ihre Kollegin Brita nach. Zwar arbeiteten sie für denselben Bildungsträger, waren sich aber vorher noch nie begegnet.

Zum Glück war Brita sympathisch.

Zwei Frauen gingen auf dem Fußweg an ihr vorüber. »Im Arbeitsamt soll etwas passiert sein«, sagte die eine.

»Hoffentlich hat nicht wieder ein Arbeitsloser einen Angestellten verprügelt wie neulich.«

»Das wäre mir völlig egal!«

Susanne seufzte. Sie hoffte, dass ihr verbale oder gar körperliche Gewalt von ihren Klienten erspart blieb,

Sie und ihre Kollegin waren als Sozialarbeiterinnen nicht direkt beim Amt angestellt, sondern wurden vom Europäischen Sozialfond bezahlt. Der förderte soziale Projekte, u. a. diese zusätzliche Beratungsstelle für Langzeitarbeitslose. Ihr eigentlicher Arbeitgeber war der Bildungsträger.

Susanne stieg wieder die Treppe hinauf in den 1. Stock.

»Das Telefon geht nicht«, berichtete Brita.

»Ich bin gespannt, wo unser Kollege sitzt, der Schuldnerberater. Er soll ja schon vor einer Woche angefangen haben.«

»Das wird sich alles finden.«

»Warum unser Chef wohl gesagt hat, unser neuer Wirkungsbereich sei eine Art Himmelfahrtskommando? Er wirkte recht nervös, als er sich verabschiedete«, meinte Susanne.

»Vielleicht befürchtet er, dass wir hier scheitern und es auf ihn zurückfällt?« Brita zuckte die Schultern.

Susanne setzte sich an ihren neuen Schreibtisch und schaute sich in dem großen Raum um.

»Es riecht ein bisschen nach Amtsschimmel, Frischluft könnte nicht schaden.« Brita ging zum Fenster und öffnete es. »Tatütata. Was ist dir lieber, Straßenlärm oder Mief?«

Susanne schaute aus dem Fenster.

»Wenigstens sind ein paar Bäume zu sehen.« Sie vermutete: »Unser Chef macht sich wohl Sorgen, weil wir hier nicht Fisch und nicht Fleisch sind. Wir haben keine Befugnisse, sollen aber erfolgreich Langzeitarbeitslose in Arbeit vermitteln. Verwirrend, dass wir im Amt sind, aber nicht vom Amt.«

Ihre Kollegin am gegenüberliegenden Schreibtisch lächelte.

»Lalos werden die hier genannt, so sieht amtlicher Humor aus. Ich bin gespannt, wen die Arbeitsvermittler wohl für uns einladen.«

»Die hoffnungsvollen Fälle eben.«

»Bzw. die hoffnungslosen! Die Arbeitsvermittler sind vom Fach, wenn die bei der Vermittlung scheitern, was sollen wir da noch machen?«

Der zuständige Abteilungsleiter im Arbeitsamt mit dem leicht zu merkenden Namen Tollkühn hatte ihnen vor einigen Tagen am Telefon erklärt, dass in diesem Jahr zusätzliche Anstrengungen unternommen werden sollten im Kampf gegen die Langzeitarbeitslosigkeit.

»Hoffentlich erwartet man nicht von uns, gegen die Langzeitarbeitslosen selbst zu kämpfen.«

»Nicht mit mir! Dafür habe ich zu viel Verständnis für die Lalos. Wer kann sich nicht vorstellen, dass man nach jahrelanger Arbeitslosigkeit die Hoffnung auf eine neue Arbeitsstelle verloren hat? Und wir wissen doch, dass die Arbeitslosenquote seit zwei Jahren über 10% ist.«

Als Sozialpädagoginnen sollten sie nun die Arbeits-vermittler unterstützen, die für so viele Arbeitslose zuständig waren, dass sie nicht genügend Zeit hatten für die mit erhöhtem Betreuungsbedarf. So hieß es im Amtsdeutsch.

»Also, auf in den Betreuungskampf!«, rief Brita.

»Spannend ist die Aufgabe jedenfalls! In meinem Alter

mit Mitte 30 nochmal ein berufliches Abenteuer! Ich bin bereit!« Susanne streckte eine Faust in die Luft.

Sie hoffte, dass Brita ihr diese Demonstration der Stärke abnahm. In Wirklichkeit hatte sie Angst vor diesem 1. Arbeitstag gehabt, wie sie sich überhaupt vor den meisten Tagen fürchtete. Sie wäre gern zuversichtlich und souverän, aber sie war es nicht.

Brita schloss das Fenster.

Susanne betrachtete ihre neue Kollegin. Sie war schlank, was Susanne mit leisem Neid registrierte. Ihr Kampf gegen die eigenen fünf Kilo Übergewicht war in eine Ruhephase getreten.

Brita trug ihre hellblonden Haare kurzgeschnitten, die blauen Augen schauten sich wachsam im Raum um.

»Hast du gehört, wie unser Chef leise zu sich selbst sagte: ›Frau Schlieker geblümt, Frau Betz gestreift‹, was sich auf deine Bluse bzw. mein T-Shirt bezog? Wir sehen uns wohl so ähnlich, das man uns verwechseln könnte.«

»Wenn man nicht genau hinschaut! Mein Blond ist viel dunkler, die Haare kinnkurz, meine Augen braun. Das sind natürlich nur Äußerlichkeiten, wie es wohl innen aussieht?«

»Hauptsache, wir verstehen uns gut«, sagte Brita.

»An mir soll's nicht liegen! Ich bin bisher mit meinen Kolleginnen und Kollegen gut zurechtgekommen. Probleme hatte ich höchstens mal mit einem Chef.«

»Mit mir kann man auch gut auskommen, finde ich.«

Der Nachmittag verging damit, dass sie sich über ihre Erfahrungen in ihrer bisherigen sozialpädagogischen Arbeit mit arbeitslosen Jugendlichen und Erwachsenen unterhielten.

»Einen Tag bevor ich meinen Job in einem Projekt antrat, las ich im Hamburger Abendblatt über einen

Jugendlichen, der in einem gestohlenen Auto erwischt wurde, ohne Führerschein und betrunken«, berichtete Susanne. »Genau den lernte ich dann kennen, und die anderen Jungerwachsenen waren ähnliche Kaliber. Einer hob mal einen Stuhl hoch und drohte, meinem Kopf zu zerschmettern. Man hatte uns verschwiegen, dass er unter einen schweren Psychose litt.«

»In der Sozialarbeit kann eben alles mögliche passieren! Für mich waren die Einsätze in den neuen Bundesländern, dem sogenannten wilden Osten, richtig spannend. Der ehemalige reale Sozialismus hautnah!«

»In Zwickau und Cottbus habe ich auch für verschiedene Bildungsträger Bewerbungstrainings gemacht. Wahnsinnig interessant und wahnsinnig anstrengend!«

»Schauen wir mal, welcher Wahnsinn uns hier erwartet!«

Die Türklingel schrillte.

Susanne ging zur Gegensprechanlage, drückte auf den Öffner und ließ einen kleinen dunkelhaariger Mann mit leichtem Untergewicht herein.

»Wissen Sie was, ich rege mich über gar nichts mehr auf!«, sagte er. »Mein Arbeitsvermittler hat mich zu Ihnen geschickt, aber warum? Ich hatte noch nie Arbeit, soll ich etwa in meinem Alter damit anfangen?«

»Ich bin Frau Schlieker, wie ist denn Ihr Name?« fragte Susanne.

»Georg Weber, 42 Jahre alt.«

»Willkommen in der Beratungsstelle, Herr Weber«, sagte Brita. »Wir nehmen am besten an meinem Schreibtisch Platz!«

»Wo soll ich denn sitzen?«

Susanne sagte: »Ich gebe Ihnen meinen Stuhl und setze mich auf die Fensterbank. Leider können wir Ihnen keinen Kaffee anbieten, Sie sind unser erster Gast überhaupt.«

»Wenigstens musste ich nicht warten, wie sonst immer im Arbeitsamt.«

Als sie saßen, fragte Brita: »In welchem Beruf würden Sie denn gern arbeiten? Haben Sie eine Ausbildung?«

»Ach, wissen Sie was, mein Arzt sagt, meine Gesundheit ist nicht die beste.«

»Sie sehen doch ziemlich stark aus, Herr Weber!«, meinte Susanne.

»Ich habe mal in einer Tankstelle als Aushilfe angefangen, nach zwei Tagen wurde ich krank«, berichtete er.

»Was fehlte Ihnen denn?«

»Das fällt unter das Arztgeheimnis.«

»Und als Sie sich wieder erholt hatten?«, fragte Brita.

»Da war schon jemand anders eingestellt.«

»Eine Enttäuschung für Sie?«

»Nee.«

»Und wo haben Sie sich danach beworben?«

»Dr. Müller sagt, mein Blutdruck ist nicht der beste.«

»Meiner auch nicht.« Susanne lächelte ihn freundlich an.

»Wissen Sie was, ich komme in ein paar Tagen wieder. Inzwischen frage ich mal herum, ob irgendwo etwas frei ist.«

»Gut. Und dann schreiben Sie Ihre Bewerbungen«, sagte Susanne erfreut. »Wissen Sie, wie man das macht?«

»Ich habe keine Schreibmaschine.«

»Ihre Bewerbungen können wir hier mit Ihnen zusammen am Computer erstellen«, beruhigte Brita ihn. »Haben Sie schon die Stellenanzeigen in der Zeitung gelesen?«

»Ich kann mir keine Zeitung leisten.«

»Im Wochenblatt? Das wird doch kostenlos verteilt.«

»Das schmeiß ich immer weg.«

»Hat Ihr Vermittler nichts in seinem Computer für Sie gefunden?«

»Er sagt, ich bin schwer vermittelbar.«

»Es ist vielleicht schwierig für Sie, Arbeit zu finden, aber nicht unmöglich!«, behauptete Susanne. »Kommen Sie doch bitte übermorgen wieder zu uns!«

»Da muss ich zum Arzt.«

»Dann über-übermorgen.«

»Wenn der Arzt sagt, mein Blutdruck ist einigermaßen in Ordnung, komme ich. Und jetzt muss ich los.«

Er stand auf und ging zur Tür. »Oder wollen Sie mich zwingen, noch hier zu bleiben?«

»Weder wollen wir Sie zwingen, noch können wir es«, beruhigte Susanne.

»Was ist denn eigentlich drüben im Amt los? Was will die Polizei da?«, fragte er im Gehen.

»Wir wissen es nicht.«

»Tja, und sowas nennt sich Beratung! ›Nix wissen‹ sollten Sie lieber auf Ihr Namensschild schreiben!«

»Diese Bemerkung finde ich ziemlich frech«, meinte Susanne.

»Tschüs.«

»Auf Wiedersehen.«

Als sich die Tür hinter ihm geschlossen hatte, sagte Susanne: »Unser erster Erfolg!«

Brita lachte. »Da bin ich nicht so sicher! Aber jetzt ist erstmal Mittagspause. Kommst du mit, etwas Essbares finden? Ich hätte Appetit auf eine Suppe.«

»Ach, ich bleibe lieber hier. Mein Butterbrot wird wohl

reichen bis zum Feierabend. Aber ein andermal gerne! Vielleicht haben wir später noch Zeit zum Fachsimpeln,«

»Gut. Dann bis später.«

Nachdem Brita den Raum verlassen hatte, aß Susanne ihr Vollkornbrot mit Kräuterquark.

Ihre neue Kollegin hatte etwas Unbeschwertes, fand sie, und sie traute ihr zu, auch in schwierigen Situationen die Nerven zu behalten.

Nach dem Essen führte sie im Nebenraum die rituelle Waschung vor dem Gebet durch, nahm ein Kopftuch aus der Tasche und band es um. Ihr Kompass zeigte ihr die Richtung Mekka an.

Sie legte ein mitgebrachtes Handtuch entsprechend auf den Teppichboden und begann ihr Mittagsgebet.

Das Gebet sprachen alle Muslime auf der Erde auf Arabisch, eine Sprache, die sie nicht verstand. Aber Susanne kannte die deutsche Bedeutung:

»Im Namen Gottes, des Gnädigen, des Barmherzigen.

Aller Preis gehört Gott, dem Herrn der Welten,

Dem Gnädigen, dem Barmherzigen,

Dem Meister des Gerichtstages.

Dir allein dienen wir, und zu Dir allein flehen wir um Hilfe.

Führe uns auf dem geraden Weg,

Den Weg derer, denen Du Gnade erwiesen hast, die nicht

Dein Missfallen erregt haben und die nicht irregegangen sind.«

So begann es.

Als sie fast fertig war mit den vier Gebetsteilen und der anschließenden Meditation, hörte sie einen Schlüssel in der Wohnungstür.

Brita blieb entgeistert stehen.

»Was machst du da?«, rief sie.

»Beten und meditieren«, murmelte Susanne. »Ich bin gleich fertig.«

Sie flüsterte noch ein letztes Mal das arabische Mantra, nahm ihr Kopftuch ab und legte das Handtuch zusammen.

»Seit 12 Jahren bin ich Muslimin und fühle mich am wohlsten, wenn ich täglich die fünf Ritualgebete beten kann«, erklärte sie. »Du staunst wohl?«

»Das ist gar kein Ausdruck!«

»Ich habe nicht damit gerechnet, dass du so schnell wieder da bist.«

»Wenn nun der Hausmeister hereingeplatzt wäre! Oder jemand anders vom Amt, der einen Schlüssel für unsere Tür hat! Du weißt doch, in welchem Ruf Muslime stehen: radikal und gefährlich!«

»Stimmt, nächstes Mal, wenn ich allein hier bin und bete, stecke ich den Schlüssel von innen ins Schloss. Ich kann ja nicht so schnell beweisen, dass ich einen friedlichen Islam vertrete.«

Brita schwieg.

»Bist du mit einem Moslem verheiratet?«, fragte sie nach einer Weile.

»Nein. Ich habe sowieso nur wenige Kontakte zu Muslimen und Musliminnen, die finden nämlich, ich als alleinstehende Frau gehöre nicht zu ihnen. Einer hat mal zu mir gesagt, für mich gibt es keinen Stuhl.«

»Er meinte wohl, keine Schublade!«, sagte Brita empört.

»Da hat er sogar recht: eine deutsche Muslimin, Single, ohne Kopftuch ist nicht gerade Mainstream Islam. Aber: Allahu akbar! Gott ist größer, bedeutet das.«

»Schreien das nicht immer die radikalen Gotteskrieger, wenn sie sich mit ihren Waffen ins Kampfgetümmel stürzen?«

»Das sind in meinen Augen keine guten Muslime, wenn sie Angriffskriege führen.«

»Fastest du etwa auch im Ramadan?«, fragte Brita.

»Ja, aber ich praktiziere Islam light, wie ich es nenne.«

»So wie Coca Cola light? Kalorienfrei und für ein leichtes Lebensgefühl, wie sie in der Werbung sagen?«

»Ja. Ohne Kopftuch z.B., außer beim Gebet.«

»Das muss ich alles erstmal verdauen. Ich brauche eine Pause.«

Sie verließ die Wohnung und kamm nach einer Viertelstunde mit zwei Becher Eis zurück.

»Ich wusste nicht, was du magst.

Aber Schokolade und Vanille geht ja immer.«

»Klar!«

»Mein Mann und ich sind Atheisten. Wir haben die DKP unterstützt, als es sie noch gab. Soziale Gerechtigkeit ist für uns Numero 1.«

»Gut, eine Muslimin und eine Atheistin im amtlichen Einsatz für Lalos!«

»Ob das gutgeht?«

»Warum nicht?« Susanne versuchte, zuversichtlich zu lächeln.

»Na ja, wir machen es uns morgen hier erstmal gemütlich. Zu Hause habe ich noch eine intakte Kaffeemaschine im Keller. Die bringe ich mit. Dann gibt es Kaffee für uns und die Lalos.«

»Den Kaffee kaufe ich. Bald kommt der Herbst, da können wir es uns mit den Lalos gemütlich machen.

Und ein paar von ihnen dabei helfen, Arbeit zu finden und zu behalten. Insch'allah!«

»Oh nein, bitte kein Arabisch mehr.«

»Na gut, dann sage ich ›Wenn Gott will‹, das bedeutet das gleiche.«

»Wenn es sein muss!«

»Ja. Es muss sein. Wenn Er nicht will, will ich auch nicht.«

Brita seufzte.

In ihren Schreibtischen fanden sie Merkblätter der Pflichten und Rechte für Abeitslose und Blanko-Antragsformulare, mit denen die Arbeitslosenunterstützung beantragt wurde.

»Zur Kenntnisnahme« stand darauf. Mit denen beschäftigten sie sich einige Stunden lang.

Dann sagte Brita: »Ich schlage vor, jetzt ist Feierabend.«

»Echt guter Vorschlag! Wollen wir zusammen mit der Bahn fahren? Ich muss zur U-Bahn Station Borgweg.«

»Gerne. Ich steige in Barmbek aus.«

Die S-Bahn war ziemlich leer.

Ein Mann mit zwei großen Schäferhunden fuhr in ihrem Waggon. Die Hunde waren unruhig.

»Der erste Feierabend ist schon mal gut«, fand Brita.

»Komischer erster Tag, aber morgen wird es besser!«

Susanne war am Vortag schon einmal in der Agentur für Arbeit in Bergedorf gewesen. Sie machte sich gern mit Lokalitäten vertraut, schon bevor sie offiziell eine neue Aufgabe antrat. Es war zu hoffen, dass niemand sie gesehen hatte und wiedererkannte.

Sie wollte auf keinen Fall mit den mysteriösen Ereignissen im Amt in Verbindung gebracht werden, die zu ihrer Umsiedlung in die karg möblierte Wohnung geführt hatten.

In ihrer Wohnung mit den drei kleinen Zimmern in Winterhude dankte Susanne Allah ausführlich für die neue Arbeit.

Später schaute sich Susanne eine Dokumentation im Fernsehen an, es ging um todkranke Patienten in einem Hospiz. Ein Christ dort erzählte, »Jesus und ich gingen ins Krankenhaus«, »Jesus und ich unterzogen uns der Chemo« usw..

Susanne war beeindruckt.

Sie hätte auch gern jemanden, der sie begleitete auf schwierigen Wegen. Vielleicht war es nicht so wichtig, ob es sich dabei um eine reale Person handelte oder ein spirituelles Wesen?

Der nächsten Tag war sonnig und mild.

Brita kämmte sich vor einem Spiegel an der Innenseite der Schranktür, als Susanne in den Raum kam.

»Siehst du das: ein Schrank, zwei Besucherstühle, zwei Papierkörbe! Ich bin begeistert«, rief Brita. »Toller Fortschritt, oder?«

»Echt super! Ich habe Kaffeebecher und Teller mitgebracht, auch Teebeutel und einen Wasserkocher.«

»Hast du denn schon die Zeitung gelesen?«

»Nein. Steht drin, was gestern im Amt geschehen ist?«

»Ja, hier auf Seite 3, lies mal: ›Behördenmitarbeiter erstochen. Der Schuldnerberater Dietmar F. in der Agentur für Arbeit in Hamburg-Bergedorf wurde gestern vormittag um 9 Uhr in seinem Büro erstochen aufgefunden.«

Susanne schlug die Hände vors Gesicht. »Oh, nein!«, rief sie. »Unser Kollege! Was ist hier los? Sind auch wir etwa in Gefahr? Was sollen wir tun? In sein Zimmer ziehe ich jedenfalls nicht um!«

»Es ist sowieso gesperrt wegen Spurensicherung.«

»Immerhin sind hier jetzt usere Computer angeschlossen. Da können wir im Internet nach Arbeitsstellen für unsere Lalos suchen.«

»Vielleicht bekommen wir sogar bald einen Drucker!«

Während sie ihre Computer hochfuhren, klingelte es Sturm.

Susanne ging ans Fenster und öffnete es. Unten stand ein Mann, der empört zu ihr hinaufrief: »Ich hatte einen Termin zur Beratung bei Ihrem Kollegen. Drüben im Amt hat man mir gesagt, das ist nun hier.«

»Ich lasse Sie herein«, sagte Susanne.

Zu Brita gewandt, meinte sie leise: »Schon am zweiten Tag werden wir befördert zu Schuldnerberaterinnen. Leider habe ich von diesem Bereich der Sozialarbeit keine Ahnung.«

»Ich auch nicht.«

»Ein Bekannter von mir musste mal Schuldnerberatung in Anspruch nehmen, davon habe ich am Rande ein bisschen mitgekriegt. Qualifizierte Beratung sieht allerdings anders aus als das, was ich leisten kann!«

Während der Mann die Treppe hochkam, schimpfte er weiter: »Dabei habe ich kaum Schulden! Ich kann eigentlich gar keine haben, weil ich selber Buchhalter von Beruf bin.«

»Das eine schließt doch das andere nicht aus«, meinte Brita.

»Ich bin ein guter Buchhalter! Ohne dass es jemand merkt, kann ich eine Million verschwinden lassen, unsichtbar für die Augen des Finanzamts.«

»Hoffentlich nicht auch unsichtbar für die Augen der Firmeninhaber!«, scherzte Susanne.

»Ach so, es hat Ihnen also schon jemand gesteckt,

dass ich wegen Unterschlagung verurteilt wurde. Aber ich bin unschuldig! Zum Glück wurde die Strafe zur Bewährung ausgesetzt. Nun suche ich eine neue Aufgabe.«

»Und Sie haben Schulden, Herr ...?«

»Lehmann!«, sagte er laut. »Was ist hier eigentlich los? Vor drei Tagen beordert mich mein Vermittler zu dem Schuldnerberater Funke, der sitzt dick und bräsig auf seinem Schreibtischstuhl und hat angeblich keine Zeit, weil er zu einer Fortbildung muss! Er gibt mir einen Termin für heute. Aber als ich vorhin im Amt ankomme, kriege ich die Auskunft, er ist nicht zu sprechen und schickt mich hierher.«

»Das hat seine Richtigkeit, wir machen das jetzt«, verkündete Susanne.

Sein Gesicht lief rot an. »Wo ist dieser Herr Funke? Ich fühle mich allmählich verarscht! Ja, ich habe Schulden, aber das ist doch wohl kein Grund, mich so mies zu behandeln? Man sieht mir das schließlich nicht an. Ich bin um Längen besser gekleidet als Ihr Kollege Funke! Schlecht sitzende Jeans! Verblichenes kariertes Flanellhemd mit kleinen Heuhalmen bestückt! Abgetragene Sandalen, also wirklich!«

Der kleine beleibte Mann mit schütterem Haar schaute sie böse an. Er war bekleidet mit einem hellbraunen Anzug, weißem Hemd und roter Fliege.

»Man sieht es Ihnen natürlich nicht an! Aber wenn Ihr Arbeitsvermittler Sie zur Schuldnerberatung geschickt hat, liegt die Annahme nahe.«

»Haben Sie heute schon die Zeitung gelesen?«, fragte Susanne.

»Nein, warum?«

»Wir übernehmen die Schuldnerberatung vertretungsweise, weil uns Kollege Dietmar Funke gestern in seinem Amtszimmer getötet wurde.«

»Oh. Ja dann ... Na, mir ist es letzlich egal, wer mich berät. Ich will nur nicht, dass mein Vermittler, Herr von Schütt, mir eine Sperrfrist aufbrummt. Dann bekomme ich keine Stütze mehr.«

»Machen Sie sich keine Sorgen, wir werden natürlich weitergeben, dass Sie bei uns waren. Darf ich nach Ihrem Alter fragen?«

»32.«

»Also liegt noch ein langes Berufsleben vor Ihnen«, sagte Susanne lächelnd.

»Wenn ich arbeite, muss ich alles, was über das Existenzminimum hinausgeht, zum Abtragen meiner Schulden verwenden!«, rief er erbost.

»Über welche Höhe reden wir?«

»Ich habe das noch nicht zusammengerechnet, es sind an die 30 Gläubiger. Aber die Forderungen sind viel zu hoch.«

»Das kommt zustande durch die Mahngebühren und die Zinsen. Ihre Schulden erhöhen sich ständig von selbst! Aber wir können zusammen ein Verfahren zur Schuldenregulierung einleiten und mit jedem Gläubiger eine Vereinbarung treffen, z.B. Ratenzahlung. Wenn Sie dann keine neuen Schulden machen, wird Ihnen der Rest nach 7 Jahren erlassen. Stellen Sie sich vor, dann sind Sie schuldenfrei!«

Susanne versuchte, zuversichtlich zu klingen.

»Und bis dahin soll ich arbeiten? Und vom Gehalt an die Gläubiger Raten zahlen? Es sind bestimmt an die 100.000 DM, die ich abtragen muss.«

»Dann sollten Sie damit möglichst bald anfangen!«

»Haben Sie schon Bewerbungen laufen?«, fragte Brita.

»Ja, das verlangt doch das Amt von mir.«

»Und Einladungen zu Vorstellungsgesprächen?«

»Bisher nicht.«

»Kommen Sie doch mal mit den Anschreiben und dem Lebenslauf zu uns, dann schauen wir, wie die bei zukünftigen Arbeitgebern ankommen würden. Und wir können hier zusammen Vorstellungsgespräche üben«, schlug Brita vor.

»Und zu mir kommen Sie in der nächsten Woche am Mittwoch um 10 Uhr! Bringen Sie mir bitte die Briefe Ihrer Gläubiger mit! Dann beginnen wir gleich mit der Schuldenregulierung«, sagte Susanne.

Herr Lehmann seufzte.

Er hatte bei Susanne nur wenige Sympathiepunkte erreicht, aber sie war angetan davon, dass er sich seinen Problemen stellen wollte.

»Ich kann ja schon mal vorsortieren«, sagte er. »Zwei Schubladen sind voll mit den Briefen, einige musste ich wegwerfen, weil kein Platz mehr war.«

»Kaufen Sie auf dem Weg nach Hause einige Ordner und einen Locher!«, schlug Brita vor.

»Was ist denn eigentlich mit dem unterschlagenen Geld passiert?«, fragte Susanne.

»Ich habe Ihnen doch schon gesagt, dass ich unschuldig bin!« Er schaute sie mit zusammengezogenen Augenbrauen an.

»Ach ja, ich vergaß! Lassen Sie den Kopf nicht hängen! In einigen Jahren werden Sie als schuldenfrei erklärt.«

Mit schnellen kleinen Schritten verließ er den Raum.

»Auf Wiedersehen!«, rief Susanne ihm nach.

Er drehte sich nicht um.

»Ich hoffe, es gibt aktuelle Literatur über das Thema«,

sagte Susanne, als die Tür ins Schloss fiel. »‹Der kleine Schuldnerberater‹ oder so.«

»Und ich hoffe, unser Brötchengeber bezahlt die Bücher.«

Ein leises Türklopfen war zu hören.

Brita sprang auf und lief zur Tür.

»Kommen Sie bitte herein!«, rief sie.

Susanne sehnte sich nach einer Kaffeepause. Dass die Klienten Schlag auf Schlag kamen, schien Brita weniger auszumachen als ihr.

Ein junger Mann betrat den Raum. Er war sehr schlank, seine dunkelblonden Haare fielen ihm auf die Schultern.

»Guten Morgen, mein Reha-Berater hat mich hergeschickt. Ich heiße Ralf König.«

»Reha? Sind Sie krank? Prima, dass Sie trotzdem arbeiten können!«, sagte Susanne.

»Die Ärzte sagen, ich leide unter manisch-depressiven Störungen. Aber das stimmt nicht. Ich bin gesund. Es versteht mich nur niemand.«

»Das ist schade! Wir werden es zumindest versuchen.«

Er wirkte unruhig, als er nach einer kurzen Pause fortfuhr: »In der Zeitung stand, dass der Sozialarbeiter Dietmar F. ermordet wurde. Das muss doch Dietmar Funke sein? Ich kannte den, er war oft in Allermöhe unterwegs, nicht weit von meinem Zuhause dort entfernt. Den besten Ruf hatte er nicht!«

»Inwiefern?«

»Meine Mutter sagt, dass er vor zwanzig Jahren verschwunden ist, seine Frau und seine vier kleinen Kinder hat er auf einem Berg Schulden sitzen lassen. Die Ex-Frau ist nach Harburg gezogen, als sie wieder geheiratet hat. Meine Mutter hatte noch lose Kontakt zu ihr. Nun lebt Herr Funke er seit ein paar Jahren wieder hier.«

»Interessant! Aber es geht ja jetzt um Sie, Herr König. Was können wir denn für Sie tun? Erzählen Sie uns doch mal, was Sie beruflich machen möchten! Haben Sie eine Ausbildung?«, fragte Brita.

»Nein, aber mit meinen 24 Jahren bin ich ja noch jung. Ich weiß nur nicht, ob ich lieber Medizin studieren und Psychiater werden soll oder das tue, was ich eigentlich möchte: Comedy.«

Seine Hände zitterten. Susanne hatte den Eindruck, dass er unter Medikamenteneinfluss stand.

»Für ein Medizinstudium brauchen Sie Abitur, haben Sie das?«

»Nein, aber das Abitur kann ich ja schnell nachholen in der Abendschule. Ich habe Mittlere Reife. Und nebenbei arbeite ich an meiner Karriere als Comedian. Ich würde gern mit Dieter Krebs zusammen spielen.«

»Haben Sie sich schon angemeldet beim Abendgymnasium?«, fragte Susanne.

»Oder an Dieter Krebs geschrieben?«, wollte Brita wissen.

»Soll ich mal eine paar Witze erzählen?«

»Nur zu!«

Er stand auf und begann zu gestikulieren.

»Ein Mann war in der Psychiatrie. Er wollte fliehen, und es gelang ihm, einen Schlüssel für den Kellerausgang nachmachen zu lassen. Erfreut kündigte er einigen Mitpatienten seine Flucht an, aber niemand glaubte ihm. Abends, als alle schliefen, ging er zum Ausgang. Am nächsten Morgen wurde er gefragt, warum er denn noch da ist. ›Ach, zuerst ging alles glatt, doch als ich bei der Tür war, stellte ich fest, dass sie offen stand. Da konnte ich ja nicht ausbrechen und bin ich wieder in mein Zimmer gegangen.‹«

Susanne lächelte.

»Jetzt ich!«, rief Brita. »Ein Mann wurde nach seinem Alter gefragt. Er sagte: ›50 Jahre alt.‹ ›Aber das hast du vor zehn Jahren doch auch schon behauptet.‹ ›Stimmt‹, antwortet er, ›ich stehe immer zu meinem Wort.‹«

Er schüttelte den Kopf. »Witze müssen zünden, dieser war lahm!«

Nun erzählte Susanne: «Ein Mann war dabei, rund um sein Haus Erbsen zu streuen. ›Was machst du da?‹ fragte sein Nachbar erstaunt. ›Ich vertreibe so die Tiger.‹ ›Aber es gibt doch hier gar keine Tiger.‹ ›Du siehst also, wie gut es funktioniert!‹«

»Vielleicht verwende ich die beiden Witze für mein Repertoire«, meinte Ralf König. »Ich würde sie natürlich noch ausschmücken!«

»Und vorher melden Sie sich beim Abendgymnasium an?«, wollte Susanne wissen.

»Das könnte ich tun, aber wenn das Schuljahr beginnt, müsste ich mich vom Leistungsbezug abmelden und BaföG beantragen. Das ist weniger als meine Arbeitslosenunterstützung.«

»Macht nichts«, meinte Susanne. »Dann arbeiten Sie eben nebenbei!«

»Als was denn, etwa als Koch? Ich habe mal eine Lehre angefangen und fast anderthalb Jahre durchgehalten.«

»Das hört sich gut an: Aushilfskoch. Hamburg ist groß, da wird sich doch etwas finden!«

»Können Sie uns denn etwas hier in der Nähe empfehlen, wo man gut essen kann, Herr König?«, fragte Susanne. »Es wird ja allmählich Mittag.«

»Was denn, Döner, italienisch, Currywurst, chinesisch?«

»Deutsche Küche, Mittagstisch«, wünschte sich Brita.

»Ja, da gibt es etwas. Ein Hotel bietet Mittagstisch an. Gehen Sie rechts und dann wieder rechts. Ich habe keine Zeit, mit Ihnen zusammen zu essen, ich muss zu meiner Mutter. Die wartet auf mich.«

»Oder sollen wir die Kantine im Amt probieren?«, meinte Susanne. »Dort erfahren wir vielleicht etwas über das Verbrechen.«

»Ein andermal«, schlug Brita vor.

»Komisch, seit meiner Schulzeit habe ich Probleme mit anderen Menschen«, berichtete Ralf König. »Warum versteht mich niemand?«

»Ich verstehe Sie auch nicht«, gestand Susanne.

»Wen, mich oder die anderen?«, fragte er.

»Sie, Herr König.«

»Warum nicht? Nur weil ich nicht auf den normalen Bahnen bleiben will? Weil ich begabter bin als andere? Weil meine Pläne größer sind als die von Durchschnittsmenschen?«

»Weil Sie vielleicht zu viel von sich selbst verlangen? Und zu viel Toleranz von anderen?«

»Meine Mutter meint, ich bin hochbegabt. Ich gehe lieber, bevor Sie mir noch etwas anderes einreden! Guten Appetit, die Damen.«

»Danke und tschüs. Kommen Sie mal wieder in unserem Büro vorbei und berichten, was sich in Ihrem Berufsleben getan hat?«, fragte Brita.

»Das kann dauern.«

»Oh! Wie lange ungefähr?«

»Nächstes Jahr werde ich mich jedenfalls noch nicht beim Abendgymnasium anmelden. Ich brauche Zeit, bis meine Karriere als Comedian Fahrt aufgenommen hat. Und wenn ich erst berühmt bin, hat sich das ja erledigt mit dem Medizinstudium. Im äußersten Notfall kann ich meine Ausbildung zum Koch zu Ende machen und ein Sternerestaurant eröffnen.«

»Letzteres wird Ihnen aber kein Amt finanzieren! Trotzdem kommen Sie hoffentlich auf Ihrem beruflichen Weg voran. Viel Erfolg dabei!« Susanne lächelte zum Abschied.

In der Gaststätte saß sie mit hängenden Schultern da.

»Oh, Brita! In meinem Kopf dreht sich alles! Ich habe echten Beratungsbedarf!«

»Zum Glück kümmert sich seine Mutter um ihn, Susanne. Obwohl sie sicherlich nicht so viel davon halten wird, dass ihr hochbegabter Sohn als Hilfskoch arbeitet. Du solltest dir einfach nicht zu viele Gedanken machen um ihn! Professionelle Distanz ist das einzig Wahre, du weißt ja!«

»Leicht gesagt! Diese Arbeit bewirkt bei mir erhöhten Erholungsbedarf! Am Wochenende werde ich an einem Tag die Außenalster umrunden und am nächsten den Stadtpark durchstreifen. Bäume beruhigen mich immer. Wenn es ganz schlimm kommt, muss es allerdings die Elbe sein. Ich bin direkt an der Niederelbe aufgewachsen, dort ist die Elbe mehr als drei Kilometer breit.«

»Bäume? Gehörst du zu den Personen, die Bäume umarmen?«

»Noch nicht, aber wenn die Arbeit so weitergeht, fange ich bestimmt damit an. Einen Baum umarmen und ihm alles erzählen, was ich hier erlebe, das muss ja zur Verarbeitung beitragen.«

»Ich kann zum Glück meinem Mann alles erzählen. Der Vorteil gegenüber einem Baum ist, dass er antwortet. Jedenfalls manchmal.«

»Du Glückliche! Ich weiß nicht, wo ich einen Mann finden soll. Als ich einmal in der Moschee war, hat eine ältere Muslimin mir vorgeschlagen, einen Mann für mich zu suchen. Ich habe sie gefragt, welcher Mann ihrer Meinung nach wohl zu mir passen würde? Sie meinte, es ginge darum, dass er dieselbe Religion hat wie ich, möglichst gut verdient und älter ist. «

»Dann hätten wir Frauen uns ja die ganze Emanzipation sparen können, wenn es am Ende doch wieder darauf hinausläuft!«

»Ja, ich habe natürlich nein gesagt. Lieber werde ich meine Tage als ewiger Single fristen.«

Susanne hoffte, dass es nicht soweit kommen würde. Jederzeit konnte sie jemanden kennenlernen, der zu ihr passte! Vielleicht war heute der Tag vor dem Tag, an dem sie ihm begegnen würde, dem Mann ihres Lebens. Allerdings könnte es auch sein, dass dieser Mann schon in ihrem Leben gewesen und wieder verschwunden war.

Sie fanden das Lokal schnell und setzten sich ans Fenster.

Brita griff nach der Speisekarte.

«Also, was essen wir denn? Der Mittagstisch hört sich ganz gut an: Kartoffeln, Spinat und Rührei. Vorher verschwinde ich nochmal schnell.«

»Ich bestelle für uns. Zum Glück darf ich alles essen, außer Schweinefleisch natürlich. Alkohol trinke ich auch nicht«, sagte Susanne.

Sie aßen mit Appetit und schlenderten dann zurück.

Im Büro kochte Susanne Kaffee und öffnete eine Kekspackung.

Sie unterhielten sich über ihre Urlaubspläne.

»Mittelmeer!«, sagte Susanne. »Ich reise gern nach Griechenland, einmal war ich mit zwei Freundinnen auf

Amorgos, dort haben wir in einem ehemaligen Ziegenstall gewohnt, es gab sonst keine Unterkünfte.«

»Wie Josef und Maria! Nur ohne Baby Jesus.«

»Es waren nur wenige Touristen dort, darunter ein Grieche, der auf seine deutsche Freundin wartete, die nicht ankam, jedenfalls nicht in den drei Wochen, während wir dort waren.«

»Ich bin gern in Dänemark, wo ich geboren wurde. Die Sprache, die Fahne, die Menschen, das ist immer noch ein bisschen Heimat für mich. Meine Verwandten in Dänemark sind sehr gastfreundlich.«

Susanne schaute auf die Uhr.

»Ich muss immer an unseren ermordeten Kollegen denken. Was meinst du, wie kommen wir an Informationen darüber heran?«

»Keine Ahnung. Wir müssen wohl unsere Fühler zu unseren Kollegen im Amt ausstrecken. Lass uns das auf morgen verschieben!«

»Gut.«

»Tja. Wollen wir Feierabend machen? Überstunden abbummeln?«

Berit lachte.

»Prima, dass wir keine Stechkarten haben! Nicht, dass wir das ausnützen würden!«

»Also, dann bis morgen!«

»In alter Müdigkeit«, sagte Brita lachend.

2. Kapitel

Am nächsten Morgen fanden sie eine Nachricht im Briefkasten: Sie wurden um 9 Uhr bei Herrn Tollkühn erwartet, dem für sie zuständigen Abteilungsleiter im Amt.

»Prima, ein Name mit Wiedererkennungswert!«, meinte Susanne. »Wir können ihm gleich unsere Wunschliste präsentieren: Internetanschluss, ...«

»Telefonanschluss, Drucker, Papier, Briefumschläge usw..«

»Jedenfalls achten wir natürlich auf Pünktlichkeit. Sonst bricht die Welt von Herr Tollkühn zusammen.«

»Der Weg ist ja nicht weit.«

Er trug ein langärmliges weißes Hemd mit einer dunkelblauen Weste darüber. Seine Hose war beige.

Nachdem sie Hände geschüttelt und sich vorgestellt hatten, sagte er:

»Sie wissen sicherlich, was sich vor zwei Tagen hier ereignet hat. Es gab einige Kollegen im Amt, die waren von Anfang an dagegen, dass Sozialarbeiter von draußen in unseren Räumen arbeiten, das würde Ärger verursachen, meinten sie. Aber sollten wir die Gelder für das Projekt verfallen lassen?«

»Alles was recht ist, Herr Tollkühn, unser Kollege ist das Opfer, nicht der Täter!« sagte Susanne. »Den Ärger in Anführungsstrichen hat der Täter verursacht!«

»Ich habe versucht, die Gelder für das Projekt umzuwidmen, aber ich sehe schwarz.«

»Würde dies etwa bedeuten, dass wir dann selber arbeitslos sind?«, fragte Brita empört.

»Vielleicht hat Ihr Bildungsträger ja etwas anderes für

Sie? Ich fürchte allerdings sowieso, dass wir nicht zurück können, wir müssen das zusätzliche Beratungsangebot wohl durchziehen. Aber wir haben beschlossen, dass Sie ausgelagert bleiben. Wir werden den Raum, wo die Tat geschah, anderweitig verwenden, wenn er von der Polizei freigegeben wird.«

»Einverstanden, wir bleiben dort, möglichst schnell brauchen wir einen Internetanschluss, Telefon ...«

»Darum kümmern sich die Kollegen von der Technik, ich leite das in die Wege.«

Er stand auf. »Sie sind ab sofort zusätzlich verantwortlich für den Bereich Schuldnerberatung. Hier, ich habe Ihnen ein Buch darüber besorgt.«

»Danke. Das wird uns qualifizieren.« Susanne war sicher, dass Herr Tollkühn ihre Ironie nicht bemerkt hatte, als er sagte:

»Wenigstens jammern Sie nicht so viel! Ich gebe Ihnen einen halben Tag, sich die nötigen Kenntnisse anzueignen.«

»Wenig Zeit für solch ein dickes Buch!«

»Wenn Ihnen etwas nicht gefällt, können Sie sich an Ihren Chef beim Bildungsträger wenden! Allerdings hat der hier keinerlei Befugnisse!«

»Sobald das Telefon angeschlossen ist, rufe ich ihn an.«

Susanne hatte sich für einen Augenblick eingeschüchtert gefühlt, aber sie fing sich wieder.

»Ansonsten gibt es ja Telefonzellen, falls es in nächster Zeit nicht klappt mit dem Telefon«, sagte er kühl, dann versöhnlicher: »Aber ich tue, was ich kann. War das alles? Auf Wiedersehen.«

»Du hast keine Chance, aber nutze sie«, bemerkte Susanne, als sie ziemlich verdattert auf dem Gang vor

Tollkühns Tür standen. »Auf geht's in Richtung unserer Kaffeemaschine!«

Die Tür gegenüber öffnete sich, ein gutaussehender Mann trat zu ihnen.

»Guten Morgen! Sind Sie die neuen Sozialarbeiterinnen, die einen Termin bei Herrn Tollkühn hatten? Mein Name ist Friedhelm von Schütt, ich bin einer der Vermittler hier.«

»Wir haben schon von Ihnen gehört, schön Sie kennenzulernen«, sagte Brita lächelnd. »Wir sind auf dem Weg zurück ins Beratungsparadies, besuchen Sie uns doch dort mal!«

»Wer ist nicht gern im Paradies? Gut, dass ich jetzt die Adresse dafür kenne. Tschüs dann!«

»Oh, wie hübsch könnte diese Wohnung sein!«, rief Susanne, als sie ankamen. »Ich habe noch ein paar Poster zu Hause herumliegen, die bringe ich mal mit. Eins ist von einem Eisberg, über Wasser ein kleiner Gipfel über Wasser, der riesige Rest ist unter Wasser.«

»Zum Glück sind die Wände frisch gestrichen«, meinte Brita.

»Der Bodenbelag ist allerdings nicht gerade einladend, aber wir müssen ja nicht auf ihm sitzen! Leidlich sauber ist er wenigstens.«

»Gut, dass der Hausmeister uns die Schlüssel gegeben hat!«

Brita lachte. »Wir können Einweihung feiern!«

»Vielleicht in der Mittagspause in einem Café? Bis dahin würde ich dir ein bisschen aus dem Buch über Schuldnerberatung vorlesen.« Sie zitierte: »Gib jedem Tag die Chance, der schönste deines Lebens zu werden.«

»Steht das in dem Buch?«

»Nein, aber in einem anderen. Dieser Tag muss sich noch ein bisschen anstrengen dafür!«

»Die Paragraphen des Insolvenzrechts werden bestimmt ein bisschen Sonnenschein in unser Büro bringen. Bedenke: In sechs Jahren schuldenfrei!«

Nach zwei Stunden brachen sie auf.

»Erstmal zur Telefonzelle«, sagte Brita. »Wie sollten wirklich unseren Chef informieren über die Ereignisse hier.«

»Nicht, dass die kleinen und großen Merkwürdigkeiten unseres Traumjobs ihn besonders interessieren dürften. Er sagte ja so charmant, wir seien ein durchlaufender Posten.«

Brita lachte.

Der Chef war nicht zu sprechen, er saß in einer Konferenz. Sie ließen ihm ausrichten, dass alles in Ordnung sei in Bergedorf.

Im Café sahen sie Georg Weber zusammen mit einem anderen Mann an einem der Tische sitzen.

Mit einem Kopfnicken grüßten sie hinüber.

Nach einem Blick auf die Karte bestellten sie Kaffee und Käsekuchen.

»Halt mal die Speisekarte vor meinen Bauch«, bat Brita.

»Warum? Was hast du vor?«

»Ich brauche eine Dosis...«

»Heroin etwa?«, flüsterte Susanne entsetzt.

»Insulin.«

»Du bist Diabetikerin!«

»Typ 2.«

»Stört es dich, wenn ich die Augen schließe, während du spritzt?«

»Meinst du, es könnte mich eventuell beleidigen? Keine Sorge!«

Während sie ihren Kuchen aßen, unterhielten sie sich über die Auswirkungen, die Britas Krankheit haben konnte.

»Wenn ich plötzlich ganz blass werde, über starke Kopfschmerzen klage, wenn du Konzentrationsstörungen bis hin zur Verwirrtheit bei mir beobachtest, habe ich wahrscheinlich einen Zuckerschock.«

»Und was mache ich dann?«, rief Susanne erschrocken. »Einen Krankenwagen rufen? Ich kann dir keine Spritze setzen, das sage ich gleich!«

»Nein, nein«, beruhigte Brita. »Am besten, du gibst mir Traubenzucker oder Würfelzucker zu essen oder Limonade zu trinken.«

»Gehen auch Gummibärchen?«

»Ja.«

»Welche Farbe?«

»Frau Kollegin, meinst du die Frage ernst?«

Susanne grinste. »Ich mache manchmal blöde Witze, wenn ich mich erschrocken habe. Oder unsicher bin.«

»Gut zu wissen! Aber wie wäre es nun mit einem Themenwechsel? Du hast einen hübschen Schal um. Wo hast du ihn gekauft?«

»Bei ...«

»Frau Schlieker, wissen Sie was, ich ...«

Susanne sah auf, Georg Weber stand an ihrem Tisch. »... Sie regen sich gar nicht auf?« vermutete sie.

»Das auch, aber ich und mein Kumpel haben gerade über den Schuldnerberater gesprochen.«

»Es hat sich herumgesprochen, dass er verstorben ist?«

»Na klar. Gestern in der Kneipe haben wir gehört, dass Ihr Kollege es zu Lebzeiten faustdick hinter den Ohren hatte.«

»Man sollte von den Toten nur Gutes reden.«

»Und wenn die Wahrheit nicht gut ist, was dann? Aber eigentlich wollte ich Ihnen sowie nur sagen, dass mein Kumpel diese Woche einen Termin bei Ihnen hat, aber zu der Zeit wollte er zu einer politischen Versammlung. Kann er heute zu Ihnen kommen? Das passt ihm besser. Geht das klar? Er heißt Walter.«

Susanne hätte sich gewünscht, in ihrer Mittagspause nicht von Klienten angesprochen zu werden. Sie nahm sich vor, ihm dies bei nächster Gelegenheit zu sagen. Das Thema Nähe und Distanz war für sie schwierig, immer wieder stellte sie fest, dass sie dem Gegenüber ihre Grenzen nicht klar gemacht hatte. Dann musste sie damit leben, dass manche Menschen glaubten, jederzeit über ihre Zeit verfügen zu können.

Sie sah Brita an.

»Warum nicht?«, meinte die. »Wir haben ja jetzt Stühle für die Ratsuchenden. Dann braucht er seinen Campingstuhl nicht mitzubringen.«

»Sage ich ihm. Tschüs, bis bald. Und vergessen Sie Ihre Handtasche nicht!«

»Danke, aber an die habe ich bisher immer gedacht!«

Auf dem Weg zurück meinte Susanne: »Diese Beiden haben hier in der Gegend wahrscheinlich viele Bekannte und können leicht an Informationen über die Hintergründe von allem Möglichen herankommen.«

»Brauchen wir die Infos denn? Denk nicht so viel, Susanne! Das hat doch nichts mit uns zu tun!«

»Woher weisst du das? Vielleicht ist ein Täter unterwegs mit einer pathologischen Abneigung gegen Beschäftigte in der Sozialarbeit? Ich möchte die Ermittlungsarbeiten verfolgen und vielleicht selbst etwas herausfinden.«

Brita sagte: »Eigentlich schön hier in der Fußgänger-zone von Bergedorf. Viele Geschäfte, alles da. Es soll übrigens auch ein Schloss geben, nicht weit entfernt. Vielleicht können wir das mal besuchen, in der Mit-tagspause.«

»Ja, zum Beispiel im Rahmen vom Abbummeln unse-rer Überstunden.«

»Oh, diese dezent gemusterte Leinenbluse dort im Schaufenster gefällt mir.«

»Probiere sie doch an!«

»Vielleicht später. Ich finde übrigens, wir sollten mit den Vermittlern im Amt zusammenarbeiten, das ist si-cherlich ein Erfolgsrezept für unsere Aufgabe.«

»Ja.«

Susanne senkte den Kopf. Theoretisch stimmte sie Brita zu, aber sie war schüchtern und hatte Angst vor Men-schen, die sie nicht gut kannte. Das gab sie nicht gern zu. Meistens schaffte sie es trotzdem, mit fremden Menschen umzugehen, ohne kommunikative Katastrophen zu er-leben. Eher selten wurde sie ausgelacht oder gekränkt.

Brita machte ihren Rücken gerade.

»Z.B. könnten wir mit diesem gutaussehenden Ver-mittler mit dem adeligen Namen Kontakt aufnehmen. Wie heißt er noch, Fridolin?«, sagte Susanne.

Sie war froh, sich abzulenken von den Gedanken über ihre Unzulänglichkeiten.

»Meinst du Friedhelm von Schütt?«

»Yes. Ich glaube übrigens, er mag dich«, vermutete Susanne.

»Wie kommst du denn darauf?«, rief Brita.

Die Vorübergehenden wandten die Köpfe.

»Er hat dich vorhin auf dem Flur im Amt lange an-gesehen!«, sagte Susanne leise.

»Susanne, du spinnst! So geht es nicht! Du weißt, ich bin verheiratet. Er wohl auch, jedenfalls trägt er einen Trauring.«

»Also, attraktiv ist dieser Friedhelm schon.«

»Deine Religion verbietet dir doch wohl eine Beziehung zu einem verheirateten Mann?!«, meinte Brita unruhig.

Sie waren in der Wohnung angekommen.

»Eigentlich ja. Hm, gut dass wir Papierkörbe haben, es sammelt sich immer etwas an.«

»Das ist doch klar! Warum sagst du das?«

»Ich habe mal in einem Büro gearbeitet, wo die drei anderen jeweils einen Papierkorb hatten, und ich nicht. Da war es so, dass sie alle ihren Frust an mir ausgelassen haben. Furchtbar. Schließlich habe ich mir einen eigenen Papierkorb besorgt und mich gewehrt, nun wurde es erträglich.«

Sie seufzte. »So, Lektüre der Schulderberater-Literatur, bis Lalo Walter eintrifft?«

»Warum nicht. Eine letzte Frage habe ich noch zu deiner Religion.«

»Schieß los!«

»Stimmt es, dass Gewalt gegen Nicht-Muslime im Islam jederzeit erlaubt ist?«

»Nein, laut Koran nur zu Verteidigungszwecken im Krieg. Du bist also sicher vor mir!«

»Wie beruhigend!« Brita hob übertrieben erleichtert die Arme.

»He, du hast schauspielerisches Talent! Bist du in einer Laienspieltruppe?«

»Nein. Also, worum geht es denn nun im Islam?«

»Darum, dass es keinen Gott gibt außer Gott. Und Mohammed ist ein Prophet Gottes. Klare Verhältnisse!

Und was das für ein Gott ist, kann man z.B. an den 99 schönen Namen Gottes ablesen, die im Koran vorkommen. Der erste ist der Barmherzige, der 99. der Geduldige, dazwischen gibt es der Weise, der Liebende, der Ewige, der Großzügige etc.pp. und auch der Richter, außerdem der Rächer der Unschuldigen. Letzteres bezieht sich aufs Jüngste Gericht, wenn Gott abrechnet.«

»Hatte Mohammed alle diese Eigenschaften? Man hört, er war ein Haudegen.«

»Er war auf jeden Fall ein Kämpfer, und auch ein Friedenstifter. In Medina hat er z.B. erfolgreich Streitigkeiten zwischen den dort ansässigen Stämmen geschlichtet. Islamische Mystiker legen großen Wert auf den friedlichen Aspekt des Islam. Sie werden Sufis genannt, bzw. Derwische. Die Mystik ist für mich total wichtig, ohne sie wird Religion zum Moralismus.«

»Derwische, drehen die sich nicht um die eigene Achse? Ich habe das mal im Fernsehen gesehen.«

»Es gibt verschiedene Derwischorden, die unterschiedliche Rituale ausüben, manche tanzen, manche betteln, in manchen Orden wird ein Armutsgelübde abgelegt, in anderen strenge Askese eingehalten. Es ist ähnlich wie bei den christlichen Orden, aber es gibt ein Gebot zu heiraten.«

»Du bist also Mystikerin? Wie bedeutet Mystik genau?«

»In der Mystik geht es um eine Form der Religion, durch die ich persönlich das Göttliche erfahren und mich mit ihm verbinden möchte.

Vollkomene Hingabe an Gottes Willen ist das Ziel. Möglich wird es durch Meditation, Gebet, Fasten usw.. Manche erleben auch eine ekstatischen Vereinigung mit dem Göttlichen, aber ich nicht.«

»Puh! Hingabe an Gottes Willen?«

»Mystiker haben normalerweise einen spirituellen Lehrer, der sie anleitet. Ja sagen zum gegenwärtigen Augenblick, ist die Grundlage. Übrigens dauert es normalerweise einige Jahre, bis der Meister einen Anhänger zum Derwisch ernennt. Das ist ein großer Augenblick, der mich sehr bewegt hat.«

Es klingelte. Brita ging zur Gegensprechanlage und schaute sich dort noch einmal um. »Ich traue dem Frieden nicht so recht, was deine Religion betrifft«, sagte sie.

»Der Friede, as-salam, ist auch einer der 99 Schönsten Namen. Der Fünfte. Islamismus hingegen ist un-islamisch.«

Der Ratsuchende stürmte in den Raum.

»Mein Gott, Walter«, murmelte Susanne.

Im Café hatte er mit gesenkten Schultern gesessen. Doch nun sah sie einen stattlichen Mann, größer als 1,80 m mit breitem Kreuz und kräftigen Händen.

Brita sagte: »Ein starker Mann wie Sie, der wäre doch richtig auf dem Bau, z.B. als Gerüstbauer oder als Bauhelfer.«

»Wovon reden Sie? Ich will Politiker werden! Im Bundestag muss es doch wenigstens einen Menschen geben, der sich praktisch mit Arbeitslosigkeit auskennt!«

»Haben Sie schon für die Kommunalverwaltung kandidiert?«, fragte Susanne.

»Nein, ich will direkt in den Bundestag. Wie macht man das?«, wollte er wissen.

»Normalerweise über die Ochsentour, es fängt in der Ortsgruppe einer Partei an. Hamburg ist ja sowohl ein Bundesland als auch eine Gemeinde, daher ...«

»Und wenn ich meine eigene Partei gründe?«

»Haben Sie denn schon Mitglieder ihrer Partei im Auge?«

»Die Leute in der Kneipe stimmen mir immer zu.«

»Vor allem, wenn Sie denen ein Bier ausgeben?«

»Nun hören Sie mal zu, Sie Fräulein vom Amt! Waren Sie schon mal arbeitslos? Nein, oder?«

»Doch, kurze Zeit nach ...«

Er schrie nun: »Gar nichts wissen Sie!! Darum will ich nämlich in die Politik, weil niemand weiß, was Arbeitslosigkeit wirklich bedeutet, vor allem Politiker nicht! Und Ihresgleichen, die Sozialfuzzis!«

Er sprang auf, sein Stuhl fiel um.

»Bitte mäßigen Sie sich, Herr ...«, sagte Brita erschrocken.

»Freund, Walter Freund. Nein, ich mäßige mich nicht! Ich bin es leid, immer den Mund zu halten!«

»Wir können über alles reden, aber es bringt nur etwas, wenn der Ton vernünftig ist«, sagte Susanne. »Wir hören Ihnen zu. Erzählen Sie uns, was Arbeitslosigkeit für Sie bedeutet.«

»Man fühlt sich wie der letzte Dreck!«, schrie er. »Wie das Hinterletzte. Wertlos, als Schmarotzer! Die meisten Leute halten uns für faul, dumm, zu nichts nütze!«

»Heben Sie den Stuhl wieder auf«, bat Susanne. »Wir sehen das anders: Jeder Mensch kann in die Arbeitslosigkeit geraten, und wenn man Pech hat, kommt man aus eigener Kraft wegen widriger Umstände nicht wieder heraus.«

»Unsere Arbeit besteht darin, dass wir Sie unterstützen, wieder Arbeit zu finden und Hindernisse aus dem Weg zu räumen, falls welche da sind«, sagte Brita.

Er hob den Stuhl auf und setzte sich wieder.

Susanne öffnete das Fenster. »Wir können wohl ein bisschen frische Luft gebrauchen.«

»Jeder Tag ist ein Kampf«, sagte er leise. »Mir geht es ja noch gut, ich habe Verwandte, die mir notfalls etwas zu essen geben. Und mein Vermieter hat Verständnis, dass ich nicht jeden Monat Miete zahlen kann. Manchmal muss ich die Miete auch zurückbuchen, wenn ich sie schon überwiesen habe.«

»Irgendwann wird Ihr Vermieter wohl die Geduld verlieren«, vermutete Brita. »Was machen Sie dann?«

»Mir fällt schon was ein! Mein Kumpel Georg Weber ist viel schlimmer dran als ich, was der alles durchmachen muss! Erstmal seine Kindheit, sein Vater war meistens besoffen. Manchmal hat er seinen Sohn mit Geschenken überschüttet, manchmal ohne Grund beleidigt, verprügelt, getreten. Georgs Mutter hat auch viel Alkohol getrunken, sogar während der Schwangerschaft. In der Schule ist ihr Sohn überhaupt nicht zurechtgekommen.«

»Wahrscheinlich FAS, Fetales Alkoholsyndrom«, murmelte Susanne.

»Fatales was?«

»Fetales. Das kommt von Fötus, also dem Baby in der Gebärmutter.«

»Ach so. Jedenfalls hat Georg manchmal schon kein Geld mehr, wenn es noch zwei Wochen hin ist bis zur nächsten Arbeitslosenhilfe. Dann helfe ich ihm.«

»Das ehrt Sie«, meinte Susanne.

Brita stand auf und ging unruhig im Raum umher. »Was halten denn die Leute in der Kneipe von der neuen Beratungsstelle?«

»Na ja, der Schuldnerberater war ja in Bergedorf bekannt wie ein bunter Hund. Seine Kinder sind inzwischen erwachsen, sie wohnen alle noch hier in der Gegend. Bestimmt hatten die einen Hass auf den Vater.«

Die Türklingel schrillte.

Susanne ging zum offenen Fenster und schaute hinaus. »Wie praktisch, man kann von hier aus sehen, wer klingelt! Es ist der Arbeitsvermittler Friedhelm von Schütt.«

Brita zuckte zusammen. »Was kann er wollen?«

»Fragen wir ihn doch einfach!«

»Herr Freund, können wir noch etwas für Sie tun?«, fragte Brita.

»Oder umgekehrt ich was für Sie? Wenn ich in der Kneipe schlecht über Ihre Beratung rede, sind Sie sofort in meinen Kreisen untendurch! Was ist Ihnen mein Schweigen wert?«

»Wiiiie bitte?!«, rief Susanne. »Sie wollen uns erpressen!? So läuft das nicht! Sagen Sie doch über mich, was sie wollen! Das stört mich nicht!«

Brita ging zur Tür und sprach mit Friedhelm. Bald erschien er in der Wohnung.

»Alles in Ordnung?«, fragte er. »Nachbarn hier aus dem Haus haben beim Amt angerufen, weil sie jemanden pöbeln hörten. Es wurde der Ausdruck »Sozialfuzzis« geschrien.«

»Der Ausdruck Sozialfuzzi hat mich nicht beleidigt«, sagte Susanne. »Möchten Sie sich setzen, Herr von Schütt?«

Walter Freund verabschiedete sich.

»Ich komme bald wieder«, versprach er und verschwand.

»Das war hoffentlich keine Drohung«, meinte Brita.

»Keine Angst! Wir werden uns schon mit ihm vertragen!«, hoffte Susanne. »À pros pos Angst. Ich möchte jetzt mal unseren Chef anrufen, es ist besser, wenn wir ihm selbst von diesem harmlosen Vorfall mit Herrn Freund berichten, bevor er das von anderer Seite erfährt. Wenn ich schon mal draußen bin, kann ich gleich ein paar Büroklammern kaufen.«

»Warum?«, rief Friedhelm. »Ihr habt doch sicherlich noch gar kein Papier hier, das ihr klammern könnt.«

»Aber wir wären dann auf Papier vorbereitet. Und übrigens gehe ich danach noch in die Kirche, um zu beten. So kann ich verarbeiten, was heute alles geschehen ist.«

»Lass dich nicht dabei vom Pastor erwischen«, riet Brita.

»Ich sitze einfach nur auf einer Kirchenbank und murmele vor mich hin. Welche Worte es sind, weiß ja niemand. Also, tschüs.«

Die Kirche war ein schöner Fachwerkbau, er erinnerte Susanne an die Kirche, in der sie konfirmiert wurde. Sie trat ein und ging die wenigen Schritte bis zum Altar.

Rechts und links des Altarbildes standen zwei Statuen, ca. 80 cm hoch, schätzte sie. Die linke sollte Moses darstellen, man erkannte es an der Gesetzestafel in seinen Händen. Der andere konnte nur Aaron sein, der Bruder. Susanne fiel ein, dass sie auch im Koran eine große Rolle spielten, vor allem Moses, der Prophet. Er hatte Gott darum gebeten, ihm für seine Verhandlungen mit dem Pharao über den Auszug der Juden aus Ägypten seinen Bruder zur Seite zu stellen. Moses stotterte nämlich, Aaron sollte für ihn sprechen.

Susanne gefiel es, dass hier nicht nur der große Prophet Moses geehrt wurde, und sie fragte sich, warum Gott wohl einen Stotterer berufen hatte.

Später war Moses wütend auf seinen Bruder, weil der sich nicht energisch gegen die Anbetung des goldenen

Kalbes gestellt hatte, als Moses selbst auf den Berg die zehn Gebote von Gott erhielt.

Sie setzte sich in die erste Reihe, band ihren Schal als Kopftuch um, schloss die Augen und murmelte den arabischen Text der ersten Sure.

Beim Hinausgehen blieb sie stehen und sah zur mittleren und rechten Empore hoch, sie enthielten Bilder von biblischen Szenen, die meisten aus dem Alten Testament.

Vielleicht hatten auch heute noch Mord und Totschlag archaische Motive, wie der von Kain an Abel aus Neid, oder die Tötung Goliaths durch David, dachte Susanne. Seit Urzeiten hatten sich wohl die Anlässe nicht grundsätzlich verändert.

Ein Gemälde war größer als die anderen, es hing in einem Rahmen an der Wand. Auf einem kleinen Hinweisschildschild stand, dass es sich in der dargestellten Szene um die Versöhnung von Esau und Jakob handelte. Die beiden Brüder lagen sich in den Armen.

Ein kleiner Text verwies darauf, wie vor mehr als 200 Jahren zwei gutbetuchte Brüder aus der Gemeinde in einen Streit geraten waren, der schließlich beigelegt werden konnte. Einer von ihnen spendete zur Erinnerung daran dieses Gemälde.

Susanne nahm ihr Kopftuch ab und sah sich um. Wenige Engelsfiguren und -bilder gab es in der Kirche, Susanne liebte Engel. Sie hatte sich schon immer gewünscht, ihren Schutzengel wenigstens einmal zu sehen. Dies gehörte wie so vieles andere zu den nicht erfüllten Wünschen.

Plötzlich meinte sie, auf der Empore Schritte zu hören und eine Gestalt zur Treppe huschen zu sehen.

»Hallo!«, rief Susanne. Aber niemand erwiderte ihren Gruß.

Als sie wieder draußen war, atmete sie tief.

Der Chef war telefonisch nicht erreichbar, Susanne ließ ihm ausrichten, dass ein Lalo laut geworden war, sie und ihre Kollegin aber alles im Griff hatten.

Das war allerdings eine kühne Behauptung, dachte Susanne, sie hatte sich selten so nahe an der Grenze zur Überforderung gefühlt. Die Schicksale ihrer Klienten gingen ihr nahe, und die Aufgabe, für so schwierige Biografien eine Arbeit nach Eignung und Neigung zu finden, ließ sie verzagen.

Es gab nur eine Sorte Büroklammern. Susanne fragte sich, wann endlich gestreifte erfunden wurden. Merkte denn niemand, dass solche scheinbaren Kleinigkeiten in Wirklichkeit ganz wichtig für die Freude an der Arbeit waren?

Als sie ins Büro kam, war Friedhelm von Schütt noch da.

»Ich hatte ganz vergessen zu erwähnen, dass ich jemanden für heute an diese Adresse eingeladen habe, einen Familienvater aus Nigeria namens Abiola. Er spricht sehr wenig Deutsch«, berichtete Friedhelm. »Soviel ich weiß, hat sein Vermieter ihm gerade die Wohnung gekündigt.«

»Wohnungssuche gehört aber nicht zu unseren Aufgaben!«, sagte Brita bestimmt.

»Das wird auch nicht von euch erwartet! Übrigens begleitet sein 12-jähriger Sohn ihn meistens als Übersetzer, so können keine Missverständnisse aufkommen.«

»Auch vormittags? Das Kind unterliegt doch der Schulpflicht!«

»Er geht wohl einfach später zur Schule, und die Eltern hoffen, dass er das Versäumte nachholen kann.«

Es klingelte.

»Also: Frohes Schaffen! Bis denn«, verabschiedete sich Friedhelm.

»Schickst du Herrn Abiola herauf?«, bat Brita. »Dann weiß er gleich, dass er hier richtig ist.«

Herr Abiola war ein kräftiger Mann mit einem kleinen Bauch.

»Ich will umziehen in ein Haus, und ich will arbeiten, das Geld ist zu wenig«, übersetzte sein Sohn.

»Wie viele Kinder haben Sie denn?«, fragte Brita.

»Sieben.«

»Mit der Arbeitslosenunterstützung und dem Kindergeld, plus Wohngeld usw. müsste es doch eigentlich reichen. Wie viel ist es?«

»Wenig, weniger als 3000 DM.«

»Und wie viel Gehalt erhoffen Sie sich, wenn sie arbeiten?«

»5500.«

»So viel.«

»Wir denken, wenn wir schon ohne Arbeit fast 3000 DM bekommen, wie viel mehr muss es dann sein, wenn Vater arbeitet!«

»In welchem Beruf haben Sie in Ihrer Heimat gearbeitet?«

Vater und Sohn diskutierten längere Zeit.

»Welche Sprache ist das?«, fragte Susanne.

»Yoruba.«

»Sprechen nicht die meisten Nigerianer Englisch? Das habe ich mal gehört.«

»Meine Familie spricht nur Yoruba. Vater war Erntehelfer und Tagelöhner. Er kann alles.«

»Prima. Besucht er hier einen Deutschkurs?«

»Er hat angefangen, aber er war besser als seine Mitschüler. Da hat er aufgehört.«

»Und wie war es dann in dem Kurs für Fortgeschrittene?«

»Der war zu schwierig. Aber er hat ja seine Kinder, die übersetzen können.«

»Er kann doch sein Kind nicht mit zur Arbeit nehmen! Ohne Deutschkenntnisse geht es nicht in der Arbeitswelt! Wenigstens mit seinen Kindern sollte er Deutsch sprechen, zur Übung.«

»Das geht nicht, es ist unter seiner Würde, schlechter Deutsch zu sprechen als seine Kinder! Unser Name ›Abiola‹ bedeutet ›in Würde geboren‹.«

»In Würde deutsche Fernsehsendungen schauen, Vokabeln lernen?«

»Er sagt, der Fernseher läuft den ganzen Tag.«

»Und hört er zu, was dort gesprochen wird?«

Es herrschte Schweigen.

»Wann bekommen wir unser neues Haus?«

Brita sagte: »Ich will sehen, was ich tun kann.«

»Wann können wir einziehen?«

»Rufen Sie mich bitte nächste Woche an oder kommen Sie her! Ich telefoniere für Sie mit dem Wohnungsamt und schaue mir die Wohnungsanzeigen in der Zeitung an. Vielleicht lässt sich etwas machen.«

»Es ist wichtig.«

»Das wissen wir«, sagte Susanne. »Auf Wiedersehen.«

Vater und Sohn gingen ohne Abschied.

»Vielleicht finde ich heraus, wie man sich auf Yoruba begrüßt und verabschiedet«, meinte Susanne. »Dann antworten sie wohl.«

»Das halte ich für die falsche Stoßrichtung«, sagte Brita.

»In der Kirche war es übrigens schön«, berichtete Susanne. »Die Bänke innen haben Ähnlichkeit mit denen, auf denen ich in meiner Jugend gesessen habe, unbequem aber nett anzusehen. Vorne am Altar stehen links Moses und rechts sein Bruder Aaron.«

Brita gähnte.

»Natürlich gibt es viele Bilder von Ereignissen aus dem Leben Jesu. Am interessantesten fand ich aber die Bilder an den Emporen, die sind aus dem Alten Testament, z.B. Abraham, der erste Monotheist, wie Engel ihm die Botschaft bringen, dass er einen Sohn bekommt.«

»Ich erinnere mich nicht.«

»Das größte Bild handelt von der Versöhnung Jacobs mit mit seinem Bruder Esau.«

»Verkrachte Brüder! Wie viele Bilder sind es denn insgesamt?«

»10 oder 12, da sind die Bilder von Jesus aber nicht mitgerechnet.«

»Liest der Pastor nicht sowieso diese Geschichten vor? Warum denn noch die Bilder?«

»Als die meisten Menschen noch nicht lesen konnten, haben sie an die Geschichten aus dem Alten und Neuen Testament erinnert, also z.B. wie wichtig Versöhnung ist.«

»Ob wohl die Söhne und Töchter von unserem Kollegen Dietmar immer noch unversöhnlich waren?«

»Krach gibt es doch in so vielen Familien!«

»Brita, es ist 16.30 Uhr. Feierabend!«

»Ja. Ich bleibe heute noch ein wenig länger in Bergedorf, weil ich etwas einkaufen möchte.«

»Alles klar. Tschüs, bis morgen.«

»Auf Wiedersehen, Susanne.«

In der S-Bahn überlegte Susanne, ob Brita sich wohl noch mit ihrem attraktiven Kollegen Friedhelm verabredet war.

Aber sie entschied, dass sie dies nichts anging, darum

dachte sie lieber an Abraham und seine komplizierten Familienverhältnisse: Abraham war ungeduldig, weil Gott ihm den versprochenen Sohn nicht schnell genug schenkte.

Damals waren Söhne die Rentenversicherung. Wer keine Nachkommen hatte, war auf Almosen angewiesen. Töchter nützten nichts, weil Schwiegersöhne den Schwiegereltern nicht verpflichtet waren.

Abrahams Frau Sara war kinderlos und für damalige Verhältnisse zu alt, um doch noch zu gebären. Sie bat Abraham, ihre Dienerin zu schwängern. Als deren Sohn Ismael ein paar Jahre alt war, wurde auch Sara schwanger und brachte Isaak zur Welt.

Nach einiger Zeit befürchtete Sara, dass Ismael nach ihrem und Abrahams Tod Isaak etwas antun würde. Sie überredete Abraham, Ismael und seine Mutter in der Wüste auszusetzen. Das tat er schweren Herzens. Zum Glück kümmerte sich Gott um sie, kurz vor dem Verdursten ließ er eine Wasserquelle sprudeln.

Alles so symbolisch wie in Träumen, fand Susanne.

In Träumen und in Märchen, Sagen und Legenden wurden Inhalte nicht direkt benannt, sondern in symbolischer Form.

Wenn Wasser in der Wüste sprudelt, symbolisiert es wahrscheinlich, dass alte Weisheit und neue Lebenskraft an die Oberfläche kommen, dachte Susanne. Haben die Menschen keinen Zugang zu diesem Wissen, verdursten sie, innerlich, symbolisch gesehen.

Als sie an diesem Abend zu Hause war, zog Susanne ihre Laufschuhe an. Zwar war sie ziemlich unsportlich, aber sie schätzte am Joggen, dass ihre Gedanken zur Ruhe kamen. Ansonsten schwirrten die pausenlos kreuz und quer durch ihr Gehirn.

Sie lief durch den Stadtpark wie so oft, joggte an schönen hohen Bäumen vorbei, laufen, nicht grübeln, und auf keinen Fall in die Nähe der Fußgängerbrücke über den Überseering kommen, von der sie damals springen wollte. Sie hatte sich verstrickt in eine toxische Beziehung zu einem verheirateten Mann und traute ihrem Leben nicht mehr zu, wieder schön werden zu können.

Nun lief Susanne ihrem inneren Frieden entgegen, wie sie hoffte,

Nachdem sie ihre Runden unter den Buchen, Eichen und Ahornbäumen gedreht hatte, vorbei an Kastanien, Gingko- und Taschentuchbäumen, ging sie langsam nach Hause. Da fiel ihr ein Traum der vergangenen Nacht ein:

Sie kommt in einen Klassenraum, wo sie ein Seminar über ein bestimmtes Thema gebucht hatte. Dort setzt sie sich auf den Platz des Lehrers, ohne sich dessen zunächst bewusst zu sein. Als der Unterricht beginnt, stellt sie fest, dass der Lehrer, ein recht attraktiver junger Mann, in der letzten Reihe sitzt. Er kümmert sich wenig um seine Schüler. Später setzt sie sich auf einen anderen Platz.

Susanne vermutete, dass der Traum ein Warntraum war. Anmaßung war das Thema, sie maßte sich an, das Verhalten ihres Kollegen Dietmar zu beurteilen bzw. es sogar zu verurteilen. Das war natürlich weder ihre Aufgabe, noch wusste sie genügend über ihn.

Susanne nahm sich vor, andern gegenüber authentisch zu sein und offen auf die Menschen zuzugehen, die ihr bei ihrer neuen Arbeit begegneten. Vielleicht war das ein Heilmittel gegen ihre Schüchternheit.

Am Sonntag früh um 11 Uhr ging Susanne in eine Matinee-Vorstellung im Abaton-Kino. Das war in der Nähe der Universität am Allende-Platz. Erst seit zwei Jahren hieß der ehemalige Bornplatz nach dem chilenischen Präsidenten Salvador Allende, der 1973 aus dem Amt geputscht wurde und dabei zu Tode kam.

Im Abaton liefen manchmal Filme in Originalsprache mit oder ohne Untertitel. Sie hatte sich für »Sense and Sensibility« entschieden, nach einem Roman von Jane Austen.

Susanne hatte hier an der Uni im Philosophenturm Englisch studiert, damals dachte sie, sie könnte Lehrerin werden. Auf jeden Fall gefiel ihr die Sprache immer noch, sie las viele englische Bücher.

Im Vorraum des Kinosaals traf Susanne zufällig einen früheren Studienkollegen. Sie setzten sich an einen kleinen Tisch. Er berichtete, dass er inzwischen Lehrer war und zwar gerne.

»Toll!«, meinte Susanne. »Ich wünschte, ich könnte das gleiche sagen. Aber es lag mir nicht. Ich wäre bestimmt eine Zynikerin oder eine Alkoholikerin geworden, wenn ich es durchgezogen hätte! Nun mache ich Sozialarbeit. Sehr spannend!«

»Freut mich, dass du nun das richtige für dich gefunden hast! Dein Interesse an der englischen Sprache hast du aber behalten, wie ich sehe.«

»Klar! Auf den Film bin ich gespannt!«

»Meine Frau kann ich leider nicht dazu bewegen in originalsprachliche englische Filme zu gehen, sie ist Italienerin.«

»Ist es nicht witzig, dass der Titel ›Sense and Sensibility‹ so richtig schön falsch ins Deutsche übersetzt wurde? ›Sinn und Sinnlichkeit‹! Null Punkte! ›Sinn und Vernunft‹ wäre die Bedeutung.«

»Ein sogenannter false friend! Man denkt, ›sensibility‹

muss Sensibilität bedeuten, aber weit gefehlt! Es ist Vernunft. Meine Schüler fallen oft auf diese falschen Freunde herein: become heisst nicht bekommen, sondern werden, gift nicht Gift, sondern Geschenk, als chef wird nur der Küchenchef bezeichnet, I will bedeutet: ich werde, still heißt noch, ...«

» ... cakes sind Kuchen, und cookies sind Kekse, das englische Wort für Handy ist mobile, ein undertaker ist ein Beerdigungsunternehmer, by bedeutet durch und bei heißt at. Besonders verwirrend: A billion ist im britischen Englisch eine Billion, aber in Amerika eine Milliarde!«

Die Türen zu dem kleinen Kinosaal wurden geöffnet, sie gingen hinein.

Die Geschichte spielte im 18. Jahrhundert, Hauptfiguren waren die Schwestern Elinor, 19 Jahre alt, und die 16 jährige Marianne, deren Familie durch eine Intrige verarmt war. Ihre Mutter sah es nun als ihren Lebensinhalt an, die beiden standesgemäß zu verheiraten, was ohne Mitgift für sie äußerst schwierig war.

Elinors Vernunft in Liebes- und Heiratsfragen und Mariannes romantischen Vorstellungen zu diesem Thema spiegelten die Stimmung im 18. Jahrhundert wider. Nachdem es vorher in der Ober- und Mittelschicht üblich war, Vernunftsehen nach den Wünschen der Eltern und gemäß der herrschenden Moral einzugehen, kam nun das Ideal der romantischen Liebe auf. Liebesgefühle wurden von jungen Leuten zunehmend als wichtig und erstrebenswert angesehen als Grundlage für eine Ehe.

Der kleine Kinosaal war ziemlich leer. Susanne genoss den Film, obwohl manche Zuschauer rauchten.

Überraschenderweise ging nach einigen Irrungen

Elinor schließlich eine Liebesheirat ein, und Marianne, die sich unsterblich in den Hallodri Willoughby verliebt hatte, erwärmte sich schließlich für einen älteren fürsorglichen Mann.

»Ein Oscar für das beste Drehbuch, das hat es verdient!«, sagte Susanne, als sie hinausgingen. »Keine Sekunde Langeweile, trotz Überlänge und der Moral des 18. Jahrhunderts, das muss ein Regisseur erstmal schaffen! Dass der Roman von Jane Austen nach 200 Jahren immer noch begeistern kann! Irre!«

»Zum Glück gab es Untertitel, Hugh Grant als Edward hat ziemlich genuschelt und ganze Wörter verschluckt. Ich freue mich schon aufs Mittagsessen, meine Frau kocht ausgezeichnet. Komm doch mit!«

»Danke für die Einladung, aber ich habe noch etwas vor. Es war schön, dich wiederzusehen! Tschüs.«

Susanne traute sich nicht zu, neidlos mit einem glücklichen Paar bei einem guten Essen zu sitzen.

Sie fragte sich, ob sie es jemals schaffen würde, dass ihre Vernunft und ihre Gefühle sich nicht nur als Gegensätze bemerkbar machten, sondern letztlich harmonisch ihr Inneres bewohnten.

3. Kapitel

»Oh, die Kaffeemaschine gurgelt schon!«, rief Susanne, als sie am Montagmorgen zur Arbeit kam. »Und es sieht viel gemütlicher aus.«

»Das liegt wohl am Sisal-Teppich, den hatten wir noch auf unserem Dachboden. Mein Mann hat mich heute mit dem Auto hergefahren.«

»Guck mal, meine Bilder für unsere Wände, Seerosen von Monet! Ich hoffe, du magst sie, such‹ dir ein paar aus. Über meinem Schreibtisch hätte ich gern dieses große Kalenderblatt einer Eiben-Allee, Du weißt vielleicht, dass die Druiden die Eiben als Verbindung zur Ewigkeit ansahen?«

»Klar, ich lese auch Asterix und Obelix. Aber zurück zur Gegenwart: Stell dir vor, die Telefone sind angeschlossen! Wir haben Amtsnummern, hier!« Brita zeigte einen Zettel mit zwei Telefonnummern.

Susanne war begeistert. »Dann steht unserem Erfolg ja nichts mehr im Wege!«

»Friedhelm von Schütt hat gestern noch erzählt, dass eine seiner Kolleginnen Dietmar Funkes Tochter Lydia ist.«

Susanne runzelte die Stirn. »Wusste sie denn, dass ihr leiblicher Vater als neuer Schuldnerberater nur ein paar Türen weiter arbeitet?«

»Das ist mir nicht bekannt. Glaubst du, Dietmar Funke könnte von seiner Vergangenheit eingeholt worden sein?«

»Frag mich etwas Leichteres! Ich würde gern mal mit dem Ermittler bei der Polizei über die Tat sprechen.«

»Keine Chance vermutlich!«

Es klingelte.

»Kundschaft.« Susanne stand auf.

Eine gut gekleidete junge Frau kam die Treppe herauf.

»Willkommen«, sagte Susanne. »Bitte setzen Sie sich. Was können wir tun?«

»Am liebsten überhaupt nichts!«

»Oh!«

»Ich bin vor vierzehn Monaten Mutter einer Tochter geworden...«

»Herzlichen Glückwunsch!«

»Dankeschön. Ich bin so froh, Zeit für meine Tochter zu haben! Mein Mann studiert noch. Nach dem Mutterschutz habe ich auf Antrag Arbeitslosengeld bekommen, aber das lief nach einem Jahr aus. Danach gab es Arbeitslosenhilfe für mich, davon leben wir. Ich bin von Beruf Schneiderin, daher kann ich mich immer noch modisch kleiden. Das ist wichtig für mich, aber mein Kind ist das Allerwichtigste!«

»Na klar«, meinte Brita.

»Ihre Kleidung gefällt mir wirklich sehr«, sagte Susanne. »Ich wünschte, ich hätte Ihr Talent! Leider waren schon im Handarbeitsunterricht meiner Schulzeit meine Probelappen immer die schlechtesten der gesamten Klasse, jedenfalls nach dem Urteil der Lehrerin.« Sie fuhr fort: »Eine schwierige Entscheidung, wann eine Mutter am besten wieder anfängt zu arbeiten: Wenn das Kind mit drei Jahren in den Kindergarten geht? Früher? Später? Falls Sie sehr lange warten, wird die Rückkehr in den Beruf zunehmend schwieriger.«

»Ja, ich weiß. Ich warte darauf, dass die Politik endlich das Elterngeld einführt, über das die Parteien schon so lange diskutieren.«

»Die CDU/FDP Koalition unter Helmut Kohl setzt

nicht gerade viel Nachdruck dahinter! Bis es so weit ist, kann Ihr Kind schon in der Pubertät sein! Wäre es eine Möglichkeit, dass Sie in Teilzeit arbeiten und Ihre Tochter eine Krippe besucht?« Brita beugte sich vor.

»Darüber muss ich nachdenken und mit meinem Mann sprechen.«

»Sicherlich sind Sie mit ihm im ständigen Gespräch darüber.«

»Ja. So, jetzt muss ich meine Tochter bei meiner Mutter abholen. Ich freue mich schon auf sie.«

»Auf Wiedersehen. Hier ist unsere Telefonnummer.«
»Danke.«

Als sie wieder allein waren, sagte Brita forsch: »Auf in den den Kampf! Ich habe mich entschlossen, die Familie Abiola bei der Wohnungssuche zu unterstützen, und hänge mich gleich mal ans Telefon.«

»Viel Erfolg! Zum Glück haben wir zwei Amtsleitungen für die Telefone.«

Susanne schaltete ihren Computer ein. Es wurde nach dem Passwort gefragt.

Sie rief bei der Zentrale des Amts an und fragte, wer zuständig sei. Daraufhin wurde sie nacheinander zu einigen Anschlüssen durchgestellt.

Als sich schließlich eine Frauenstimme mit »Lydia Funke, Vermittlung« meldete, fragte Susanne, ob sie ihr sagen könne, wo im Behördendschungel jemand zuständig sei für die Passwörter der Computer.

Frau Funke war hilfsbereit, Susanne bedankte sich und lud sie für den Nachmittag zum Kaffee ein. Tatsächlich nahm Frau Funke an, sie stellt ihren Besuch für 16 Uhr in Aussicht.

»Wir haben heute Nachmittag einen Gast namens Lydia Funke«, sagte Susanne beim Auflegen des Hörers. »Zum Glück habe ich Waffelröllchen dabei.«

»Wann kommt sie denn?«

»Um 16 Uhr.«

Plötzlich begann Brita zu singen:

»Das ganze Leben ist ein Quiz,

und wir sind nur die Kandidaten.

Das ganze Leben ist ein Quiz,

und wir braten, braten, braten.«

»Wir haben zwar eine kleine Küche, aber braten wollte ich hier eigentlich nicht«, sagte Susanne. »Ich kann nicht besonders gut kochen.«

»Braten ist die Abkürzung für beraten, das Wort kommt mit der Melodie besser hin. Eigentlich heißt es in dem Lied natürlich: ›Und wir raten, raten, raten.‹«

»Ach, das können wir gut zusammen singen! Ich mache nur mal kurz die Fenster zu.«

Danach sangen sie das Liedchen.

»Schwierige Wohnungssuche, richtiger Stress«, berichtete Brita. »Singen hilft mir zu entspannen.«

»Wie wohl die Heiligen mit dem Stress umgegangen sind, Abraham, Moses und Jakob?«

»Fragen stellst du!«

»Die Heiligen waren oft in großen Schwierigkeiten, und viele wurden sogar getötet. Zum Glück sind wir keine.«

»Ich kann mir kaum eine abwegigere Idee vorstellen, Susanne! Heilige Sozialarbeiterinnen.«

»Na ja, die Nonnen haben früher auch Sozialarbeit gemacht, sprich, sich um die Armen, Kranken und Obdachlosen gekümmert.«

»Stimmt allerdings. Sag mal, wie ist das eigentlich, wenn du einen Moslem heiratest, und dem wird es nach einiger Zeit zu langweilig mit dir? Er kann dann doch einfach eine weitere Frau heiraten, eure Religion erlaubt es ihm ja. Darf er nicht sogar insgesamt vier Ehefrauen gleichzeitig haben? Und zusätzlich noch Kinder mit seinen Slavinnen?«

»Du kennst dich aber gut aus!«

»Ich habe mich am Wochenende informiert.«

»Im Koran steht ganz eindeutig, dass die Mehrehe nur für eine bestimmte historische Situation erlaubt war, nämlich nach der Schlacht von Uhud gegen die Mekkaner, übrigens eine Verteidigungsschlacht, kein Angriffskrieg der Muslime. Damals starben so viele Muslime, dass die Witwen und Waisen nicht anders versorgt werden konnten. Dies ist die Bedingung, im Koran steht in Sure 4, Vers 3, dass die Muslime bis zu vier Frauen heiraten können, falls sie befürchten, ansonsten nicht fähig zu sein, gerecht mit den Waisen umzugehen!«

»Das verstehe ich nicht.«

»Sozialhilfe und Arbeitslosenhilfe gab es eben nicht, und die meisten Frauen waren damals vom Erwerbsleben ausgeschlossen. Nur der Ehemann war letztlich zuständig für die materielle Versorgung der Familie, und auch für die Witwen und Waisen unter den Verwandten. Was sollten sie tun bei akutem Männermangel? Dann wurde diese Sure offenbart. Sicherlich gefiel es den Frauen damals nicht, ihren Mann mit anderen Ehefrauen zu teilen, aber sie mussten sich fügen. Und hatten den Vorteil, Haushalts- und Kindererziehungspflichten auf mehrere Schultern zu verteilen.«

»Das ist heute anders. Die Vielweiberei in islamischen Ländern dient vor allem dem Vergnügen der Männer.«

»Stimmt wohl, und sie dient außerdem der Erhöhung

ihrer Kinderzahl. Wie gesagt, es sind andere Zeiten. Zum Glück steht heutzutage in vielen islamischen Eheverträgen ein Passus, der weitere Eheschließungen verbietet.«

Die Türklingel schrillte.

Es war der Kollege, der sich um die EDV kümmerte. In kurzer Zeit hatte er die amtlichen Passwörter eingerichtet.

Dann fragte er: »Beraten Sie auch Kollegen?«

»Warum nicht?«, meinte Susanne. »Wir sind dabei natürlich äußerst diskret!«

»Ja, bitte. Also, es ist so, dass eine Frau, mit der ich eine kurze Affäre hatte, von mir schwanger ist. Sie will nicht abtreiben lassen. Ich möchte auf keinen Fall mit ihr zusammen ein Kind großziehen!«

»Aber Kontakt zu dem Kind möchten Sie schon haben?«

»Das muss nicht sein.«

»Aber für das Kind muss es unbedingt sein!«, rief Susanne. »Oder was meinst du, Brita?«

Brita schwieg.

»Erstmal lasse ich natürlich nach der Geburt einen Vaterschaftstest machen! Falls es meins ist, sehen wir weiter.«

»Sie würden Ihr Kind lieben!«, versprach Susanne. »Josef hat sogar den Sohn seiner Verlobten Maria angenommen, obwohl er gar nicht mit ihr intim gewesen war. Eigentlich halten wir in der Beratung unsere eigene Meinung zurück, aber Ihnen gegenüber möchte ich mal die Interessen des Kindes vertreten: Es braucht Sie als Vater.«

»Oder einen Stiefvater«, meinte Brita.

»Oder beides«, sagte Susanne.

Der Kollege runzelte die Stirn. »Vielleicht komme ich wieder zu euch, wenn sich herausgestellt hat, dass ich der leibliche Vater bin!«

»Prima, dann setzen wir die Beratung fort.« Susanne lächelte. »Nur Mut! Bevor ein Kind da ist, kann man sich nicht vorstellen, wie es ist, einen Sohn oder eine Tochter zu haben. Aber dann möchten Sie Ihr Kind nicht mehr missen!«

Als der Kollege sie verlassen hatte, meinte sie: »Allerdings haben ein Engel dem Josef die Botschaft gebracht, dass Maria noch Jungfrau war. Also war er sicher, dass sie nicht fremdgegangen ist.«

»Hoffentlich wimmelt es hier bei uns nicht auch bald von Engeln!« Brita schüttelte den Kopf.

»Ich hätte nichts dagegen.«

»Susanne, für solche und andere Probleme müssen politische Lösungen her, keine übernatürlichen!«

»Du denkst doch nicht, dass ich völlig unpolitisch bin, nur weil ich an Gott glaube?«

Brita stand auf. »Gut, dann strebst du hoffentlich wie meine DKP-Genossen und ich eine Gesellschaftsordnung an, die die Ausbeutung des Menschen durch den Menschen beseitigt! Eine, in der soziale Gerechtigkeit umgesetzt wird!«

»Natürlich! Aber wie das erreicht werden soll, ist mir schleierhaft.«

»Es muss erkämpft werden, von selbst geschieht nichts! Natürlich kann man nicht erwarten, dass in einem kapitalistischen System urplötzlich die Ausbeutung endet.«

Brita ballte die rechte Faust.

»Hoffen wir mal, dass die Gewerkschaften konsequent ihre Forderungen nach Umverteilung verfolgen!

Mir selbst sind vor allem auch ökologische Fragen wichtig«, sagte Susanne.

»Das ist der zweite wichtige Punkt in unserem Parteiprogramm: Ein sorgsamer Umgang mit der Natur muss gesichert sein.«

»Super. Dann könnte ich die Partei glatt wählen, wenn sie sich nicht aktuell gerade in Auflösung befinden würde.«

Susanne lächelte.

»Leider! Es tut weh, die politische Heimat zu verlieren, das kann ich dir sagen! Mit der PDS kann ich mich nicht so anfreunden. Hoffentlich entsteht eines Tages eine wählbare linke Partei, die es wieder im Programm hat, die freie Entwicklung jedes einzelnen Menschen als Bedingung für die freie Entwicklung aller zu ermöglichen.«

»Das hört sich an wie das Paradies auf Erden.«

»Bäh.«

Es klingelte.

»Das ist vielleicht Herr Abiola. Sein Sohn hat angerufen und gesagt, sie kommen eventuell heute noch vorbei.«

Aber es war ein junger dunkelblonder Mann mit stylisher Frisur, der langsam die Treppe emporkam. Er ging gebeugt. Unter dem Arm trug er eine große Aktentasche.

»Willkommen! Wie können wir helfen?«

»Na ja, mein Problem ist der Rücken. Ich bin nur noch einen kleinen Schritt entfernt von von der Reha-Abteilung, sagt mein Vermittler Herr von Schütt. Aber nicht mit mir!«

»Sie hoffen auf Heilung, das ist gut. Was meint Ihr Arzt, wie sind die Aussichten?«

»Ich gehe fleißig zur Massage. Mein berufliches Ziel werde ich auf keinen Fall aufgeben.«

»Das hört sich konsequent an. Welches Berufsziel haben Sie denn?«

»Tanzlehrer.«

»Tanzlehrer!«, rief Brita.

»Prima, ich kann auf dem Gebiet gut Privatunterricht gebrauchen«, sagte Susanne. »Nämlich, ich schwebe nicht gerade über das Parkett«, erklärte sie. »Nur ein einziges Mal im Leben sah ich beim Tanzen gut aus, das war als mein Tanzpartner mich während des gesamten Tanzes praktisch hochgehoben hat.«

Brita lachte. »Ich tanze gern. Aber mein Mann hat keine Lust zum Tanzen.«

»Ich will meine eigene Tanzschule gründen«, berichtete der Besucher.

»Da brauchen Sie wohl noch viel Geduld! Auf jeden Fall wünsche ich Ihnen gute Besserung und hoffe, dass die medizinische Behandlung anschlägt.«

»Danke.«

»Ich glaube nicht, dass wir aktuell etwas für Sie tun können«, meinte Brita. »Aber wir sind für Sie da, ich gebe Ihnen unsere Telefonnummer. Rufen Sie uns gern an, egal ob Ihre Tanz-Pläne konkret werden oder ob Sie sich für einen anderen Berufsweg interessieren.«

»Darf ich bitten?!«

»Wie?«

Er nahm einen tragbaren Kassettenspieler aus der Tasche und verbeugte sich vor Brita.

Sie stand auf und nahm mit ihm die Tanzhaltung ein.

»Bitte einmal auf On drücken«, bat er.

Susanne tat es.

Musik ertönte.

»Tanze mit mir in den Morgen,
Tanze mit mir in das Glück,
In deinen Armen zu träumen,
Ist so schön bei verliebter Musik.
›Darf ich bitten zum Tango um Mitternacht?‹
Fragte ich Susann,
Sie sah mich nur an ...«

Mit schmerzverzerrtem Gesicht ließ er seine Tanz-partnerin los und fiel auf einen Stuhl.

Er nahm eine Packung Tabletten aus der Hosentasche, Susanne holte schnell ein Glas Wasser.

«Tango geht erstmal noch nicht lange, aber nächstes Jahr bestimmt«, murmelte er.

»Kommt Zeit, kommt Rat«, sagte Susanne. »Bleiben Sie einfach bei uns, bis die Tablette wirkt. Und behalten Sie Ihr Ziel im Auge unter der Parole: Morgens Fango, abends Tango.«

Als er sich schließlich verabschiedet hatte, sang Brita:
»Darf ich bitten zum Tango um Mitternacht,
Rief ich bei Susann schon am Morgen an,
Hat sie mich auch deswegen oft ausgelacht,
Wenn es zwölf ist, lacht sie mich an.«

Susanne staunte: »Du bist ja richtig textsicher!«
»Tja.«

»Was meinst du, wollen wir uns einen Namen geben? So etwas wie ›Rat und Tat‹ oder ...«

»... ›Rad und Tat‹, Rad mit D vielleicht? Mir gefällt ›PLAN‹, Abkürzung für ... ›Projekt Lalos äh ..., tja.«

»Gut! Solange uns nichts Besseres einfällt, sollten wir uns PLAN nennen!«

»Vielleicht brauchen wir ja nicht unbedingt einen Namen.«

Das Telefon klingelte.

Susanne nahm den Hörer ab.

»Bratungsstelle.«

»Friedhelm von Schütt hier. Geht es voran mit der Beratung? Ich habe gehört, dass meine Kollegin heute zum Kaffee kommt, bin ich auch eingeladen?«

Susanne hielt eine Hand über das Mundstück. »Friedhelm möchte dabei sein, wenn seine Kollegin zu uns kommt. Spricht etwas dagegen?«

Brita zögerte. »Eigentlich nicht.«

»Ja gern, Herr von Schütt.«

Susanne legte auf.

»Ich habe einen Reiseführer von Bergedorf gelesen«, berichtete Susanne. »Im Schloss gibt es Räume mit alten Bauernmöbeln, u.a.sind einige Alkoven dort, du weißt, diese Bettnischen, die man mit Türen verschließen kann.«

»Wie kommst du jetzt darauf?«

»Das soll keine Anspielung sein«, sagte Susanne schnell. »Ich finde die nur toll und würde gern mal in solch einem Alkoven schlafen.«

»Lass dich nicht dabei erwischen, Susanne! Ich finde übrigens, das sage ich ziemlich häufig zu dir.«

»Ich würde die Alkoventür natürlich zumachen. Es müsste doch eigentlich gehen, sich nachts im Schloss einschließen zu lassen.«

»Bei dieser Aktion mache ich nicht mit!«, rief Brita. »Stell dir mal vor, du wirst entdeckt!«

»Wäre es denn Hausfriedenbruch oder so etwas?«

»Kann doch sein. Lass es lieber, Susanne! Du ...«

Die Türklingel unterbrach sie.

Brita ging zum Fenster.

»Oh, die Herren Abiola senior und junior.«

»Wir kommen nicht mit leeren Händen.« Herr Abiola

strahlte. Sein Sohn übersetzte: »Ich habe mich bei meinen Landsleuten umgehört. Man kann ein Haus finden, das Amt bezahlt.«

»Hoffentlich kein Wunschdenken!«, meinte Susanne leise.

»Also, ich habe mit dem Wohnungsamt gesprochen«, sagte Brita, »Herr Abiola, Sie haben gute Chancen, eine neue Wohnung zu bekommen, wenn Sie keine Mietschulden haben. Es gibt kaum einen Vermieter, der an einen Mietschuldner vermieten würde.«

»Wir manchmal können Miete nicht bezahlen.«

»Wie viele Monate?«

»Vielleicht ein Jahr. Das Amt muss die Schulden bezahlen«, schlug er vor.

»Bei der Agentur für Arbeit besteht diese Möglichkeit nicht. Das Sozialamt würde Schulden in Ausnahmefällen übernehmen, aber nur für die eigenen Kunden sozusagen.«

»Es ist mir egal, wer bezahlt.«

»Es müsste schon ein Wunder geschehen, wenn überhaupt jemand zahlen würde«, sagte Brita.

»Also, dann beten Sie doch für uns!«

»Das ist Ihre eigene Aufgabe! Beten Sie also lieber selbst, Herr Abiola!«, forderte Susanne.

Er stand auf. »Ich frage mal unseren Pastor, wir sind Christen.«

»Prima«, meinte Susanne.

Als er gegangen war, sagte Susanne: »In solchen Fällen ist die Gemeinde zuständig, eine geeignete Wohnung zur Verfügung zu stellen. Aber natürlich nicht die Kirchengemeinde, vielleicht verwechselt er das.«

»Nur ist niemand gezwungen, die von der Gemeinde

angebotene Wohnung zu nehmen. Ich versuche es mal auf dem freien Wohnungsmarkt.«

»Wie du meinst.«

Susanne las im Buch über Schuldnerberatung und aß danach eine Birne. Am liebsten hätte sie gebetet, aber sie verschob es auf den Abend.

Stattdessen dachte sie darüber nach, dass es logischerweise nur einen Gott gab. Wenn Juden, Christen und Muslime von Gott sprachen, bedeutete dies, es gab einen Gott, nicht drei. Natürlich existierten verschiedene Gottesbilder und -vorstellungen, aber nur ein Gott.

Nach einer Weile sagte Brita: »Ich wollte dir noch erzählen, dass mein Mann der Stiefvater meines Sohnes ist. Der leibliche Vater war immer wieder gewalttätig mir gegenüber. Ich habe mich von ihm scheiden lassen und erreicht, dass er kein Umgangsrecht bekommt.«

Susanne sah sie an. »Ach so, deshalb warst du so zurückhaltend in dem Gespräch mit unserem Techniker-Kollegen über das Umgangsrecht des Kindes mit dem leiblichen Vater. Aber ich bewundere sehr, wie konsequent du die Trennung durchgezogen hast! So viele Gewaltopfer ihrer Ehemänner lassen sich immer wieder bequatschen, wenn die schwören, nie wieder zu schlagen. Viele Männer versuchen sogar, den Spieß umzudrehen, und behaupten, die Frau habe sie provoziert! Ihre Frauen möchten gern den Versprechungen glauben, aber sie werden doch wieder misshandelt! Leiden ohne Ende! Du hast es durch die Scheidung für immer beendet. Hut ab! Es muss schwierig gewesen sein.«

«In der Tat!«

»Danke für dein Vertrauen!«

Nachmittags kamen Herr von Schütt und seine Kollegin. Lydia Funke war eine junge hübsche Frau mit schwarzen langen Haaren und blauen Augen.

»Herzliches Beileid zum Verlust ihres Vaters!«, sagte Susanne.

»Danke!«, sagte Lydia Funke. »Schon merkwürdig, ich wusste zwar, dass der neue Schuldnerberater Funke heißt, aber dachte an eine zufällige Namensgleichheit. Als ich dann seinen Vornamen Dietmar und sein Alter erfuhr, habe ich nachgeforscht und festgestellt, dass er mein Vater sein muss.«

»Nun haben Sie ihn zum zweiten Mal verloren. Wie tragisch!«, rief Susanne.

»Mein Erzeuger hatte immer Geldprobleme, auch nach seiner Rückkehr aus Spanien, wie ich hörte. Gläubiger zu vertrösten und abzuwimmeln, gehörte zu seinem Alltag, hieß es. In letzter Zeit soll das jedoch anders geworden sein. Er bezahlte seine alten Schulden und seine neuen Rechnungen. Oder sind das nur Gerüchte? Meine Mutter und unsere Verwandten haben kein gutes Haar an ihm gelassen. Das fand ich sehr belastend als Kind. Ich wusste nie, was die Wahrheit über ihn war und was nur üble Nachrede. Dabei wollte ich so gern etwas Positives in ihm sehen!«

»Das ist verständlich«, meinte Brita. »Übrigens, Friedhelm, wir versuchen für Herrn Abiola und Familie eine neue Wohnung zu finden.«

Susanne zuckte zu zusammen. Friedhelm!

Er sagte: »Viel Erfolg.«

»Du hältst nicht viel davon, höre ich deinem Tonfall an?«

»Für mich als Vermittler ist es vor allem wichtig, dass seine Vermittlungschancen steigen.«

»Dann müsste ein Deutschkurs für ihn verpflichtend

gemacht werden. Bisher käme nur ein Arbeitsplatz in Frage, zu dem er täglich mit seinem Übersetzer antritt. Das ist natürlich illusorisch!«

»Diese Waffelröllchen schmecken gut«, sagte Frau Funke.

Susanne fand sie sehr sympathisch.

»Ich glaube bestimmt, Ihr Vater hat es bedauert, seine Kinder nicht aufwachsen zu sehen.«

»Schade, jetzt ist es zu spät dafür, von ihm zu hören, dass er mich damals vermisst hat! Das hätte einiges zu meiner emotionalen Heilung beigetragen!«

»Ach ja!«, seufzte Susanne. »Wie in dem Song der Rolling Stones ›Emotional Rescue‹. Rescue heißt allerdings Rettung, und nicht Heilung.«

Lydia Funke sagte: »Eigentlich ist mir das Verhältnis zu meinem Vorgesetzten viel wichtiger als das zu meinem Vater. Herr Tollkühn verhält sich ziemlich distanziert, und er hat ein paar Macken, aber ich mag ihn trotzdem.«

»Was denn für Macken?«

»Z.B. hängen in seinem Schrank mehrere Outfits für jede Gelegenheit, Hosen, Hemden, Jacketts, Schlipse, sogar zwei Paar Lederhandschuhe, ein schwarzes und eins in Dunkelblau. Ich habe das mal gesehen, als die Schranktür ein bisschen offenstand. Er sagt, falls er mal in der Kantine kleckert oder sich die Temperatur ändert, hat er immer etwas in Reserve. Nicht nur Kleidung, auch mehrere Paar Schuhe sind hier im Amt. Vor allem im Frühling und Herbst passt er seine Kleidung häufig an, im November ist er manchmal ganz in Schwarz gekleidet, um die Toten zu ehren, sagt er. Na ja, jeder Mensch hat irgendwelche Schwächen, Hauptsache er ist einigermaßen fair, Ich verstehe mich jedenfalls ganz gut mit ihm.«

Es klingelte.

»Oh, noch kein Feierabend!«

Von der Straße tönte es herauf: »Frau Schlieker, ich habe etwas für Sie!«

Durch das Fenster sah Susanne Herrn Lehmann.

»Ich bin in Eile«, rief er. »Hier sind die Ordner, ich wollte sie Ihnen so schnell wie möglich bringen. Wahrscheinlich möchten Sie die heute noch durcharbeiten?«

»Bestimmt nicht! Was meinen Sie dazu, wenn wir beide uns das für morgen vornehmen? Lassen Sie die Ordner ruhig hier. Kommen Sie hoch!«

Sie drückte auf den Öffner.

»Morgen passt mir nicht. Ich habe ein Bewerbungsgespräch«, sagte er, als er in der Tür stand.

»Wirklich!? Dann erwarte ich Sie danach!«

»Mal sehen. Hier bitte!«

»Ich werde die Ordner nicht öffnen, bis Sie wieder hier sind.«

»Und ich dachte, Sie stürzen sich sofort auf die Briefe und arbeiten die ganze Nacht hindurch.«

»Nö.«

»Na ja, dann eben nicht. Machen Sie's gut.«

»Gleichfalls.«

An der Tür drehte er sich noch einmal um. »Ich habe gehört, Sie sind nicht nicht besonders erfolgreich in Ihrer Arbeit?«

»Erfolgreich genug!«, rief Susanne. »Wir werden alle von unserer Arbeit überzeugen!«

»Mühsam ernährt sich das Eichhörnchen«, sagte Brita, als er gegangen war.

Friedhelm trank einen Schluck Kaffee. »Prima, dass ihr jetzt zu unserer Unterstützung hier seid. Wir in der Vermittlung müssen uns um so viele Arbeitslose kümmern, dass wir gar nicht die Zeit haben, uns ständig mit den schwer vermittelbaren Kunden einen abzusabbeln.«

»Ja, aber unsere Überzeugungsarbeit wird dauern! Und das Ende ist offen«, meinte Susanne.

Friedhelm sagte: »Irgendwann geht es nicht mehr anders, dann kommen die Sperrzeiten. Und das wissen die Lalos.«

»Welche Gründe gibt es denn eigentlich dafür?«, fragte Brita. »Ich meine, bis zu zwölf Wochen keine Arbeitslosenunterstürzung zu bekommen, ist ja praktisch Existenzvernichtung.«

»Mangelnde Mitwirkung zur Beendigung der Arbeitslosigkeit kann eben dazu führen! Wir wissen, das ist hart, daher wenden wir dieses Mittel nur in Ausnahmefällen an. Aber in der Obdachlosigkeit landet niemand dadurch, irgendwo ist meistens im Hintergrund ein Partner oder eine Partnerin mit Einkommen. Schwarz natürlich, das würde sonst angerechnet. Oder das Sozialamt springt ein.«

»Es gibt eine Geduldsgrenze, verständlich. Wer will sich schon verhohnepipeln lassen!«, sagte Brita.

»Ich verabschiede mich dann mal«, sagte Friedhelm. »Kommst du mit, Lydia?«

»Ja. Danke für die nette Bewirtung!«

Sie standen auf.

»Tschüs, schönen Feierabend! Und vielen Dank!«

Lydia Funke verließ winkend den Raum.

Susanne sagte: »Feierabend, zum Glück! Ich möchte heute noch schwimmen gehen ins Freibad im Stadtparksee. Kennst du das?«

»Klar, mein Sohn badet dort oft nachmittags mit seinen Schulfreunden. Für mich ist Schwimmen nichts.«

»Alles klar. Ich mach mich dann mal auf den Weg. Tschüs bis morgen.«

»Mach's gut.«

Susanne kaufte unterwegs Brot, Butter, Schafskäse und Oliven, Gurken und Tomaten und Olivenöl ein.

Zu Hause zog sie ihren Badeanzug an und darüber eine Jogginghose und Sweatshirt.

Sie fuhr mit ihrem Fahrrad die kurze Strecke zum Stadtpark und umrundete den See.

Dann ging sie ins Wasser, zum Glück war es nicht mehr so voll wie nachmittags. Sie schwann einige Bahnen und kam sich immens sportlich vor.

Danach fühlte sie sich wohl, sie fuhr sofort zurück nach Hause. Eigentlich würde sie gern Spass haben am Joggen, Fahradfahren und Schwimmen, aber es war kaum mehr als eine Pflichtübung. Sie nahm es auf sich, weil es gut für ihren Körper war.

4. Kapitel

1982

Nachdem Susanne das Studienseminar ohne Abschluss-prüfung verlassen hatte und somit nicht an öffentlichen Schulen unterrichten konnte, war sie deprimiert und orientierungslos.

Schließlich reiste sie nach Griechenland, dort wollte sie wieder Kraft und Hoffnung schöpfen. Ein halbes Jahr in Ruhe nachdenken, was sie beruflich tun könnte! Vielleicht auch für immer dort bleiben?

Susanne fuhr zunächst mit einer Freundin nach Paleochora an der Südküste Kretas.

Die Freundin war eine erfolgreiche Lehrerin, aber Susanne beneidete sie nicht. Sie wusste, dass sie selbst viel zu sensibel war für diesen Beruf, jedenfalls für die Arbeit mit Kindern.

Als die Freundin nach drei Wochen abgereist war, reiste Susanne an die Nordküste, wo sie einen Hippie traf, der zu Fuß von England nach Griechenland gelaufen war. Er hatte seit Monaten heftige Zahn-schmerzen, berichtete er, aber kein Geld für eine Be-handlung.

Susanne bedauerte, dass sie nicht in der Lage war, ihm das Geld zu geben.

Aber sie stellte ihm eine junge amerikanische Tou-ristin vor, die von ihren besorgenten Eltern für deren Europareise viel Geld zur Verfügung gestellt bekam.

Susanne hatte die Reise angetreten mit 2000 DM Erspartem. Da sie in Jugendherbergen und günstigen Zimmern übernachtete, die nicht mehr als 5 DM pro Tag kosteten, und sich im wesentlichen von Joghurt,

Brot, Tomaten, Gurken, Schafskäse und manchmal Fisch ernährte, hoffte sie, ein halbes Jahr bleiben zu können.

Sie bereiste eine Kykladen-Insel nach der anderen, die Schiffspassagen auf der »Elly« waren günstig. Unpünktlichkeit machte Susanne nichts aus, oft hatte das Schiff einige Stunden Verspätung, manchmal auch Tage. Dann blieb sie einfach länger in ihrer Unterkunft.

Santorini gefiel ihr besonders gut: die weißen Häuser mit den hellblauen Fensterrahmen, die schwarzen Strände. In dem hoch gelegene Hauptort, konnte sie von jedem Punkt das strahlend blaue Meer sehen, auf dem sich die Sonne spiegelte.

Susanne war glücklich.

Als nach fünf Monaten ihre Schwester und eine Freundin kamen und mit ihr weiterreisten, freute sich Susanne über die Gesellschaft. Sie blieben einige Wochen auf der Insel Karpathos, wo sie in kleinen Hütten wohnten, ohne Möbel außer Brettern auf zwei Holzböcken.

Dort breiteten sie ihre Schlafsäcke aus, zahlten ihre zwei DM Übernachtungsgebühr und genossen die Zeit am Meer. Ein Taxi brachte sie alle paar Tage in den Ort zum Einkaufen.

Abends gingen sie manchmal querfeldein zu einer Taverne in der Nähe, auf dem Rückweg unter dem Sternenhimmel leuchtete der Mond ihnen den Weg.

Als Neumond war, brauchten sie sehr lange in der völlige Finsternis, bis sie bei ihren Hütten ankamen. Der Sternenhimmel in seiner ganzen Pracht spendete kaum Licht.

Ihre Reisebegleiterinnen reisten schließlich ab, Susanne fuhr nach Athen zu einem Freund, den sie von führeren Griechenlandreisen kannte. Dort erreichte sie eines Tages ein Anruf.

Eine frühere Kollegin berichtete, dass an einer Technikerschule in Hamburg eine Englischlehrerin gesucht wurde.

Susanne buchte sofort einen Flug nach Hamburg, sie kam in einem WG Zimmer von Freundinnen unter. Ihre Bewerbung schickte sie am nächsten Tag los.

Sie bekam die Stelle.

Durch Bekannte fand sie ein Zimmer in einer WG in Altona.

Es konnte nicht besser sein.

Ihre Schüler waren Erwachsene im Alter zwischen 20 und 40 Jahren. Susanne kam gut mit ihnen zurecht.

Sie fühlte, dass die düsteren Jahre der Verzweiflung erstmal hinter ihr lagen. Aber woher wusste sie, dass die nicht wieder auftauchten?

Wo konnte sie Trost und Beruhigung finden, wenn Griechenlands Sonne und Meer weit weg waren?

Susanne suchte nach einer spirituellen Orientierung, das schien ihr eine Quelle zu sein, die immer sprudelte und aus der sie nach Bedarf schöpfen konnte.

Nun brauchte sie eine Religion, die zu ihr passte.

Bagwan schien sich anzubieten, seine Anhänger lehrten Meditations-techniken in Hamburg. Einige Monate lang ging sie wöchentlich zur »Dynamische Meditation«. Ein Teilnehmer bestand darauf, nackt zu meditieren, er hüpfte dynamisch herum, keuchte dabei atemlos »Hu, hu, hu, hu, hu« und kam gelegentlich sehr nahe heran.

Die Leiterin äußerte bei mehreren Beschwerden die Vermutung, dass er – wie alle hier – durch die Meditation das Innerste seiner Seele entdecken und dann allmählich von selbst das Bedürfnis entwickeln würde, seinen Körper mit Kleidung zu bedecken.

Susanne entdeckte das Innere ihrer Seele nicht, aber nach dem Herumhüpfen fühlte sie sich gut.

Sie gab es nach einiger Zeit wieder auf.

Die Suche ging weiter.

Einstweilen saß sie mit Bekannten in Kneipen herum, trank Bier, – aber weitaus weniger als vor der Griechenland Reise -, rauchte und fühlte sich ganz wohl.

Eines Abends setzte sich in ihrer Stammkneipe »Leuchter« ein Mann zu ihnen an den Tisch.

Auf den Tischen standen Kerzen, die den Raum in ein schummeriges Licht tauchten.

Susannes Begleiterinnen verabschiedeten sich, sie mussten am nächsten Tag sehr früh aufstehen.

Susanne konnte sowieso nicht vor Mitternacht einschlafen.

Sie schätzte den Mann auf Ende dreißig.

»Ich heiße Carlo. Mein Deutsch ist noch nicht gut.«

»Annelie. Wir können gern Englisch sprechen.«

Er berichtete, dass er in Paris lebte, aber fast jedes Wochenende in Hamburg verbrachte. Nach ihrer Scheidung war seine deutsche Ex-Frau mit ihrem gemeinsamen Sohn nach Hamburg gezogen.

Es gab noch keine verbindliche Regelung über das Umgangsrecht, sie ließ ihn manchmal mit dem Kind Zeit verbringen, an anderen Wochenenden hoffte er vergebens.

Auf die Frage, wie er das aushalte, gab er zu Antwort, er sei Anhänger eines Sufi-Meisters, der brachte ihn durch diese schwierige Zeit. Sufis seien Mystiker mit spirtuellem Durchblick, jedenfalls wenn sie fortgeschritten waren.

»Machen sie Dynamische Meditation?«, fragte Susanne.

»Nein, jeder meditiert still für sich allein mit einem Mantra, das er vom Meister bekommen hat und niemandem verrät.«

Susanne wollte wissen, ob sie diesen Meister in Paris besuchen konnte, um ihm ein paar Fragen zu stellen.

Er fuhr sich mit der Hand durch seine schwarzen Haare. »Nein, ich habe ihn schon mehrmals gebeten, dass ich ihm jemanden vorstellen darf, der Interesse am Sufi-Weg hat. Aber er sagte immer nein.«

Susanne nahm einen Schluck Bier und zündete sich eine Zigarette an.

Sie sah sich um. An der Theke stand eine Frau allein, die sie dort schon öfter gesehen hatte. Sie war sehr schlank und trug ein gutsitzendes Kostüm.

Wie immer schüttete sie ein Glas Wein nach dem anderen in schneller Folge in sich hinein.

»Wahrscheinlich handelt der Meister aus seiner Intuition heraus«, meinte Susanne. »Na ja, frage ihn doch spaßeshalber trotzdem mal, ob ich ihn besuchen darf! Paris ist ja so viel näher als Indien. Wahrscheinlich würde ich auf einer Indien-Reise in den Schulferien sowieso auf die Schnelle keinen Meister finden.«

Er trank einen Schluck aus seinem Wasserglas.

»Die Intuition meines Meisters ist allerdings enorm!«, sagte er dann leise. »Immer wenn er zu mir sagt, es sei gut, nach Hamburg zu fahren, kann ich eine schöne Zeit mit meinem Sohn verbringen. Rät er mir, lieber in Paris zu bleiben an dem besagten Wochenende und ich trotzdem fahre, enthält meine Ex-Frau mir das Kind vor. Aber ich bringe es nicht über mich, stets auf ihn zu hören.«

»Verständlich! Unsere Entscheidungen möchten wir selbst treffen.«

»Bloß, er hat eben das höhere intuitive Wissen, für

das er jahrzehntelang bei seinem Meister lernte. Er akzeptiert stets Gottes Willen, sogar in dieser Situation, wo die politischen Machthaber ihn aus seiner Heimat vertrieben haben. Er hatte eine große Khanegah, eine Art Klosterschule, wo viele Derwische ihren Sufi-Weg fanden.«

»Lebten sie dort wie Mönche und Nonnen?« Susanne bestellte sich ein Wasser mit wenig Kohlensäure.

»Nein, sie wohnten bei ihren Familien und blieben höchstens mal ein paar Wochen oder Monate in der Khanagah. Manche wanderten auch von einer Khanagah zur anderen. Es gibt sogar einen Orden, in dem jeder, der als Salek, also Schüler, akzeptiert wurde, das gesamte erste Jahr auf der Wanderschaft verbringt.«

»Hm. Im Orient geht das vielleicht.« Sie fuhr fort: »Ich habe das Buch ›Ich ging den Weg des Derwisch‹ gelesen. Sehr spannend! Der Autor ist ein Engländer, der vor einigen Jahren seinen Meister in der Türkei fand. Er schreibt, dass niemand den Weg ohne Meister gehen kann. Schade! Aber irgendwann finde ich hoffentlich meinen Meister. Es gibt ja recht viele Derwischorden, laut dem Buch, da wird einer für mich dabei sein. Zu dumm, dass dieser Meister in Paris keine Schüler annimmt.«

»Hast du vielleicht eine Unterkunft für mich?«

»Leider ein. Aber ich kann mal einen Bekannten fragen, der hat viel Platz, weil seine Freundlin gerade ausgezogen ist.«

»Könntest du ihn jetzt anrufen?«

»Es ist fast Mitternacht!«

Die Tür öffnete sich, ein Mann kam herein.

»Oh, Lutz, du kommst wie gerufen! Ich möchte dir jemanden vorstellen.«

Susanne verabschiedete sich, sie gab Carlo ihre Telefonnummer.

»Falls der Meister es sich überlegt und ich ihn in Paris besuchen darf.«

»Für den unwahrscheinlichen Fall.«

Zwei Wochen später bekam sie einen Anruf.

»Der Meister ist in Hamburg im Hotel ›Reichshof‹ an der Kirchenallee. Du kannst ihn morgen Nachmittag um 16 Uhr treffen.«

»Ich bin da«, sagte sie.

Am nächsten Tag war sie ein bisschen aufgeregt.

Carlo erwartete sie in der Lobby des Hotels.

»Wir können gleich hinaufgehen.«

»Sollte ich irgend etwas beachten?«

»Die Derwische achten darauf, dass sie ihm nicht ihren Rücken zuwenden. Aus Respekt, weißt du. Ich selbst nehme das allerdings nicht so genau.«

Susannes Herz klopfte, als die Tür auf ihr Klopfen hin geöffnet wurde. Ein junger südländisch aussehender Mann begrüßte sie mit »Bonjour« und bat sie herein.

Das Hotelzimmer war groß und schön eingerichtet, die Fenster mit Blick auf den Hauptbahnhof ließen viel Licht hinein. Der Straßenlärm war kaum zu hören.

In der gepolsterten Sitzecke saß ein Mann allein auf einem Sofa.

Sie wurde dem Meister vorgestellt, ein anderer Mann nahm auf einem Sessel Platz, Carlo begrüßte ihn als Mr Campbell aus New York.

Der Meister war klein und zierlich, er hatte graue Haare. Seine Kleidung war westlich: eine Stoffhose, das Hemd ohne Krawatte, ein passendes Jackett.

Sie fand, er wäre überall leicht zu übersehen.

Mr Campbell übersetzte ihre Unterhaltung mit Agha, wie er den Meister nannte.

Susanne staunte. Bisher hatte sie nur Amerikaner getroffen, die es gewohnt waren, sich mit ihrer Muttersprache verständlich machen zu können. Mr Campbell sprach offensichtlich fließend Dari.

»Willkommen. Ich hoffe, es geht Ihnen gut. Was machen Sie beruflich?«, sagte der Meister.

»Ich bin Englischlehrerin.«

»Ah, Sie sagen ›richtig‹ oder ›falsch‹ zu Ihren Schülern?«

»Ja, das ist eine meiner Aufgaben. Wie sollen sie sonst lernen?«

»Was wollen Sie von mir?«

Susanne zögerte. Sie hatte erwartet, dass er ihr eine Art Vortrag über die Sufi-Lehre hielt. Aber er stellte nur schlichte Fragen.

Schließlich sagte sie: »Ich möchte zufrieden sein.«

Mr Campbell übersetzte, und Agha nickte.

»Ich habe das Wort ›rahat‹ benutzt,« erklärte Mr Campbell ihr. »Es bedeutet eigentlich ›ruhig, beruhigt‹.«

»Beruhigt zu sein, wäre allerdings ein guter Zustand«, meinte Susanne.

»Nun habe ich eine Verabredung«, sagte Agha. »Können Sie morgen wiederkommen?«

Ohne zu überlegen, antwortete Susanne: »Ja.«

Sie verabschiedete sich. Carlo folgte ihr.

»Ich bringe dich noch zur S-Bahn«, sagte er. »Kannst du vom Bahnhof Altona zu Fuß gehen?«

Susanne nickte. »Oder ich fahre zwei Stationen mit dem Bus zur Friedensallee.«

Er lachte. »Schön symbolisch! Auf der Allee des Friedens wirst du wohnen, wenn der Meister dich als Schülerin akzeptiert.«

»Sag mal, Carlo, was war das denn eben in dem Hotelzimmer? Ich bin ziemlich durcheinander.«

»Die Sufis nennen es ›das ganz Andere‹.« Carlo lächelte. »Übrigens solltest du wissen, dass die meisten Sufis Muslime sind, aber natürlich sind nicht alle Muslime Sufis. Leider, weil sie die friedliche Seite des Islam leben.«

»Über den Islam weiß ich fast gar nichts.«

»Buchwissen reicht erstmal für die Grundlagen der Religion. Man spricht von den fünf Säulen des Islam: das Glaubenbekenntnis, es gibt keinen Gott außer Gott, arabisch lailahaillallah, das Ritualgebet, das Fasten im Ramadan, die Armenspende, die Pilgerfahrt nach Mekka.«

»Es gibt keinen Gott außer Allah? Und was machen dann die Juden und Christen?«

Eifrig rief er: »Es gibt nur einen Gott, ob man ihn nun Allah nennt oder Jahwe oder den dreieinigen Gott!«

»Die Leute auf der Straße schauen sich nach uns um. Zum Glück leben wir nicht mehr im Mittelalter, sonst wäre eine Anklage wegen Gotteslästerung fällig«, sagte Susanne leise.

»Wenn der Richter die Gesetze der Logik anwendet, werden wir freigesprochen: Eine Mutter hat drei Söhne. Wieviele Mütter haben diese Söhne?«

»Eine natürlich!«

»Ja. Es gibt drei monotheistische Religionen mit Milliarden Anhängern, die an einen Gott glauben. Wieviele Götter gibt es?«

»Einen?«

»Logisch. Aber es gibt unterschiedliche Gottesbilder! Zur Unterscheidung sagen die Muslime nach ›Es gibt keinen Gott außer Gott‹: ›Mohammed ist ein Prophet Gottes‹, arabisch ›muhammadarrasulullah‹

»Mein Weltbild gerät beträchtlich ins Wanken! Ich muss verdauen.«

»Klar.«

Als Susanne in Altona war, kaufte sie in einer großen Buchhandlung die Reclam-Ausgabe einer Koran-Übersetzung.

Zu Hause las sie die erste Sure.

»Im Namen Gottes, des Gnädigen, des Barmherzigen ...«

Susanne fand, dass sie mit Barmherzigkeit als Gottesbild gut fahren könnte. Sie wollte es mit diesem Gott probieren.

Am nächsten Tag ging sie ins Hotel Reichshof und sagte dem Meister, sie wolle Muslimin werden. Ohne Anzeichen von Erstaunen sprach er ihr das Glaubensbekenntnis vor, und sie wiederholte es.

Ihr ›rasulallah‹ hörte sich zwar eher an wie ›halleluja‹ fand sie, aber es genügte wohl den Ansprüchen.

Die Anwesenden gratulierten ihr und wünschten Glück. Besonders herzliche Glückwünsche kamen von dem jungen Mann aus dem Irak, der wie sie herausgefunden hatte, ein Krankenpfleger war. Sie fragte sich, ob der Meister an einer schweren Krankheit litt.

Susanne war jedenfalls neugierig auf Abenteuer, die in ihrer neuen Religion auf sie warteten.

Zunächst stellten sich ihr allerdings Hindernisse in den Weg. Sie betete fleißig die Ritualgebete, die Carlo ihr beigebracht hatte, manchmal auch in einer Moschee.

Obwohl sie dicht neben anderen Musliminnen betete, kam es anschließend selten zu einem Gespräch. Wenn das geschah, drehte es sich hauptsächlich um Themen wie Details der rituellen Waschung vor dem Gebet (Hände einmal oder dreimal waschen? Mund ausspülen oder nicht?).

Dabei ging es aus den Korantext in Sure 5, Vers 6 hervor:

»Ihr Gläubigen! Wenn ihr euch zum Gebet aufstellt, dann wascht euch vorher das Gesicht und die Hände (und Arme) bis zu den Ellenbogen und steicht euch (mit nassen Händen) über den Kopf und wascht euch die Füße bis zu den Knöcheln.«

Viele Musliminnen wollten unbedingt alles richtig machen und machten einander gern darauf aufmerksam, was sie als richtig ansahen. Oder als falsch.

Susanne baute auf das, was im Koran darüber stand,

Zu ihrem Bedauern wurde sie nicht warm mit ihren Glaubensschwestern. Beim Thema Kopftuch gab es die größten Differenzen. Susanne trug beim Gebet ein Kopftuch, ansonsten ging sie ohne Kopfbedeckung ihrer Wege. Die Musliminnen in der Moschee versuchten, sie davon zu überzeugen, dass das Kopftuch ein Schutz für die Mädchen und Frauen war. Sie signalisierten damit, sie wollten nicht von Männern angesprochen werden, sondern ein reines Leben führen.

Susanne war überzeugt, sich gegen unerwünschte Avancen von Männern auch auf andere Weise wehren zu können. Schließlich hatte sie das vor ihrer Konversion auch geschafft.

Einige Monate nach ihrem Glaubenswechsel waren Frühjahrsferien. Der Meister lud sie ein, ihn in Paris zu besuchen.

Carlo nahm sie im Auto mit. Mit dabei war auch seine neue Freundin, mit der auch Susanne gut befreundet war.

Als sie nach langer Fahrt ankamen und Zimmer in einem kleinen Hotel gefunden hatten, setzte sich Susanne in ein Café. Es war Sonnabend nachmittag, viele der Vorübergehenden hatten eingekauft und trugen Baguettes unter dem Arm.

Die Menschen in den Cafés hielten ihr Gesicht in die Sonne. Susanne setzte sich an einen kleinen Tisch und bestellte Café au lait.

Sie fühlte sich wohl.

Beim Meister, dessen Apartment nicht weit vom Eiffelturm war, saßen einige Derwische, die aus seiner Heimat stammten. Außerdem war Mr Campbell da und ein weiterer Amerikaner, der einen müden Eindruck machte. Als er leise mit Carlo sprach, war sie von seinem Charme eingenommen.

Zu Susannes Enttäuschung sprach der Meister wenig. Sie hatte ein paar Fragen, aber inzwischen wusste sie, dass der Meister die Themen selbst bestimmte. Sie hoffte, er würde die Anwesenden ermutigen, Fragen zu stellen, aber das geschah nicht.

Trotzdem wuchs ihr Wohlbefinden, als sie stark gesüßten schwarzen Tee aus einem kleinen Glas trank.

Carlo hatte schon auf der Hinreise erwähnt, dass man mit allem rechnen konnte, außer mit Predigten von Agha.

Heute gab es also stressfreies Schweigen.

Als später Gurken, Tomaten, Ziegenkäse und Fladenbrot serviert wurden, fand Susanne das Abendessen einfach nur köstlich.

Sie schlief gut in dieser Nacht.

Auch am nächsten Tag blieben sensationelle spirituelle Einsichten, Erleuchtung u.dgl. aus.

Sie machten einen Spaziergang zum Eiffelturm. Mr

Cambell äußerte, dass baraka, was soviel bedeutete wie Segen, sich nicht nur in Worten ausdrückte.

»Sondern auch in positiven Gedanken, in guten Wünschen, in liebevollen Gebeten?«

»Oder mit einem Lächeln.«

Susanne fand, sie konnte den Segen des Meisters gebrauchen.

Am letzten Tag in Paris besuchten die drei Reisenden aus Hamburg die Kirche Notre-Dame auf der Seine-Insel Ile de la Cité und den Louvre.

Carlo sagte in der Kathedrale: »Wundert euch nicht, dass die anderen nicht mit uns gekommen sind! Eigentlich ist es so: Derwische, also die fortgeschrittenen Anhänger, bleiben immer in der Nähe ihres Meisters. Falls der etwas Wichtiges zu ihnen sagen möchte, stehen sie bereit, um es zu empfangen.«

Susanne staunte. »In dem Fall bin ich froh, noch kein Derwisch zu sein! Da müsste ich stundenlang in der Lobby eines Hotels sitzen oder im Flur vor der Zimmertür einer Wohnung.«

Carlo sagte fröhlich. »Ich bin ein Beispiel für absolute Disziplinlosigkeit. Daher werde ich bestimmt keine spirituelle Karriere machen.« Ernster fuhr er fort. »Ich hänge einfach total an Agha, weil er mich so nimmt, wie ich bin. Er verlangt nichts von mir, was ich nicht kann.«

»Aha. Kuck mal, wie das Licht durch dieses riesige runde bunte Fenster fällt, das ist sensationell!«, fand Susanne.

Am Montag fuhren sie zurück.

Susanne fühlte sich nach der Reise um einige Illusionen ärmer, aber das tat ihr gut.

Ihr wurde klar, dass der Koran ihre wichtigste Wissensquelle über den Islam werden musste, weil der Meister sie wenig direkt lehren würde.

Aber es gab ja Bücher.

Jedenfalls würde sie meistens auf sich selbst gestellt sein, außer sie fand einen muslimischen Lebensgefährten, den sie lieben und respektieren konnte.

Einstweilen traf sie sich manchmal zum Kaffee oder einem Spaziergang mit Dietmar, einem Kollegen, der Gott suchte. Er war der einzige, dem sie von ihrer Konversion erzählt hatte.

Sie kamen im Stadtpark am Planetarium vorbei. Susanne wäre gern hineingegangen, aber es war geschlossen. Einstweilen genoss sie die Frühlingsluft und freute sich über die frischen grünen Blätter an Bäumen und Sträuchern.

Er erzählte, wie ihn an einer roten Fußgängerampel ein Mann angesprochen hatte. »Der sagte leise: ›Können Sie mir helfen, Gott zu finden?‹ Ich wusste keine Antwort. Eine Freundin von mir ist Anhängerin eines Guru geworden, ich nannte ihn das dicke Kind. Seine indische Mutter hatte ihn systematisch aufgebaut, er saß nur herum und spielte den Heiligen. Die Freundin hatte nicht weniger als zehn Fotos von ihm an den Wänden ihres Zimmer.«

»Du warst natürlich verwirrt durch die Frage des Mannes an der Ampel! Wie soll man jemandem helfen, Gott zu finden? Hast du Angst, auch auf einen falschen Heiligen hereinzufallen?«

»Nein. Mir könnte das nicht passieren!«, rief er empört. »Aber was ist mit dir? Du solltest deinem Meister nicht allzuviele Vorschusslorbeeren geben!«

»Ich denke weiterhin kritisch! Einstweilen finde ich es spannend, meine neue Religion durch den Koran kennenzulernen.«

»Du meinst religiösen Extremismus, Unterdrückung von Frauen, Todesurteile gegen Homosexuelle und Ehebrecherinnen, Ablehnung von Demokratie und Meinungsfreiheit? Zunehmende politische Radikalisierung?«

»Das alles sind Auswüchse! Ich könnte nicht in einem sogenannten islamischen Land mit solchen Gesetzen leben. Zum Glück gilt hier die deutsche Rechtssprechung.«

»Ich warne dich vor dieser Religion!«

»Du willst mich vor einem großen Fehler bewahren, ich weiß deine guten Absichten zu schätzen.«

»Also kommst du zurück zu Jesus?«

»Wohl nicht. In den Moscheen geht es zwar recht repressiv zu, das habe ich schon bemerkt. Darum fühle ich mich meistens unwohl dort. Die Sufis haben jedoch ein anderes Gottesbild, das beruht auch auf der Grundlage des Korans, aber es geht um den Geist der Liebe und des Friedens. In einem Koranvers heißt es: ›Er (Gott) liebt sie und sie lieben Ihn.‹ Wo Liebe ist, gibt es keinen Raum für Gewalttaten, oder?«

»Susanne, lass dir kein Salz in die Augen streuen! Du bist auf dem Holzweg!«

»Vielleicht. Das wird sich herausstellen. Bisher merke ich, ›der gerade Weg‹, wie es in Sure 1 heißt, ist manchmal schwierig, aber spannend. Ich gehe ihn erstmal weiter.«

»Bald fängt Ramadan an, habe ich gelesen. Wie dir das Fasten wohl gefällt?«

»Es wird bestimmt eine Herausforderung! Zwei Wochen davon sind in der Schulzeit, der Rest zum Glück in den Ferien. Fasten soll ja gesund sein.«

Schließlich war es so weit, mitten im Sommer ging

die Sonne um 4.50 Uhr auf und um 21.53 Uhr unter. Dazwischen wurde nichts gegessen und getrunken.

Am ersten Morgen stellte Susanne den Wecker schnell wieder aus und verschlief das Frühstück. Sie ging durstig und hungrig zur Arbeit.

In einer Englischstunde verspeiste ein Schüler genüsslich einen Müsli-Riegel. Susanne beneidete ihn zutiefst.

Als sie schließlich nach Hause kam, war sie sehr müde. Sie schlief sofort ein.

Beim Erwachen sah sie sofort auf den Wecker, es war achtzehn Uhr, immer noch vier Stunden bis zur Mahlzeit. Sie stellte den Fernseher an.

Die Mahlzeit, die sie schließlich zubereitete, bestand aus drei Gängen. Sie schaffte nicht einmal den ersten, dann war sie satt.

Und müde.

Die nächsten zwei Tage verliefen ähnlich mit Arbeit, Schlaf und einer Mahlzeit, doch am vierten Tag wurde es erträglicher. Es blieb aber schwierig.

Nach zwei Wochen waren endlich Ferien. Sie fuhr mit einer Freundin nach Helgoland. Dort fastete sie weiter.

Sie gingen viel spazieren, Susanne genoss das Atmen in dem jod- und sauerstoffreichen Reiklima. Der Blick vom Oberland auf die Nordsee begeisterte sie immer wieder.

Der letzte Tag des Urlaubs war auch der letzte der Fastenzeit.

Auf der Fähre nach Hamburg sprach Susanne mit einem Türken, Er erklärte ihr, dass Muslime auf Reisen nicht fasten sollten. Dem Propheten war offenbart worden, dass Gott es den Gläubigen nicht zu schwer machen wollte.

Susanne freute sich über die Information und darüber, dass ihre erste Fastenzeit zu Ende war.

5. Kapitel

1995

»Wissen Sie was ..., ich und mein Freund Walter, wir beschützen Sie. Damit Ihnen nicht auch die Kehle durchgeschnitten wird wie dem Schuldnerberater.«

»Woher haben Sie die Information, wie er zu Tode gekommen ist?«

Georg Weber strahlte. »Kontakte! Ich weiß noch viel mehr! Er hatte ein riesiges Lebkuchenherz an der Wand hängen, bestimmt vom Hamburger Dom. ›Schatzi‹ stand darauf mit Zuckerguss.«

»Erstaunlich, was Sie alles wissen!«

Er lächelte stolz.

»Mir ist allerdings viel wichtiger, dass Sie sich Ihrer Arbeitssuche widmen! Wie laufen denn Ihre Bewerbungen?«, fragte Susanne.

»Mit meinem Blutdruck sieht Dr. Müller schwarz für regelmäßige Arbeitszeiten. Übrigens finde ich, Sie sind heute besonders gut gekleidet, schönes Sweatshirt!«

»Danke. Hat Dr. Müller das wirklich gesagt? Nehmen Sie denn Medikamente, die den Blutdruck regulieren?«

»Das ist nicht nötig, glaube ich.«

»Fragen Sie Ihren Arzt doch mal danach!«

»Einen großen Pinguin als Muster auf einem Sweatshirt habe ich noch nie gesehen!«, sagte er grinsend.

»Dr. Müller fällt bestimmt ein Medikament ein, das gut für Ihren Blutdruck ist. Und dann kontaktieren Sie Arbeitgeber, die Stellen anbieten!«

»Wo ist denn Ihre Kollegin?«

»Die kommt heute später.«

»Ich kann Ihnen noch etwas Wichtiges sagen: Der

Schuldnerberater hat mal einen Verkehrsunfall verursacht mit Personenschaden, nämlich einen Fußgänger überfahren. Der sitzt seitdem im Rollstuhl.«

»Und? Inwiefern ist diese Information wichtig für uns?«

»Vielleicht will das Unfallopfer Rache üben? Man hört, es gab einen Prozess um Schmerzensgeld, und Dietmar Funke wurde verurteilt. Er hat gerade erst das Geld bezahlt!«

»Dann kann das ja kein Motiv für den Totschlag sein! Herr Weber, es ist meine Aufgabe, Sie bei Ihren Bewerbungen zu unterstützen! Das steht an erster Stelle!«

»Machen Sie sich keine Sorgen! Ich komm schon klar.«

Als er zur Tür hinausging, drehte er sich noch einmal um. »Sie wären eine gute Freundin für mich.«

»Private Kontakte sind auf keinen Fall drin! Auf Wiedersehen.«

Susanne atmete auf, als sie allein war. Sie bereitete einen Tee zu.

Nachdem sie den ersten Schluck genommen hatte, klopfte es.

Vor der Tür stand ein gutaussehender Mann in ihrem Alter mit schwarzen Haaren und breitem Oberkörper.

»Guten Morgen, bitte kommen Sie herein und nehmen Sie Platz! Was kann ich tun? Möchten Sie einen Tee?«

»Nein, danke. Mein Name ist Ahmad Jafari. Ich suche Arbeit.« Er lächelte, seine Zähne waren weiß.

»Gut! Erzählen Sie, in welchem Beruf haben Sie gearbeitet?«

»Ich war im persisches Restaurant«, sagte er, immer noch lächelnd. »Das war gut, weil ich komme aus Iran. Seit Revolution ist schwierig da, vor fünf Jahren ich bin

Deutschland. Mein Deutsch ist leider nicht gut. Obwohl ich Kurse gemacht.«

»Ihr Deutsch reicht auf jeden Fall aus. Waren Sie Koch? Manager? Kellner?«

»Alles. Vorher habe ich Ausbildung bei der Polizei gemacht. Aufnahmeprüfung war schwer, man musste gut in Sport sein und viel wissen, Fragen beantworten.«

»Aber Sie haben es geschafft und die Ausbildung begonnen?«

»Ist mein Traumberuf.« Er lächelte wehmütig.

»Aber?«

»Gesundheit Gründe, warum ich Prüfung nicht bestanden«, sagte er traurig.

»Welche?«

»Muss ich hier sagen?« Er runzelte die Stirn.

»Natürlich nicht! Es ist nur so, dass meine Kollegin und ich die Einschränkungen kennen müssen, wenn wir mit Ihnen zusammen nach einer Beschäftigung für Sie suchen.«

»Ich will gern Privatdetektiv machen.« Seine dunkelbraunen Augen blitzten auf.

»Das hört sich sinnvoll an, Mister Marlowe.« Susanne lächelte.

»Mein Name ist Jafari.«

»Ich weiß. Kennen Sie den berühmten Film ›Tote schlafen fest‹, in dem Humphrey Bogart den Privatdetektiv Philip Marlowe spielt?«

»Sie meinen, ich Schauspieler machen?«

Susanne seufzte.

»Schon gut. Wie wäre es mit einem Praktikum in einer Detektei?«

»Detektiv? Das kann ich machen.« Er lächelte. »Wie finde ich Platz in Praktikum?«

»Vielleicht schauen wir einfach mal in die gelben Seiten.«

»Jetzt?«

»Warum nicht?«

Tatsächlich hatten sie nach einer halben Stunde einen Platz für ein vierwöchiges Praktikum in einer großen Detektei gefunden. Am folgenden Montag sollte es beginnen.

Ahmad Jafari bedankte sich höflich bei Susanne.

»Ich komme nochmal wieder«, sagte er dann.

»Das steht Ihnen frei«, sagte Susanne. »Der amerikanische Originaltitel des Films ist übrigens ›The Big Sleep‹.«

»Ich habe Cousin in Kalifornien.«

Lächelnd verabschiedete er sich.

Susanne kannte die verbindliche Art der Iraner. Was sie wirklich dachten und fühlten, stellte sich erst bei näherem Kennenlernen heraus. Wenn überhaupt.

Nach einer Weile kam Brita.

»Ich melde mich zum Dienst«, sagte sie.

»Stehen Sie bequem!«, meinte Susanne. »Oder ist das nicht die richtige Antwort in der Armee?«

Es klingelte.

Ein älterer grauhaariger Mann kam mühsam die Treppe herauf.

Außer Atem setzte er sich auf einen Stuhl. Das angebotene Getränk lehnte er ab.

»Bloß kein Kaffee!«, sagte er. »Zwei Herzinfarkte habe ich hinter mir. Natürlich weiß mein Vermittler das, er weiß auch, dass ich aus gesundheitlichen Gründen gar nicht voll arbeiten kann. Rheuma, Lungenprobleme, Kopfschmerzen, jeder Tag ist ein Kampf.«

Susanne sagte: »Es tut mir wirklich leid, wie schwer

Sie mit gesundheitlichen Problemen zu kämpfen haben! Wie alt sind Sie denn?«

»54.«

»Haben Sie einen Antrag auf Frührente gestellt?

»Noch nicht. Aber ich habe mir schon mal ausrechnen lassen, welchen finanziellen Unterschied es macht, ob ich jetzt oder mit 65 in Rente gehe. Von der Frührente könnten meine Frau und ich nicht leben, obwohl sie auch arbeitet.«

»Eine schwierige Situation für Sie.«

»Und nicht nur für Sie!«, sagte Berit. »Der Kapitalismus macht eben Probleme.«

»So würde ich das zwar nicht sagen, aber dass man auf dem Arbeitsmarkt nur als Gesunder bestehen kann, habe ich erlebt. Offiziell muss ich ja bereit sein, Vollzeit zu arbeiten. Natürlich bin ich das theoretisch, aber was nützt es, wer würde mich denn einstellen? Ich habe auf dem Bau gearbeitet, harte Arbeit, jetzt bin ich ein Wrack. Hoffentlich hat mein Vermittler noch ein paar Jahre Geduld, bis ich das Alter für die Vollrente erreiche.«

»Das wären 11 Jahre! Die Arbeitsvermittler stehen natürlich unter Beobachtung ihrer Vorgesetzten. Und wenn Sie praktisch nicht vermittelbar sind, wird das irgendwann Konsequenzen haben.«

»Man hat mir schon in Aussicht gestellt, dass wohl bald das Reha-Verfahren eingeleitet wird. Ich hoffe, es dauert ein paar Jahre.« Er senkte den Kopf.

»Könnten Sie vielleicht eine Arbeit finden, die körperlich nicht sehr anstrengend ist, so etwas wie Pförtner oder Bewachung von Gebäuden?«, schlug Susanne vor. »Das würde auch Ihre Rente noch erhöhen.«

»Hm. Darüber muss ich nachdenken und mit meiner

Frau sprechen.Vielleicht ist Frührente doch besser. Der dritte Herzinfarkt wäre auch eine Lösung!«

»Aber keine gute!«, riefen Brita und Susanne gemeinsam.

Er lächelte zum ersten Mal.

»Ich würde schon gern meine Enkel noch aufwachsen sehen«, sagte er leise.

»Und Ihre Enkel möchten den Opa möglichst lange behalten«, sagte Brita mit Überzeugung.

»Kann ich jetzt gehen?«

»Sie können jederzeit gehen, und auch wiederkommen. Rufen Sie einfach an, und wir verabreden etwas. Hier ist die Nummer.« Brita gab ihm einen Zettel.

»Danke sehr. Auf Wiedersehen.«

»Tschüüüs.«

Mittags gingen Brita und Susanne ins Café,

Als sie nach einer Stunde zurückkamen, klingelte das Telefon.

Susanne nahm ab.

»Polizeioberkommissar Otterbein hier. Wir würden gern ein Gespräch mit Ihnen führen.«

»Natürlich. Sollten wir zu Ihnen auf die Polizeistation kommen?«

»Wie wäre es, wenn ich Sie einfach besuche? Ich bin gerade in der Agentur für Arbeit.«

»Ja, das passt.«

Als er kam, sahen sie einen mittelgroßen Mann, dem ein Friseurbesuch gut tun würde.

Sie stellten sich vor.

»Werden wir etwa verdächtigt?«, fragte Susanne. »Wir kannten Dietmar Funke gar nicht!«

»Die Tat hat wohl eher ein Mann begangen, Frauen verwenden selten ein Messer«, sagte er. »Wo waren Sie denn, als die Tat geschah?«

»Das war einen Tag, bevor wir hier unsere Arbeit antraten. Den Vormittag habe ich zu Hause verbracht, Später ging ich einkaufen«, berichtete Brita.

»Und ich nahm an einem Meditationskurs teil, Meditation, Kontemplation und innere Orientierung, wissen Sie. Das war ein Tagesseminar. Können Sie uns ein bisschen erzählen, ob es schon Verdächtige gibt, ob die Mordwaffe gefunden wurde? Im Fernsehen heißt es ja immer, die ersten 48 Stunden nach der Tat sind die wichtigsten.«

»Ich erzähle doch der Presse und Ihnen keine Ermittlungsergebnisse, wo denken Sie hin!«

»Aber für uns wäre es wichtig zu wissen, welchen Hintergrund die Tat hatte. Hass auf Sozialarbeiter? Private Gründe? Falls es ersteres war, sind wir ja auch gefährdet und brauchen Schutz.«

»Bisher spricht nichts für eine politisch motivierte Tat, es gibt kein Bekennerschreiben o.dgl., so viel kann ich verraten.«

»Gut! Also, wir beide kannten Dietmar Funke nicht. Natürlich hätten wir recht eng mit ihm zusammengearbeitet, aber dazu kam es eben nicht mehr.«

»Falls Sie etwas über Herrn Funke erfahren von den Arbeitslosen, die Sie beraten, sollten Sie es uns mitteilen.«

»Ein Arbeitsloser, der bei ihm war, hat auf seinem Pullover kleine Heuhalme bemerkt, so als hätte er an dem Tag bei der Heuernte geholfen. Meinen Sie so etwas?«

»Ja, allerdings kann ich mir nicht vorstellen, dass dies eine relevante Spur ist.«

Er stand auf.

»Na ja, jedenfalls wünsche ich Ihnen viel Erfolg für Ihre Arbeit! Hier ist meine Telefonnummer. Ich muss zu meinem nächsten Termin, unterwegs schaffe ich es vielleicht noch, beim Friseur hereinzuschauen. Auf Wiedersehen.«

»Tschüs.«

»Ich würde wirklich gern auf eigene Faust ermitteln. Aber daraus wird wohl nichts. Nicht mal Miss Marple hätte in Bergedorf die Chance, einen Täter zu überführen«, meinte Susanne.

»Das sehe ich auch so. Die Puzzleteile dessen, was wir bisher wissen, passen irgendwie nicht zusammen. Zum Glück ist das nicht unser Problem, sondern das von Herrn Polizeiobermeister Otterbein.«

»Also, dann gehen wir mal an unsere eigentliche Arbeit.«

Susanne beschäftigte sich mit den Stadien der Befreiung von Schulden, während Brita vergeblich versuchte, telefonisch einen Vermieter für die Familie Abiola zu finden.

Schließlich schaute Brita auf die Uhr.

»Jetzt ist erstmal Feierabend«, sagte sie.

»Wollen wir heute zusammen fahren?«

Susanne zog ihre Jeansjacke an.

»Klar.«

Auf dem Weg zur Bahn sagte Brita: »Wenn wir bloß wüssten, was das Motiv für die Tat war! Dann wäre klarer, ob wir auf einem Pulverfass sitzen oder das Verbrechen gar nichts mit Dietmars Beruf als Sozialarbeiter zu tun hatte.«

Susanne versuchte zu trösten:

»Das wird sich hoffentlich schnell herausstellen! Klar, wir sind erschüttert und wissen erstmal gar nichts. Aber vielleicht findet die Polizei den Täter ...«

»oder die Täterin...«

»... bald. Warum haben wir Herrn Otterbein nicht gefragt, wie lange die Suche wahrscheinlich dauert?«

»Darauf hätte er bestimmt keine Antwort gehabt. Komisch, ich gerate erst jetzt in eine Art Panik! Meine Hände zittern.«

»Sicherlich kann dein Mann dich beruhigen!«

»Das schafft er meistens, aber heute?« Sie zeigte ihre Hände. »Siehst du das? Ich sage dir, wenn ich morgen früh immer noch schlottere vor Angst, komme ich nicht zur Arbeit, sondern gehe zum Arzt, um mir etwas dagegen verschreiben zu lassen.«

»Warten wir ab!«

Zu Hause rief Susanne einen Freund in der Nachbarschaft an, doch sie erreichte ihn nicht.

Also erzählte sie Gott von den Geschehnissen des Tages. Obwohl Er ja alles wusste.

Sie wachte am nächsten Morgen ausgeschlafen auf, als das Telefon klingelte.

»Guten Morgen. Wie sieht es bei dir aus? Mir geht es besser, ich bin voll einsatzfähig«, sagte Brita.

»Ich weiß noch nicht genau, wie es mir geht. Nicht mehr so erschüttert, aber immer noch betroffen, glaube ich.«

»Das muss erstmal reichen. Also, dann bis später.«

»Ich springe unter die Dusche und fahre los. Nachdem ich gebetet habe natürlich. Mach dir keine Sorgen, es sind morgens nur zwei Gebetseinheiten.«

Brita seufzte.

Während der Bahnfahrt dachte Susanne über Angst nach. Sie wusste, dass es wichtig war, Angst zuzulassen, wenn sie auftrat. Zu versuchen, sie wegzuschieben oder zu unterdrücken, brachte sie nicht dauerhaft zum Verschwinden. Stattdessen war es ratsam, ganz entspannt die Angst da sein zu lassen, wo sie war. Ohne gegen sie zu kämpfen. Die Angst würde dann von selbst verschwinden, so wie jedes Gefühl sich früher oder später auflöste. Bis zum nächsten Mal.

»Guten Morgen, Brita.«

»Hoffentlich gut!«

»Gibt es Neuigkeiten?«

»Friedhelm wusste nur, dass Dietmar schon verblutet war, als die Rettungssanitäter eintrafen.«

»Was für ein schrecklicher Tod! Wer hat ihn denn schließlich gefunden?«

»Die Tür stand wohl einen Spalt offen, der Hausmeister kam vorbei und schaute in den Raum.«

Es klingelte.

»Das könnte Friedhelm sein«, sagte Brita unruhig. »Wir wollten heute noch etwas besprechen.«

»Um welchen Lalo geht es denn?«

»Ähm, also es gibt ja immer etwas zu besprechen...«, sagte Brita auf dem Weg zur Tür. »Oh, guten Morgen Frau Abiola, Herr Abiola. Bitte setzen Sie sich!«

Frau Abiola war eine leicht übergewichtige schöne Frau.

»Ich möchte auf Wochenmarkt arbeiten. Frauen hatten meiste Markt in unserer Heimat«, berichtete sie. »Wir verkaufen Gemüse und Obst, selbst gewebte Tücher und Teppiche, selbst geflochtene Körbe. Ich gedacht, dass ich auch in Deutschland so machen möchte.«

»Das hört sich vernünftig an. Vielleicht zunächst als Verkäuferin bei einem Markthändler? Ich habe schon ein paar Mal an einem Marktstand ein Schild gesehen, sie suchten Hilfe beim Verkauf.« Susanne war angetan von Frau Abiola.

»In Bergedorf?«

»Das weiß ich nicht, aber Sie finden bestimmt etwas, das nicht weit entfernt ist. Wenn Sie dabei Hilfe brauchen, rufen Sie mich gern an.«

»Danke. Warten Sie bitte, ich übersetze für meinen Mann.«

Herr Abiola antwortete in der Muttersprache.

»Mein Mann sagt, wir bald umziehen in unser neues Haus. Dort in der Nähe sicher ein Wochenmarkt. Er einverstanden, es sind nur halbe Tage.«

»Ja, an zwei oder drei Vormittagen in der Woche. Die Kinder brauchen natürlich die Aufmerksamkeit des Vaters, wenn Sie arbeiten.«

»Sie morgens in der Schule oder Kindergarten.«

»Prima«, sagte Brita. »Wollen wir nun über Ihre Wohnsituation sprechen?«

Frau Abiola übersetzte.

Brita sagte: »Sie brauchen für eine neue Wohnung eine Auskunft der Schufa, dass Sie schuldenfrei sind.«

»Können Sie das für uns machen?«

»Sie werden diese Auskunft nicht bekommen, wenn Sie Mietschulden bei Ihrem jetzigen Vermieter haben.«

»Haben wir. Was sollen wir tun?«

»Die Schulden bezahlen.«

»Wie?«

»Vielleicht nach und nach? 100 DM jeden Monat?«

»Und dann?«

»Wenn Sie die Schulden abbezahlt haben, wird der Eintrag bei der Schufa nach 18 Monaten gelöscht.«

Frau Abiola übersetzte. Ihr Mann ballte die Fäuste und sprach mit lauter Stimme.

»Er will zum Rechtsanwalt gehen«, sagte Frau Abiola.

»Es gibt beim Gericht die eine öffentliche Rechtsauskunft. Dort ist eine Beratung kostenlos.«

Herr Abiola sprang erbost auf.

»Wir nehmen beste Rechtsanwalt«, rief er. »Nicht
kostenlos.«

»Da zahlen Sie schon für einen Brief, den er schreibt,
mindestens 300 DM. Die Anwälte in der Öffentlichen
Rechtsauskunft haben auch studiert und wissen genau-
soviel wie die teuren«, sagte Susanne.

»Sozialamt bezahlt.«

»Nein. Jedenfalls nur in Ausnahmefällen und nach
vorheriger Absprache.«

»Wir können auch eine Schuldenregulierung machen.
Dann sind Sie in einigen Jahren schuldenfrei«, fügte
Brita hinzu.

»Falls Ihr Vermieter eine Räumungsklage bei Gericht
einreicht, sitzen Sie trotzdem nicht auf der Straße!«, versuchte Susanne zu beruhigen. »Wie haben Ihrem Mann
schon gesagt, das Bezirksamt Bergedorf ist verpflichtet,
Ihnen eine Wohnung zur Verfügung zu stellen.«

»Ist schlechte Wohnung?«, meinte Frau Abiola.

»Genügend Platz, Küche, Badezimmer, Heizung.«

Frau Abiola übersetzte.

»Ich gehe zu dein Chef!«, rief Herr Abiola. Seine
Stimme klang schrill.

»Beschweren Sie sich bitte zuerst bei Ihrem Vermittler Herr von Schütt über mich. Dann sehen wir weiter.«

Wutentbrannt lief Herr Abiola aus dem Zimmer. Susanne gab seiner Frau ihre Telefonnummer, die verabschiedete sich und folgte ihm.

»Wollen wir etwas singen?«, schlug Susanne vor.

»Mir ist nicht nach Singen. Ich rufe Friedhelm an und
warne ihn vor.«

Sie nahm den Hörer. Dann hielt sie inne. »Ich mache mir Vorwürfe, weil ich in Herrn Abiola offensichtlich falsche Hoffnungen geweckt habe.«

»Du hast ihm nichts versprochen! Wir begleiten die Familie weiter, wenn sie wollen.«

Brita wählte Friedhelms Nummer. »Er nimmt nicht ab«, sagte sie.

»Versuch es einfach später noch einmal!«

»Wohnen muss Menschenrecht werden, das ist unsere Forderung!«, sagte Brita bestimmt. »Du weißt, dass immer mehr Mieter aus den Mietshäusern verdrängt werden, dass die Wohnungen luxuriös renoviert werden und dann die Mieten exorbitant steigen oder der entstandene Wohnraum für viel Geld verkauft wird. Von der Umwandlung kommunaler Mietshäuser in Privateigentum, die sich seit Jahren beobachten lässt, ganz zu schweigen! Das bedeutet, dass die günstigeren Wohnungen dann für die Mieter nicht mehr zur Verfügung steent, verbleibende Mietwohnungen werden zum Luxusgut, weil die Mieten steigen. Kein Wunder, dass Wohnungen besetzt werden! Denk mal an die Miethaie! Rekommunalisierung ist eine wichtige Forderung! Kommunaler Wohraum wurde in den letzten Jahren um die Häflte reduziert.«

»Ja«, sagte Susanne.

»Ich habe gedacht, wenn es schon für Deutsche so schwierig ist, bezahlbaren Wohnraum zu finden, wie viel schlimmer muss es dann als Ausländer sein!« Brita seufzte.

»Ich verstehe«, sagte Susanne.

»Gut gemeint ist nicht immer gut gemacht.«

»Sei nicht so hart zu dir selbst!«

Es klingelte.

»Hoffentlich nicht Ahmad Jafari!«, flüsterte sie. »Hat dies Haus noch einen zweiten Ausgang?«

»Nicht weglaufen Susanne! Was soll passieren?«

»Vielleicht der größte Trennungsschmerz meines Lebens!? Ich meine natürlich der zweitgrößte, nachdem ich 1981 ein Jahr lang wie ein Zombie herumgelaufen bin, weil ich mir die Liebe zu einem verheirateten Mann aus dem Herzen gerissen hatte? Ich bin sogar im Griechenlandurlaub während der Zeit zu einem Menschen gegangen, von dem es hieß, er praktiziere Liebeszauber und könne die Trennung von meinem Geliebten und seiner Frau bewirken.«

»Ach herrje! Was ist daraus geworden?«

»Zum Glück hat der Zauberer, statt entsprechende magische Rituale zu praktizieren, mir ins Gewissen geredet. Er sagte, dass er mit seiner Gabe keine Familien auseinanderreißen würde. Ob mir die Kinder meines Geliebten wirklich egal seien, hat er gefragt. Heute wundere ich mich darüber, dass ich jemals so tief sinken konnte! Allein der Gedanke, jemandem seine Freiheit zu nehmen und meinen Willen durch Zauberei durchzusetzen! Seitdem habe ich ein Frühwarnsystem, was Beziehungen betrifft.«

»Das hört sich ja alles dramatisch an!«, meinte Brita. »Aber in einer neuen Beziehung kann es ganz anders sein.«

»Ich stand auf der Brücke zwischen Stadtpark und City Nord und wollte hinunterspringen auf die fahrenden Autos!«

»So etwas möchtest du auf keinen Fall noch einmal erleben, ich verstehe. Trotzdem finde ich, wir sollten Herrn Jafari die Tür öffnen und uns ihm gegenüber professionell verhalten.«

»Und wenn ich mich in ihn verliebe, wer rettet mich?«

Brita war zur Tür gegangen. Sie warf einen Blick zurück. »Notfalls eine Supervision! Du wärst nicht die erste, die eine professionelle Distanz wegen starker Gefühle zeitweise nicht aufrecht erhalten kann.«

»Bitte, bleib bei mir!«

»Beruhige dich! Wo sollte ich hingehen?«

Herr Jafari lächelte strahlend. Er trug eine gutsitzende Jeans, weißes Hemd und dunkelblaues Leinenjacket.

»Schön, Sie wiedersehen!«, sagte er. »Ich habe gehört über toten Kollegen.«

»Möchten Sie Tee?«, fragte Brita.

»Ja, bitte«, sagte Susanne. Sie steckte die Hände in die Taschen ihrer Jeans.

»Susanne, du kennst dich besser aus mit Tee, würdest du dich darum kümmern?«, bat Brita.

»Darjeeling? Lieber First Flush oder Second Flush?«, bot Susanne an.

»Ich habe Geschenk, Tee aus meiner Heimat.« Er nahm eine Packung aus seinem Diplomatenkoffer.

»Danke, aber unsere professionelle Distanz verbietet es uns, Geschenke anzunehmen.«

»Professionelle …?«

»Ich glaube, wir können hier eine Ausnahme machen«, meinte Brita lächelnd.

»Ausnahmsweise«, sagte Susanne, nahm schnell die Teetüte und verschwand in der winzigen Küche. Mit zitternden Händen bereitete sie den Tee zu. »Es sind nur irrationale Ängste«, flüsterte sie. »Eine wirkliche Gefahr besteht nicht. Er kann ja gar nicht der Mörder sein. Und falls er irgendwas Ungebührliches von mir will, sage ich einfach nein. Wieso benutze ich das Word ›ungebührlich‹ ?«

Als sie mit den drei großen Teegläsern zurückkam, zeigte er sich begeistert. »Ich trinke Tee viel lieber mit Gläser, nicht Becher! Dankeschön. Und gibt es Würfelzucker!« Er nahm ein Stück in den Mund und schlürfte den Tee.

Susanne war dankbar. Das Schürfgeräusch tat seiner Attraktivität Abbruch. Vielleicht kam sie doch mit heiler Haut davon.

Ihr wurde bewusst, dass sie mehr Angst von ihren eigenen Gefühlen hatte als vor ihm.

Er berichtete von seinen Überlegungen zur Aufklärung des Verbrechens.

»Wir können einen Verdächtige observieren«, schlug er vor.

»Wen haben Sie denn da im Auge?«, fragte Brita. »Doch nicht etwa Ihren Vermittler Friedhelm von Schütt?«

»Wen haben Sie Verdacht?«

»Als ich in der Kirche war und gebetet habe, war dort jemand, der sich vor mir versteckt hat«, sagte Susanne.

»Können Sie nochmal gehen? Vielleicht Sie haben Verfolger? Ich gehe mit, verstecke mich.« Er trank nun den Tee leider ohne Schlürfgeräusch.

»Mich interessiert das auch. Irgendwann mal in der Mittagspause können wir gehen.«

»Heute ist gut? Oder neues Sweatshirt kaufen? Kein Pinguin, lieber Löwe?« Er zwinkerte Susanne zu.

Sie sah schnell zu Brita hinüber.

»Ich kenne einen Witz über einen Löwen«, sagte die: «Der Löwe fragte eine Gazelle in der Steppe: Wer ist das stärkste Tier hier? Die Gazelle sagte, du, Löwe. Dann fragte er nacheinander einige andere Tiere, die sagten alle das gleiche. Schließlich wollte er es von einem Elefanten wissen, der sagte gar nichts, hob den

Löwen mit seinem Rüssel empor und schleudert ihn auf einen Felsen. Als der Löwe schwer verletzt wieder zu sich kam, sagte er: ›Nur weil du die Antwort nicht weißt, brauchst du mich doch nicht gleich so schlecht zu behandeln!‹«

Susanne lachte.

»Sie können richtig lachen«, meinte er.

»Ich kann auch richtig weinen«, sagte sie.

»Das ist auch wichtig. Wollen wir gehen?«

»Ja, zur Kirche. Aber kein Sweatshirt mit einem Elefanten kaufen!«

»Gut, aber war Witz. Sie nicht oft lachen.«

»Wir gehen lieber getrennt. Falls mir jemand folgt, soll der oder die sich in Sicherheit wiegen«, sagte sie.

»Roger. Gehen Sie zuerst, ich komme dann.«

»Roger.«

Susanne kaufte sich in einer Bäckerei ein Franzbrötchen und eine Flasche Wasser, sie verzehrte es auf dem Weg zur Kirche.

Angekommen, setzte sie sich in eine der hinteren Bänke und murmelte ein Gebet: »Lieber Gott, dieses Verbrechen hat nichts mit mir zu tun. Ich bitte Dich, es aufzuklären. Außerdem bitte ich Dich darum, dass ich nach dem Tod meines Kollegen meine Angst überwinden kann. Ich möchte darauf vertrauen, dass Du Dich kümmerst. Selber bin ich viel zu durcheinander, um mich zurechtzufinden in dieser Situation. Deine Stärke muss mich da durchführen. Mein Vertrauen zu Dir sollte größer sein als es jetzt ist. Obwohl manche Leute sagen, wir sollen Dich fürchten, fürchte ich mich vor manchen Menschen viel mehr als vor Dir. Was sie mir alles antun können! Womöglich werde ich sogar selbst zum Mordopfer! O Gott, bitte beschütze uns, mache unseren Weg angenhm wie einen Garten. Du bist unser Ziel. Amin. Ach, nee, so geht das nicht.«

Susanne versuchte, ihrer Verwirrung Herrin zu werden.

Nach einer Pause fügte sie hinzu: »Lieber Gott, eigentlich wollte ich hier in der Kirche über den Tod nachdenken, wie schnell der uns treffen kann. Aber mir kommen auch immer wieder Gedanken über die Liebe. Wir Menschen brauchen alle Liebe, und wir bitten Dich um Deinen Schutz. Bitte, beschütze mich vor einer Liebe, die mich zerstören würde, und beschütze mich und andere Menschen davor, die Liebe zu verwechseln mit Leidenschaft und Erotik, ich meine, Erotik kann ja nicht unbedingt schaden, und Leidenschaft auch nicht, wo sie Ausdruck der Liebe ist, ach, es ist kompliziert. Eigentlich kannst wirklich nur Du wissen, welche Liebe gut für mich ist. Ich meine, wenn ich nur Dich liebe, kann ich ja nichts falsch machen, nur bin ich dann so allein und ... Verdammt, dieses Gejammer kann ja niemand aushalten außer Dir, Gott!«

»Entschuldigen Sie die Störung bitte!«

Susanne zuckte zusammen. Im Gang vor ihrer Bank stand ein gutaussehender großer Mann und sah sie an.

»Ich bin Pastor Hülsemann hier von der Gemeinde.«

Susanne schätzte ihn auf Anfang 40. Seine blonden Haare trug er ein bisschen länger als sie es von anderen Pastoren gewohnt war.

»Ja?«, sagte sie.

»Kann ich etwas für Sie tun? Sie sehen traurig aus.«

»Ach, ich bin vor allem verwirrt.«

»Wegen?«

»Wegen des Todes meines Kollegen. Und wegen des Rätsels der Liebe zu Gott und zu den Menschen. Eine

Begegnung mit einem Mann hat mich völlig durcheinander gebracht. Aber ich bin nicht verliebt in ihn, habe nur Angst, und es kommen Gefühle von früheren emotionalen Katastrophen wieder hoch.«

»Agape, Philia, Eros – diese Unterscheidung stammt zwar schon von den polytheistischen Griechen, aber die Christen haben es gut für uns Spätere aufbereitet: Agape, von der Jesus predigte, bezeichnet die Nächstenliebe, die die eigenen Interessen außer Acht lässt und vor allem das Wohl der Anderen im Blick hat. Sogar zur Feindesliebe rät Jesus, damit der Feind die Chance hat, zu einem Freund zu werden.«

»Du sollst deinen Nächsten lieben wie dich selbst, also nicht mehr als dich selbst.«

Der Pastor lächelte. »Das kann man so sehen! Philia hingegen ist die Liebe zu Freunden und Freundinnen, zu Glaubensgenossen, zu Verwandten. Das grundsätzliche Anerkennen und Verstehen von Menschen, die einander nahe stehen.«

»Und dann kommt der Eros, das Begehren, die Leidenschaft, der Eros kann wüten wie ein Löwe und alles andere dominieren!«

»Ja, vor allem die Mania, die wir heute als psychische Störung kennen, Manie. In der Liebe ist die Manie besitzergreifend, triebhaft, liebessüchtig, besessen, gierig! Diese Liebe kann zum Tod führen, zu Selbstmord, zu Mord!«

»Sie kennen sich aus, Herr Pastor.«

»Ich höre viel von meinen Schäfchen, und natürlich habe ich selbst auch einige Erfahrungen.«

»Jedenfalls sehe ich schon ein bisschen klarer und weiß, worum ich beten könnte: Dass sich mein Eros langsam aber sicher in Agape und Philia verwandelt. Was halten Sie davon, Herr Pastor?«

»Das hört sich gut an für den Anfang. Vielleicht probiere ich es auch mal.«

»Vielen Dank für die Beratung!«

»Danke, gleichfalls.«

Sie hörten Schritte auf der Holztreppe von der Empore.

Susanne stand auf.

Kurze Zeit später sahen sie zwei Männer auf sich zukommen.

»Oh, zwei Bekannte von mir«, sagte sie zum Pastor. »Friedhelm von Schütt! Herr Jafari!«

»Wir beide haben uns hier zufällig getroffen«, berichtete Friedhelm.

»Du bist mir doch nicht etwa gefolgt, Friedhelm?«, fragte Susanne.

»Gewissermaßen doch. Ehrlich gesagt, wollte ich mir Klarheit über dich verschaffen. Ich meine, was hast du als Muslimin in einer Kirche zu suchen? Brita hat mir erzählt, woran du glaubst.«

»Gott ist überall. Es gibt keinen Gott außer Gott!«

»Und du gehörst nicht zufällig zu einer Gruppe von Extremisten, die Bombenanschläge verüben?«

»Ich gehöre zu einem Derwischorden, religiös begründeter Extremismus liegt mir fern!«

»Derwischorden!?«, fragten der Pastor, Friedhelm und Ahmad Jafari gleichzeitig.

»Islamische Mystiker, die die friedliche Seite des Islam leben. So wie christliche Mönchs- und Nonnenorden, nur auf islamisch. Und wir leben nicht in Klöstern, sondern haben Familien.« Traurig fügte sie hinzu: »Jedenfalls die meisten von uns.«

»Gibt es im Koran wirklich eine friedliche Seite des Islam?«, fragte Friedhelm zweifelnd.

»Ja. Sonst wäre ich nicht dabei. Es gibt ungefähr eine Milliarde Muslime, wenn die alle Terroristen wären, sähe es auf der Erde noch weit schlimmer aus! Traurig genug, dass viele Verblendete dabei sind, aber immerhin ist es eine Minderheit!«

»Ich gehe dann mal zurück, meine Mittagspause ist vorbei«, sagte Friedhelm. »Tschüs.«

»Ich komme mit dir, wenn ich darf.«

»Klar.«

»Bis morgen!«, rief Herr Jafari.

»Insch'allah«, sagte Susanne.

Als Brita fragte, was sie erlebt und gesehen hatten, berichtete Susanne: »Ich habe den Pastor kennengelernt. Er sieht gut aus.«

Danach erzählte sie den Rest.

Am nächsten Tag kam Ahmad Jafari um 9 Uhr. Susanne merkte, dass ihr Herz schneller klopfte. Dabei sah er heute übernächtigt und weniger attraktiv aus.

»Ich habe gestern abend ›Tote schlafen fest‹ in Videothek ausleihen«, sagte er nach der Begrüßung. »Beruf Privatdetektiv passt zu mir.«

»Gut. Dann kennen Sie ja Ihren zukünftigen beruflichen Weg.«

»Ich suche Mörder von Kollege! Dachte ich mir, das kann mein erster Fall sein. Ich mache Aufklärung. Das steht in Zeitung, und ich habe viele Kunden.« Er lächelte.

»Wahrscheinlich fangen Sie besser mit kleineren Untaten an, wie Ehebruch. Aber Privatdetektiv zu werden, finde ich einen ganz guten Gedanken!«

»Ich habe Gedanke: Täter oder Täterin hat Opfer vielleicht verwechselt.« Er lächelte stolz.

»Wie kommen Sie denn darauf?«

»Viele Menschen ärgern sich über Behörde. Sagen Dschungel. Da wird man in Haus hin und her geschickt. Das habe ich erlebt, als ich Deutschland kam. Ärger wird groß. Dann klopft man wieder an Tür, wird weggeschickt wie immer, und das ist zu viel. Man rastet aus, wie Deutsche sagen.« Seine dunklen Augen blitzten.

Susanne rutschte unruhig auf ihrem Stuhl hin und her.

»Ich verstehe. Sie meinen, der Täter suchte den für ihn zuständigen Amtsmitarbeiter, mein Kollege war demnach ein Zufallsopfer.«

»Oder vielleicht Drogenhandel? Wie in ›Tote schlafen fest‹?«

»Das macht man hoffentlich bei der Kriminalpolizei nicht so: Ohne konkrete Anhaltspunkte einen Verdacht nach dem anderen äußern? Reine Fantasie für Wirklichkeit nehmen?«, sagte Susanne ungehalten.

»Ist erst Anfang von Aufklärung. Danach kommt Schritt und Schritt.«

»Na, schauen wir mal! Jedenfalls wünsche ich Ihnen ein gutes Praktikum!«

»Ich komme morgen wieder, okay?«

»Was gibt es denn noch zu besprechen?«

»Allgemein.«

»Kommen Sie doch nächste Woche nach der Arbeit mal vorbei.«

»Auch gut.«

»Falls Sie nicht zu erschöpft sind! Wann haben Sie denn zuletzt fest gearbeitet?«

»Vor sechs Monaten. Aber Erschöpfung kenne ich nicht.«

»Das finde ich unnormal! Jeder ist doch irgendwann müde.«

»Wenn Sie mich besser kennen …«

»Es ist hoffentlich unnötig, dass ich Sie besser kennenlerne! Wenn Sie nicht mehr arbeitslos sind, gibt für Sie keinen Grund herzukommen.«

»Sie sind ein bisschen unhöflich.«

»Manchmal geht es nicht anders. Leben Sie wohl.«

»Auf Wiedersehen.«

Als er gegangen war, fiel Susanne ein, dass sie über seinen Familienstand nichts wusste. Sicherlich war er verheiratet und hatte Kinder. Wie er wohl im Privatleben war? Als was würde er sich bei näherem Kennenlernen entpuppen? Blieb er ein überheblicher Mann, der sich alles zutraute? Prahlte er den ganzen Tag lang? Wie sollte es in diesem Fall jemand mit ihm aushalten?

Brita kam herüber. »Wie geht es deinem Verehrer?«, fragte sie.

»Die Verehrung wäre jedenfalls nicht gegenseitig!«

»Vielleicht überrascht er dich bald mit einem Blumenstrauß.«

»Mir wäre es lieber, er würde mich mit einer Arbeitsaufnahme überraschen.«

»Ein frommer Wunsch!«

»Außerdem könnte das sowieso nichts werden!«

»Was könnte nichts werden?«

»Eine Beziehung mit ihm.«

»Oh, so weit hatte ich noch gar nicht gedacht!«

»Ich meine, ich habe ja Grundsätze: Drei Monate Kennenlernen ohne Sex, vielleicht gelegentlich mal ein Kuss in dieser Zeit. Danach hat sich ja bestimmt herausgestellt, ob wir zusammenpassen. Dann kommt Sex, und – wenn das Anklang findet – die Heirat. Weißt du, ich hatte mal ein Diktiergerät, die Mini-Kassetten passten aber nicht ins Abspielgerät. Verstehst du?«

»Ja! Es kam kein Ton heraus.« Brita lächelte. »Also, du

weißt, wie es laufen soll. Aber hast du vielleicht deine Rechnung ohne den Wirt gemacht?«

»Der Wirt soll doch froh sein, dass ich meine eigenen Rechnungen bezahle! Und man könnte ja im Notfall die drei Monate ein wenig verkürzen. Mir soll niemand nachsagen, ich sei nicht kompromissfähig. Auch wenn die Hürden höher sind als normalerweise.«

»Das mit dem Verkürzen findet bestimmt Anklang! Ich glaube übrigens, er ahnt noch nichts von seinem Glück. Dein Tonfall im Gespräch mit ihm war jedenfalls nicht besonders zärtlich.«

»Was sich liebt, das neckt sich.«

»Susanne ...«

An diesem Abend hätte Susanne gern eine Flasche Wein geleert. Sie sehnte sich nach einem Zustand, in dem sie entspannt war und die Gedanken nur noch verschwommen ankamen.

Das war ihr nicht vergönnt, sie las stattdessen lange im Koran, den sie irgendwo aufschlug.

Sie landete bei Sure 80 mit dem Titel »Er runzelte die Stirn«, die sich auf einen Vorfall in Mekka bezog, wo der Prophet einen blinden Mann abgewiesen hatte, weil er gerade mit einem reichen Mekkaner beschäftigt war, der dem Islam gleichgültig gegenüberstand.

Der Prophet wurde in dieser Sure für sein Verhalten getadelt.

Später ging es in der Sure noch um das Thema Undankbarkeit der Menschen den Gaben Gottes gegenüber und dem Vorschlag, sich letztere immer wieder bewusst zu machen. Und das Ende ab Vers 34 handelte von der Endzeit: »Doch wenn der betäubende Ruf kommt.

Am Tage, da der Mensch seinen Bruder flieht,

Und seine Mutter und seinen Vater

Und seine Gattin und seine Söhne,

Jedermann wird an diesem Tag Sorge haben, angesichts dessen, was er getan und unterlassen hatte.«

Jeder Mensch, nicht nur die Ungläubigen, sondern auch die Muslime, Christen, Juden selbst und alle anderen Gläubigen!

Susanne fand es gut, dass Gott sogar Seinen Lieblingen, den Propheten, Tadel nicht ersparte, jedenfalls im Diesseits.

Sie hoffte, sie würde möglichst wenig tun, was Gott missfiel, und möglichst wenig unterlassen, was Er wichtig fand.

Was das war, hatte Er ja den Propheten mitgeteilt.

6. Kapitel

»Guten Morgen, Brita. Wie sieht es aus?«

»Der Mörder ist noch nicht gefasst, Selbstmord wird inzwischen ausgeschlossen, das ist durchgesickert.«

»Aber hält man uns amtlicherseits für sicher? Wirklich keine Gefahren für uns?«

»Ich habe nichts Gegenteiliges gehört.«

»Und sonst?«

»Ach, unsere Katze ist verschwunden, mein Sohn leidet sehr darunter.«

»Hoffentlich kommt sie heil zurück!«

»Das ist mein größter Wunsch. Es tut mir so Leid, das traurige Gesicht meines Sohnes zu sehen!«

»Verlust und Beziehungsabbruch, echt schwierig. Und sei es eine Katze.«

»Im Kapitalismus muss eben alles den Kapitalinteressen untergeordnet werden, bis in die Familien hinein.«

»Das kann sein. Aber was hat das mit eurer verschwundenen Katze zu tun?«

Brita traten Tränen in die Augen.

»Es tut mir Leid, ich wusste nicht, dass dich die Angelegenheit so sehr mitnimmt. Du bist sonst so souverän! Und du bist schlank!«

»Danke für die Blumen! Schlank bin ich vielleicht, aber souverän bestimmt nicht! Jedenfalls nicht immer, heute auf keinen Fall.«

Es klopfte.

Schnell trocknete Brita ihre Tränen mit einem Stofftaschentuch.

Susanne sagte: »Schade, dass die Tür keinen Spion hat. Ich wäre lieber vorbereitet.«

Sie ging zur Tür und öffnete. »Herr Georg Weber! Wie schön, dass Ihre Gesundheit heute einen Besuch bei uns zulässt! Setzen Sie sich doch! Einen Augenblick bitte, ich möchte nur noch eben meinen Satz zu Ende sprechen.«

Er grummelte.

»Brita, vielleicht möchtest du das Tierheim anrufen und andere Stellen, wo Tiere abgeben werden können?«

»Danke, Susanne, ich komm schon klar. Widme dich ruhig unserem Besucher!«

Georg Weber sah zerknirscht aus. »Wissen Sie was, ich habe versucht, etwas über den Mord herauszufinden. Keiner weiß etwas. Das regt mich auf, ich wollte Ihnen gern helfen.«

»Es macht gar nichts! Keinesfalls sollten Sie es nicht als Ihre Aufgabe ansehen, uns zu helfen! Wie sieht es aus mit der Arbeitssuche?«

»Darum bin ich hier. Diese weiße Bluse steht Ihnen gut, mit der beigen Strickjacke und der schwarzen Jeans.«

»Danke.«

»Es müsste vorher noch etwas passieren, bevor ich arbeiten gehen kann. Ich habe gleich einen Termin. Können Sie mit mir kommen?«

»Sie meinen mitkommen zu einem Vorstellungsgespräch? Das würde keinen so guten Eindruck machen!«

»Nein, das nicht. Der Termin ist bei einem Psychologen.«

»Erzählen Sie doch mal, worum geht es da?«

»Beratung.«

»Die haben Sie doch hier.«

»Alkohol.«

»Oh, Sie wollen sich von Ihrem besten Freund trennen?«

»Wie meinen Sie das?«

»Der Alkohol ist doch Ihr bester Freund? Er hilft Ihnen, wenn Sie traurig sind oder etwas nicht können? Wenn Sie Probleme haben? Wenn niemand für Sie da ist?«

»Kommen Sie mit?«

»Was erwarten Sie von mir, was soll ich dort für Sie tun?«

»Einfach nur da sein.«

»Ihr Freund Walter kann nicht mitkommen?«

»Wir treffen ihn dort. Er hätte auch gern Begleitung.«

»Aber ich kann sowieso nicht an der Beratung teilnehmen. Da müssen Sie schon allein durch! Kommen Sie doch einfach danach wieder her. Dann sprechen wir darüber, was Sie dort erfahren haben. Vielleicht bekommen Sie auch eine Aufgabe von dem Psychologen, z.B. fängt die Behandlung oft damit an, dass man jeden Abend aufschreibt, was man getrunken hat und welche Menge. Damit man selber merkt, wie viel es eigentlich ist.«

»Ich habe so viel für Sie getan, Frau Schlieker! Heute komme ich mit einer kleinen Bitte, und Sie lehnen ab!«, rief er empört.

»Sie sind unzufrieden mit mir? Können Sie mir verzeihen? Wissen Sie, meine Arbeit hat bestimmte Grenzen.«

»Ich habe Angst, dass der Psychologe so ist wie mein Vater, dass er mich richtig fertigmacht, mit mir schimpft, weil ich trinke. Er beleidigt mich vielleicht und sagt, dass ich schwach bin und ein Versager.«

»Oh, die Sorge kann ich Ihnen nehmen! Der Psychologe hat Verständnis für Sie, er weiß, dass Alkoholabhängigkeit eine Krankheit ist, und arbeitet mit Ihnen zusammen an Ihrer Heilung.«

»Wehe nicht!«

»Ich verspreche es Ihnen! Viele Grüße an Ihren Freund Walter.«

Brita meinte: »Ich kann das bestätigen, was meine Kollegin sagt: Sie werden keine Vorwürfe hören von dem Berater! Und Sie selbst brauchen sich auch keine zu machen!«

»Sie sind unzufrieden mit mir?«, äffte er Susanne mit hoher Stimme nach.

»Auf Wiedersehen!«

»Ich komme bestimmt nicht wieder hierher!«

»Schade«, seufzte Susanne.

Als er gegangen war, sagte sie zu Brita: »Ich würde gern ein paar Bäume besuchen. Vom Vorplatz der Kirche aus sieht man schöne hohe Bäume in der Nähe des Schlosses.«

»Susanne, kann es sein, dass du manchmal lieber wegläufst, anstatt dich Situationen zu stellen?«

»Ich habe nicht den Eindruck.«

»Na ja, jedenfalls viele Grüße an die Bäume! Wirst du sie auch umarmen?«

»Wenn keine Menschen zu sehen sind, mache ich das vielleicht. Weißt du. etwas pulsiert im Baumstamm, das sind wohl die Säfte, die zwischen Wurzel und Krone auf und absteigen. Das tröstet mich irgendwie.«

»Und du bist sicher, dass du nicht stattdessen lieber den Pastor umarmen willst?«

»Brrr! Der trug zwar den schmalsten Ehering aller Zeiten, aber ich habe ihn trotzdem bemerkt! Nach den Bäumen werde ich die Suchtberatungsstelle besuchen. Unsere Klienten sind bis dahin wohl schon fertig dort. Ich würde gern mit dem Psychologen darüber sprechen, wie wir uns am besten verhalten, wenn wir mit solchen

Situationen im Umgang mit Suchtkranken konfrontiert sind wie eben gerade.«

»Wenn sie uns überfordern und etwas von uns verlangen, was wir nicht leisten können? Das erlebt der Psychologe sicherlich auch oft, vielleicht hat er nützliche Tipps, wie wir uns abgrenzen können, ohne Porzellan zu zerschlagen.«

Susanne umarmte ausführlich eine Buche und danach eine Linde. Vom Ahorn nahm sie lieber Abstand, der hatte wenig Einladendes. Bei der lebensgroßen Steinskulptur eines Löwen in der Nähe des Schlosses hielt sie sich längere Zeit auf. Als niemand in der Nähe war, erzählte sie ihm von Gott. Der sei stärker als alle Löwen und Elefanten zusammen, berichtete sie. Drei Religionen behaupteten, dass es nur einen Gott gab. Logischerweise gab es also nur einen, einen Gott, aber drei Gottesbilder.

Den Suchtberater traf sie nicht an, er hatte Mittagspause. Susanne ließ sich seine Telefonnummer geben.

Als sie zur Beratungsstelle zurückging, stellte sie fest, dass mehr als zweieinhalb Stunden vergangen waren.

Brita empfing sie mit einem kleinen Päckchen, eingewickelt in Geschenkpapier.

»Herr Ahmad Jafari hat das für dich hinterlassen. Er war zweimal hier.«

»Heute ist mein Glückstag! Er hat mich beide Male verpasst.«

Susanne öffnete und sah, dass es gestreifte Büroklammern enthielt. Die Streifen waren in einem schönen dunklen Rot gehalten.

»Wo hat er die denn gefunden?«, staunte sie. »Und woher wusste er, dass ich mir das gewünscht habe?«

»Ich kann das aufklären: Er hat mich gefragt, womit

er dir eine Freude machen kann. Blumen? Schokolade? Mir fiel ein, wonach du neulich vergeblich in den Geschäften gesucht hast. Da ging er und kam mit einem feinen Pinsel und einem Fläschchen Nagellack zurück. Hier hat er dann die Streifen auf deine Büroklammern gemalt.«

Susanne war sprachlos.

»Und er hat hinterlassen, dass er etwas Wichtiges herausgefunden hat über unseren getöteten Kollegen.«

»Was denn?«

»Das sagte er nicht.«

»Vielleicht geht es um ›Cherchez la femme‹? Unser Kollege hatte doch sicherlich eine Freundin oder Ehefrau oder eine Geliebte?«

»Herr Jafari wird es uns wohl morgen mitteilen.«

»Morgen ist Freitag, und Montag beginnt sein Praktikum. Mal sehen, was geschieht. Ein Gegengeschenk von mir bekommt er jedenfalls nicht.«

»Das erwartet er bestimmt nicht! Hast du dir für das Wochenende etwas Schönes vorgenommen?«

»Ich fahre zu meiner Mutter nach Kehdingen und freue mich jetzt schon darauf, auf dem Deich spazieren zu gehen! Meine Schwester mit ihren drei kleinen Kindern ist auch dort. Es wird sicher turbulent, aber ich mag diese Kinder total gerne.«

»Und wie sieht es mit eigenen aus?«

»Fehlanzeige! Wie können irgendwann mal darüber sprechen, aber jetzt höre ich wieder ein Klopfen an unserer Tür. Sicherlich kündigt das nicht Herrn Ahmad Jafaris dritten Besuch am heutigen Tag an, insofern bin ich ganz beruhigt.«

Georg Weber und sein Freund Walter standen vor der Tür.

»Willkommen!«, sagte Susanne. »Berichten Sie! Wie war es bei dem Psychologen?«

»Wie Sie gesagt haben. Wir waren hintereinander bei ihm drin, er hat uns das gleiche gesagt: wir sollen aufschreiben, was wir trinken. Und aufpassen, dass die Zettel niemand wegwirft oder wir sie irgendwie verlieren.«

»Gut. Und werden Sie bald wieder hingehen?«

»Wir können uns jederzeit einen neuen Termin holen.«

»Prima. Dürfen wir hier noch etwas für Sie tun?«

»Es geht darum, dass ich Mitglied einer Partei werden will, aber nicht weiß, wie ich das anstellen soll«, sagte Walter Freund leise.

»Ach ja, ich erinnere mich, Sie wollen in ein politisches Amt gewählt werden, und dazu möchten Sie nun Mitglied einer Partei werden. Welche denn?«

»Das ist geheim.«

»Aha. Die Parteien haben Büros in den Stadtteilen, jedenfalls die größeren. Da suchen Sie einfach im Telefonbuch die Nummer heraus, rufen an und fragen, wann die nächste Ortsgruppensitzung der Partei ist. Diese sind in der Regel öffentlich. Dann geht das so seinen Gang.«

»Hört sich schwierig an.«

»Ich helfe Ihnen gern.«

»Sie wollen doch nur 'rausfinden, welche Partei das ist!«

»Nein. Aber ich glaube, Sie schaffen das auch allein. Es ist nicht so schwierig, und normalerweise werden neue Mitglieder mit offenen Armen empfangen. Trotzdem halte ich es für äußerst fraglich, ob Sie es in die Bürgerschaft oder gar in den Bundestag schaffen.«

»Sie werden schon sehen!«

»Wissen Sie was, ich zieh das durch mit der Suchtentwöhnung. So hat der Psychologe es genannt«, berichtete Georg Weber.

»Gehen Sie auch zu den Versammlungen der Anonymen Alkoholiker? Da haben alle das gleiche Problem, und man stützt sich gegenseitig. Auf Wunsch bekommt man einen Paten, das sind meistens trockene Alkoholiker.«

»Ich nehme einen«, sagte Georg Weber.

»Ich auch.«

Als sie gegangen waren, atmete Susanne auf.

»Es war kein Abschied für immer. Umso besser! Und jetzt ist Feierabend!«, rief sie und warf die Arme in die Luft.

»Ich hoffe nur, er will nicht die geschwächte NPD durch seine starken Arme verstärken«, meinte Brita.

»Da würde ich allerdings nicht mehr beraten, sondern nur noch abraten, auch wenn ich meine Neutralitätspflichten damit verletzte.«

»Wie ein Tanz auf dem Seil ist die Arbeit es hier! Allerdings mache ich mir nicht allzu große Sorgen über eine tolle Karriere von Herrn Freund in der NPD. Er kann die Partei bestimmt nicht davor retten, in der völligen Bedeutungslosigkeit zu versinken. Ist sie bei der letzten Wahl überhaupt über 0,2 % gekommen?«

Es klopfte.

»Machen Sie auf, ich bin es, Herr Lehmann!«

»Statt Feierabend winkt Beschäftigung mit unbezahlten Rechnungen«, seufzte Susanne.

Brita sagte: »Ich kann mich an dieser reizvollen Aufgabe nicht beteiligen, weil ich mit meinem Sohn zusammen einen Arzttermin wahrnehmen muss.«

»Juhu, Überstunden für mich! Dann kann ich morgen zwei Stunden früher Feierabend machen und länger als gedacht auf dem Elbdeich joggen.«

»Ich revanchiere mich mal, wenn du z.B. Zeit brauchst für Ahmad Jafari.«

»Brita, male den Teufel nicht an die Wand! Ich bin einfach nicht bereit für eine Beziehung. Könntest du diese Anspielungen bitte lassen?«

»Ich versuche es. Aber ich habe den Eindruck, dass du vielleicht schon weiter bist als du selbst denkst. Gefühlsmäßig, meine ich.«

»Keine Ahnung! Ich bin verwirrt. Aber wenn ich an der Elbe bin, klärt sich in meinem Kopf vieles. Ich bin und bleibe ein Landei, nur auf dem Lande kann ich frei atmen. Schon während des Studiums sagte mal eine Studienkollegin, die mich am Wochenende bei meinen Eltern besuchte, ich sei kaum wiederzuerkennen, so unbeschwert habe sie mich in Hamburg nie erlebt. Ach, wenn ich in Rente gehe, möchte ich wieder dort leben.«

»Schöne Aussichten also in ca. dreißig Jahren.«

»Insch'allah. Oh, ich habe den zukünftig schuldenfreien Herrn Lehmann vergessen! Herein!«, rief sie.

»Was habe ich Ihnen getan, dass Sie mich so lange draußen warten lassen?«, bemerkte er vorwurfsvoll.

»Schön, dass Sie kommen konnten, Herr Lehmann, da opfere ich gern meinen Feierabend! Wir machen es uns hier im Büro gemütlich und bereiten die Unterlagen vor, so dass sie bei Gericht eingereicht werden können.«

Brita verabschiedete sich.

Zwei Stunden lang beschäftigten sie sich mit den Papieren, dann sagte Susanne: »Fertig! Gott sei Dank.«

»Eigentlich hätten Sie ein bisschen schneller arbeiten können.«

»Das Tempo haben Sie vorgegeben! Es ist Ihr Leben, es sind Ihre Schulden! Aber nun geht alles seinen Gang, Sie bekommen Ihre Finanzen wieder in den Griff!«

»Sie dürfen mich jetzt zum Essen einladen, ich habe Hunger.«

Susanne lachte. »Schön, wenn Ihr Humor aufblitzt! Aber ich sehne mich nach meinem Zuhause!«

»Dort verpassen Sie das Beste.«

»Das Zweitbeste genügt mir. Gehen Sie mit zur Beerdigung von Herrn Funke?«

»Was soll ich da?«

»Es gibt eine Geschichte: »Ein Sufi wurde gefragt:‹Wie geht es dir?‹«

»Was ist denn ein Sufi? Kommt das von Suff?«

»Nein, von suf, das bedeutet Wolle. Der Name kommt von ihrer Kleidung, sie trugen einen Flickenmantel aus Wolle. Sufis sind eine Art muslimische Mönche. Also, er antwortete: ›Wie es mir geht? Wie jemandem, der nicht weiß, ob er den morgigen Tag noch erlebt.‹ ›Aber das weiß doch niemand.‹ ›Richtig‹, sagte der Sufi. ›Aber wer denkt schon daran?‹«

»Ich jedenfalls nicht!«

Susanne berichtete: »Ich bin gern auf Friedhöfen, weil ich dort an meinen eigenen Tod erinnert werde. Für mich hat der Gedanke ans Paradies etwas Schönes.«

»Mir ist es lieber, mich abzulenken von allem, was mit Tod zu tun hat. Einmal war ich in einer Friedhofskapelle. Über der Eingangstür hing eine große Uhr, unter der stand: ›Eine ist deine‹. Ich habe wohl verstanden, damit war gemeint, irgendeine Uhrzeit ist meine Sterbestunde. Aber ich kann darauf verzichten, an die erinnert zu werden!«

»Für mich ist das wertvoll, weil ich das Leben mehr genießen kann, wenn mir seine Endlichkeit bewusst ist.«

»Geschmackssache! Ich genieße das Leben anders. Also, leben Sie wohl.«

»Schön, dass Sie sich bei mir bedanken für die Mühe und Geduld bei Ihrer Schuldenregulierung!«

»Ich habe mich nicht bedankt.«

»Aber Sie hätten es tun können.«

Er stand kopfschüttelnd auf und verließ den Raum.

Susanne fiel ein, dass sie nun beten konnte, ohne gestört zu werden. Das tat sie.

Zu Hause las sie eine Geschichte, in der ein Christ nach einem Schiffbruch ganz allein auf einer Insel gestrandet war.

Er fand essbare Früchte, fing Fische und richtete sich ein.

Nach einigen Jahren wurde er gefunden, er nahm seinen Retter mit zu einem Spaziergang über die Insel.

»Hier habe ich mir eine kleine Kirche gebaut!«, sagte er stolz.

Sie gingen weiter und kamen nach einiger Zeit an eine weitere Hütte.

»Dies ist meine zweite Kirche.«

»Aber Sie waren doch ganz allein hier. Wozu brauchten Sie denn zwei Kirchen?«

»Ich fand, es sollte eine Kirche geben, in die ich ging, und eine, in die ich nicht ging.«

Susanne schlief lächelnd ein.

Am nächsten Tag fand sie, dass Brita immer noch bedrückt aussah.

»Alles in Ordnung mit deinem Sohn?«, fragte sie.

»Es wurde ein Blutbild gemacht. Wir erfahren das Ergebnis nächste Woche.«

»Wir können froh sein, dass wir in Deutschland ein gutes Krankenversicherungssystem haben. Deinem Sohn wird auf jeden Fall geholfen!«

»Einigermaßen ja, jedenfalls noch. Du weißt ja, dass

immer mehr Krankenhäuser und Nachsorgeeinrichtungen privatisiert werden, die stehen dann unter dem Druck, profitorientiert zu wirtschaften! Und woraus beziehen privatkapitalistische Betreiber ihre Gewinne? Aus geringen Löhnen, die sie dem Personal zahlen natürlich! Die DKP fordert eine Krankenversicherung für alle unter Selbstverwaltung der Versicherten und öffentlicher Kontrolle. Und wir kämpfen gegen Krankenhausschließungen.«

»Letzteres würde selbstverständlich unterstützen.«

Brita war aufgesprungen, nun setzte sie sich wieder.

»Und deine Sitzung mit Herrn Lehmann?«, fragte sie.

»Erfolgreich. Ich rufe heute zur Sicherheit mal den Schuldnerberater von der AWO an, damit ich bei meinem ersten Fall keine Fehler mache mit der Prozedur.«

»Gute Idee.«

Es klopfte.

Eine stark übergewichtige Frau war an der Tür.

»Meine Vermittlerin hat mich hergeschickt, Frau Funke«, sagte sie.

»Willkommen! Was können wir tun?« Brita war offensichtlich erleichtert, dass sie etwas zu tun hatte. »Möchten Sie Kaffee? Tee? Susanne, haben wir noch Kekse?«

»Nein, leider nicht. Ich erledige dann mal ein paar Anrufe, hoffentlich störe ich euch nicht.«

»Es wird wohl gehen.«

Die Klientin sagte: »Ich habe es schon gehört: Ihr Kollege wurde getötet! Das stand ja in der Zeitung: Die Polizei arbeitet offensichtlich mit Hochdruck an der Aufklärung des Verbrechens.«

»Hoffentlich schnell und erfolgreich! Es wäre gut, wenn wir uns hier im Amt bald wieder sicher fühlen könnten!«

Susanne rief den Psychologen an, der war zu sprechen.

»Es ist sehr wichtig für Alkoholkranke, eine berufliche Perspektive zu behalten, bzw. neu zu entwickeln«, sagte er.

Susanne fand seine Stimme angenehm. Eine sympathische Sprechweise mussten Psychologen sich wohl antrainieren, wenn sie die nicht von Natur aus hatten, dachte sie.

»Insofern finde ich eine Zusammenarbeit unserer Beratungsstellen äußerst sinnvoll«, fuhr er fort. »Wenn der berufliche Bereich nicht läuft, droht ein Rückfall in alte Muster.«

»Diese Muster interessieren mich. Ich selbst hatte während meines Studiums eine Zeit, wo ich wirklich zu viel getrunken habe.«

»Waren Sie damals überfordert, unglücklich?«

»Beides, sowohl privat als auch mit dem Studium. Die langjährige Beziehung mit meinem Partner war nicht zu retten, meine Berufswahl Lehrerin stellte sich als unpassend für mich heraus. Mir kam es so vor, als sei das Wort ›Versagerin‹ auf meine Stirn geschrieben, alle konnten es lesen.«

»Wie sind Sie denn aus dem Teufelskreis herausgekommen?«

»Ich habe ein halbes Jahr lang in Griechenland auf mehreren ägäischen Inseln gelebt. Die Entwöhnung geschah dabei automatisch. In dieser Zeit habe ich mich so gut erholt, dass ich mir danach in Hamburg ein gutes Leben aufbauen konnte. Ein Glücksfall! Die alkoholkranken Lalos haben natürlich jeweils ihre eigene Geschichte und Heilungschancen.«

»In der Tat! Helfen tun häufig die 12 Schritte, die fast

überall auf der Erde bei den Treffen der Anonymen Alkoholiker in jeder Sitzung zitiert werden, z.B. der 1. Schritt: Anerkennen der persönlichen Machtlosigkeit der Suchtproblematik gegenüber und zugeben, dass man sein Leben nicht mehr im Griff hat.«

»Ein guter Tipp, ich suche mir diese Schritte im Internet und drucke sie aus.«

»Und der Gelassenheitstext ist auch wichtig, Sie haben das bestimmt schon irgendwo gehört: ›Gott, gib mir die Gelassenheit, Dinge, die mir nicht gefallen, zu akzeptieren, wenn ich sie nicht ändern kann. Den Mut, Dinge zu ändern, die geändert werden sollten. Und die Weisheit, eins vom anderen zu unterscheiden‹.«

»Damit kann Gott dienen, wenn es wirklich ernst gemeint ist. Vielen Dank! Ich würde gern wieder mal anrufen.«

»Gern, wie gesagt, an einer Zusammenarbeit bin ich interessiert. Vielleicht eher informell und anonym wegen des Datenschutzes.«

»Gut. Auf Wiederhören.«

Susanne suchte im Internet den Gelassenheitstext und stellte fest, dass er ursprünglich viel länger gewesen war:

Nach »Und die Weisheit, den Unterschied zu erkennen!«

ging es weiter: »Hilf mir, einen Tag nach dem anderen zu leben,

Einen Augenblick nach dem anderen bewusst zu erleben

Und Schwierigkeiten als Weg zum Frieden zu sehen!
Lass mich von Jesus lernen,

Das, was mir nicht gefällt, so zu nehmen wie es ist,
Und nicht wie ich es gern hätte,

Und darauf zu vertrauen, dass Du die Dinge wieder
In Ordnung bringst,
Wenn ich mich nur Deinem Willen hingebe,
So dass ich in diesem Leben einigermaßen glücklich
bin
Und für immer glücklich bei Dir in der Ewigkeit!«

Susanne fand, das passte auch auf andere Krisen-situationen, wie zum Beispiel der Tod ihres Kollegen. Vor allem, darauf zu vertrauen, dass Gott fähig war, die Dinge wieder in Ordnung zu bringen. Schwierigkeiten als Weg zum Frieden zu sehen. Im Augenblick zu leben.

Alkoholabhängige Atheisten konnten diesen Teil des Textes nicht mit Überzeugung sprechen, daher war er wohl so drastisch gekürzt worden.

An eine höhere Macht zu glauben, die in Lebenslagen half, wo man völlig überfordert war, hatte durchaus Vorteile, fand Susanne. Einem höheren Wesen zu vertrauen, das sogar noch nach dem Tod des Körpers wusste, wie es weiterging, war auch wertvoll. Den Propheten Jesus als Ansprechpartner zu haben, was für ein Gewinn für die Christen!

Es klopfte.

Auf dem Flur stand Herr Ahmad Jafari.

Susanne schloss die Tür schnell wieder.

Sie lief zu Brita. »Ich brauche deine Hilfe!«, flüsterte sie.

»Was ist passiert?«

»Ahmad Jafari ist da.«

»Ach so. Wir sind hier noch eine Weile beschäftigt. Du schaffst das schon!«

»Ich falle bestimmt in Ohnmacht?«

»Wenn du auf dem Boden liegst, hole ich dich zurück aus der Ohnmacht. Ich weiß, wie das geht.«

»Wie denn?«

»Du liegst flach auf dem Rücken, und ich hebe deine Beine an, dann wachst du gleich wieder auf und fühlst dich besser als vorher!«

»Na gut.«

Die Klientin sagte: »Ich dachte immer, Beraterinnen haben keine Probleme! Dass die sich ja selbst beraten können!«

»Wir sind normale Menschen mit kleinen und großen Problemen.«

»Dann muss ich mich ja nicht für meine eigenen Schwierigkeiten schämen! Ich dachte immer, allen schlanken Menschen geht es gut! Das ist ein lehrreicher Tag für mich heute!«

»Freut uns.«

Susanne ließ Herrn Ahmad Jafari herein und bedankte sich für die schönen Büroklammern.

»Gern geschehen«, sagte er und verneigte sich. »Ich habe neu Informationen. Können Sie mit mit mir kommen? Wir fahren nach Allermöhe mit Schiff.«

»Wie lange dauert die Fahrt?«

»Drei Stunden.«

»Nein, ich kann nicht mitkommen, obwohl ich sehr gern auf dem Wasser bin. Erzählen Sie, worum geht es?«

»Herr Funke hat Scheune in Allermöhe gemietet.«

»Und was lagert er dort, bzw. wofür hatte er die Scheune?«

»Weiß ich nicht, was. Darum ich will gehen und schauen.«

»Die Scheune ist doch sicherlich abgeschlossen?«

»Durch Fenster sehen! Ist auch nicht schwer, in Scheune reingehen.«

»Sie sollten keine illegalen Sachen machen! Durchs

Fenster schauen, ist wohl okay. Aber warum fahren Sie nicht nach Allermöhe mit der S-Bahn? Das sind nur zwei Stationen von hier.«

»Sie kommen mit?«

»Nein!« Susanne überlegte. »Ich wollte Sie übrigens gern noch etwas fragen: Sie haben doch sicherlich eine Familie?«

»Ja, Vater, Mutter, Bruder, Schwester.«

»Ehefrau, Kinder?«

»Meine Kinder in Afghanistan. Vielleicht kommen hier.«

»Das wünsche ich mir für Sie.«

»Ich gehe Allermöhe.«

»Dort wird viel Gemüse angebaut, Blumen auch. Man nennt die Gegend Vier- und Marschlande.«

»Viel?«

»Nein, eins, zwei, drei, vier.«

»Warum vier?«

»Es waren ursprünglich vier Inseln im Urstromtal der Elbe, heute sind es die Stadtteile Altengamme, Neuengamme ...«

»Und Marschlande?«

»Marschlande waren keine Inseln, aber weil es Marschland war, mussten dort natürlich Deiche gebaut werden, um die zwölf Dörfer, die heutigen Stadtteile, zu schützen. Ich kenne nicht alle Namen auswendig, jedenfalls gehört Allermöhe dazu und Moorfleet ...«

»Was heißt Marsch?«

»Es sind flache Feuchtgebiete, die etwa auf der Höhe des Meeresspiegels liegen, manche auch ein wenig darunter. Jedenfalls muss das Marschland trocken gehalten werden durch Gräben, Wettern, Pumpstationen und Siele. Das Land wurde zunächst eingedeicht zur

Landgewinnung, danach dienten die Deiche als Schutz vor Überschwemmungen und Sturmfluten.«

»Interessant, ich möchte Deichbauingenieur werden.«

»Hm. Allermöhe, dort wo Sie hinfahren wollen, liegt jedenfalls auf dem Geestrand, wo das Urstromtal zu Ende ist und das Land weit höher liegt. Die Geest ist viel weniger fruchtbar als die Marsch, der Boden besteht zum großen Teil aus Sand. Trotzdem wurde dort auch gesiedelt, es hatte den Vorteil, dass keine Überschwemmungen drohten.«

»Heißt Marschlande, ist Geest.«

»Ich weiß gar nicht, ob Sie diese Wörter je wieder brauchen.«

»Egal. Ich fahre Allermöhe,«

»Besseres Deutsch ist es zu sagen, nach Allermöhe.«

»Ich fahre nach Allermöhe. Mit S-Bahn.«

»Perfekt.«

»Bringe Tomaten, Gurken, Salat, Zucchini.«

»Da haben Sie etwas zu essen am Wochenende.«

»Und sind Sie verheiratet?«, fragte er.

»Nein.«

»Auf Wiedersehen! Ich komme Montag«, sagte er lächelnd.

»Tschüs.«

Als er gegangen war, kam Susanne ein Verdacht. Britas Klientin hatte sich inzwischen verabschiedet.

»Brita, hast du Herrn Jafari erzählt, dass ich gern auf dem Wasser bin? Er wollte mich zu einer dreistündigen Fahrt mit dem Schiff bewegen!«

»Es könnte sein, dass ich es mal nebenbei erwähnt habe.«

»Ich wäre dir dankbar, wenn du nicht mit ihm über meine Vorlieben sprichst!«

»Gut. Mir kommt es so vor, als sei dein Fluchtimpuls schon geringer geworden? Eure Unterhaltung über die Vier- und Marschlande war ja schon richtig locker, jedenfalls das, was ich davon mitbekam.«

»Er ist ziemlich intelligent, hat alles verstanden, was ich darüber berichtete.«

»Tja. Zwar ist es ein bisschen rätselhaft, warum dieses Gesprächsthema soviel Raum einnahm, da es ja mit seinem Praktikum eigentlich nichts zu tun hat, aber...«

»Ich glaube, die Scheune kann wichtig sein, um noch mehr über unseren Kollegen zu erfahren und über das Motiv, ihn zu töten.«

»Vielleicht ist in der Scheune Heu gelagert, und im Heu sind Drogen versteckt? Oder es fanden Gruppensexparties statt?«

»Sex im Heu wäre auch etwas für mich. Ich meine, wenn ich einen Partner hätte. Und natürlich ohne Gruppe.«

»Keine Bange, ich werde es ihm nicht erzählen. Jedenfalls wahrscheinlich nicht.«

Brita lachte.

Susanne erschrak. Wie konnte ihr nur die Bemerkung über das Heu herausrutschen?

Sie sang leise:

»Ich bin vom Idiotenclub und lade herzlich ein, bei mir jeder gern gesehen, nur blöde muss er sein. Bei mir gilt die Devise: Sei blöd bis in den Tod, und wer der allerblödste ist, ist Ober-Idiot.«

Brita lachte.

»Damit das klar ist: Es liegt mir fern, Menschen zu diskriminieren. Ich habe mich nur über mich geärgert, daher bezeichne ich mich als Ober-Idioten«, sagte Susanne.

»Vielleicht solltest du aufhören, dich selbst zu diskriminieren?«, schlug Brita vor.

»Vielleicht sollte ich aufhören, über Heu zu sprechen? Und ein anderes Lied zu singen, z.B. ›An de Eck steiht 'n Jung mit'n Tüdelband‹?«

Brita lachte. »Was ist denn ein Tüdelband?«

»Das Spielzeug Trudelreifen, weißt du, diese großen Reifen, die die Jungs früher mit einem Stock geschlagen haben, damit sie sich drehten. Das Kind lief hinterher, um den Reifen neu zu schlagen, wenn er an Schwung verlor. Die ärmeren Kinder benutzten alte Ringe von kaputten Holzfässern, die wohlhabeneren Eltern schenkten ihren Söhnen extra hergestellte Reifen aus edlerem Material.«

»Ich habe mal Fotos gesehen, diese Reifen gingen den Kindern bis zur Brust.«

»Ja.«

Susanne sang:

»An de Eck steiht 'n Jung mit'n Tüdelband,
Inne anner Hand een Bodderbrood mit Kees,
Wenn he blots nich mit de Been in'n Tüdel kümmt,
Un dor liggt he ok all lang op de Nees,
Un he rasselt mit'n Dassel an'n Kantsteen,
un he bitt sik ganz geheurig op de Tung,
As he opsteiht, segg he: Hett nich weeh doon,
Is'n Klacks för so'n Hamborger Jung!
Klaun, klaun,
Äppel wüllt wie klaun,
Ruck zuck övern Zaun,
Ein jeder aber kann das nicht,
Denn er muss aus Hamburg sein.«

Brita lachte. »Gibt es noch weitere Strophen?«

»Eine von einem Mädchen, das Eier in einem Korb

trägt und eine Buddel Rum in der anderen Hand hat und hinfällt. Die wirft dann alles zusammen, produziert damit Eiergrog, den sie gern mag, und sagt, ›hett nich weeh doon, is'n Klacks für'n Hamborger Deern.‹ Mich überzeugt das aber nicht, aus Dreck, Rum und Eiern ein alkoholisches Getränk zusammenzuschmeißen!«

»Du zensierst alte Texte!«

»Den Vorwurf muss ich mir gefallen lassen«, lachte Susanne. Nach einer Pause fragte sie sich: »Wie es unseren Neu-Abstinenzlern wohl geht? Wahrscheinlich überspringen sie Schritt 2 und 3, wo es um den Glauben an Gott geht, dass nur eine Macht, die größer ist als man selbst, die Heilung von der Abhängigkeit bewirken kann, und dem Entschluss, sein Leben der Sorge Gottes anzuvertrauen. Das ist zwar undogmatisch, aber immerhin setzt es die Existenz Gottes voraus.«

»Was ist denn Schritt 4?«

»Eine gründliche Inventur des eigenen bisherigen Lebens zu machen.«

»Bestimmt sinnvoll, das mit professioneller Hilfe zu bewerkstelligen, sonst könnte es auf Selbstanklagen und Selbstmitleid hinauslaufen.«

»Stimmt, und ich sehe auch die Gefahr, in Schuldzuweisungen an die Eltern und eigenen Schuldgefühlen steckenzubleiben.«

»Ach ja, die Heilung ist wohl ziemlich mühsam!«

Es klopfte.

Ein großer Mann mit deutlichem Übergewicht schnaufte die Treppe herauf.

»Meine Vermittlerin Frau Funke schickt mich«, sagte er, es klang ärgerlich.

»Willkommen! Wir schicken Sie nirgends hin! Erzählen

Sie, was haben Sie bisher beruflich gemacht, und was suchen Sie nun?«

»Ich war Marktleiter in einem Supermarkt, dort habe ich es nicht mehr ausgehalten, das Betriebsklima war nicht gut.«

»Dagegen kann man doch etwas tun? Mediation? Schlichtung?«

»Es war alles so verfahren, ich habe gekündigt. Meine Frau war nicht begeistert, obwohl sie auch gut verdient.«

»Möchten Sie gern wieder als Marktleiter arbeiten?«

»Ich schreibe gerade ein Buch. Das steht mir frei, ich stehe ja trotzdem dem Arbeitsmarkt weiterhin zur Verfügung.«

»Wie viele Seiten haben Sie denn schon geschrieben?«, fragte Brita.

»Ungefähr 400.«

»Auf dem Papier oder in Ihrem Kopf?«, fragte Susanne.

»Was soll die Frage? Sie sind wie meine Frau, alle setzen mich unter Druck, meine Frau, meine Vermittlerin, nun Sie auch noch! Meine Vermittlerin hat verlangt, dass ich mich bewerben soll bei einer großen Tankstelle, wo ein Leiter gesucht wird. Meine Frau will unbedingt, dass ich die Stelle annehme. Niemand denkt daran, dass ich dann den ganzen Tag die ungesunden Benzindämpfe einatmen muss!«

»Was ist es denn für ein Manuskript? Roman? Sachbuch?«

»Allgemein.«

»Wenn Sie es veröffentlichen wollen, sollte es in ein bestimmtes Genre passen. Sonst finden Sie keinen Verlag«, sagte Susanne.

»Es ist ein freier Text. Niemand versteht, dass ich mich

nur frei ausdrücken will! Immer versuchen alle, mich zu reglementieren!«

»Ich habe Verständnis dafür, dass Ihnen das missfällt.« Susanne lächelte ihn freundlich an.

»Warum grinsen Sie? Ich finde es gar nicht lustig!«

»Also, wie wollen Sie mit diesem Stellenvorschlag Ihrer Vermittlerin umgehen? Ignorieren sollten Sie ihn nicht«, meinte Brita.

»Ich bewerbe mich einfach und weise gleich darauf hin, dass ich im Tankstellenbereich keine beruflichen Erfahrungen habe.«

»Ja, das geht. Dann landen Sie gleich auf dem Haufen für uninteressierte und damit uninteressante Bewerber.«

Er runzelte die Stirn.

»Sind Sie oft ärgerlich? Wie gehen Sie mit Ihrem Ärger um?«, fragte Susanne.

Sie hörte Britas Telefon klingeln.

»Das geht Sie gar nichts an! Als nächstes schlagen Sie noch vor, ich soll anfangen zu meditieren! Dabei will ich nur meine Ruhe haben! Dann bin ich auch nicht ärgerlich«, sagte er mit gepresster Stimme.

»Gut. Gehen Sie gern im Wald spazieren? In Japan nennt man das Waldbaden. Das ist gut für die innere und äußere Ruhe.«

»Glauben Sie, das weiß ich nicht? Aber ich habe keine Zeit dafür.«

»Ich verstehe. Aber warum versuchen Sie nicht, eine halbe Stunde mehrmals die Woche zum Waldbaden frei-zuschaufeln «

»Ich gehe jetzt mal.«

»Auf Wiedersehen.«

Er verließ den Raum.

Susanne holte sich ein Glas Wasser aus der Küche und trank es auf einen Zug aus.

»Brita, wie war denn euer Gespräch?«, fragte sie.

»Ach, sie hat durchaus Chancen auf dem Arbeitsmarkt: eine abgeschlossene Ausbildung zur Fleischereifachverkäuferin, gutes Prüfungsergebnis. Aber im Lebensmittelbereich ist die Optik eben sehr wichtig, wegen ihres starken Übergewichts hat sie Probleme, eine feste Stelle zu finden.«

»Vielleicht ist es nur eine Frage der Zeit?«

»Hoffentlich!«

»Liebe Brita, ich habe Feierabend! Meine Wochenendreise nach Kehdingen beginnt.«

Brita sagte: »Frau Funke hat gerade angerufen. Ihr Vater sollte ursprünglich auf dem Neuen Friedhof in Bergedorf beerdigt werden, aber es wurde sein Letzter Wille gefunden: Er wünscht sich seine letzte Ruhestätte in Hamburg-Ohlsdorf. Rate, wo das Grab ist?«

»Sicher in der Nähe einer Kapelle.«

»Ja, und zwar ist die Trauerfeier in Kapelle 13, und sein Grab auf dem neuen islamischen Gräberfeld! Das alte ist besetzt.«

Susanne hörte es mit offenem Mund.

»Was hat er denn dort verloren? Er war doch kein Moslem?«

»Das bleibt rätselhaft, wie so vieles an diesem Mann!«

»Nun bin ich noch gespannter auf die Beerdigung! Eine gute Geduldsübung für mich. Schönes Wochenende, Brita! Bis Montag! Dein starker Sohn ist bis dann auch wieder gesund, davon bin ich überzeugt.«

»Na klar. Adieu.«

An diesem Wochenende sang Susanne ihrer Mutter das plattdeutsche Lied »Min Jehann« vor, das Klaus Groth in der Mitte des 19. Jahrhunderts schrieb:

»Ik wull, wi weern noch kleen Jehann
Do weer de Welt so groot,
Wi seten op den Steen, Jehann
Weest noch bi Nawers Soot,
An Heben seil de stille Maan,
Wi segen, wat he leep
Un snacken, wat de Heben hoch
Un wat de Soot woll deep.
Weest noch, wo still dat weer, Jehann?
Dar röhr keen Blatt an Boom,
So is dat nu ne mier, Jehann
As höchstens noch in Droom.
Och nee, wenn do de Scheper sung
Alleen in't wiede Feld!
Ni wohr, Jehann, dat weer een Ton,
De eenzig op de Welt.
Mitünner inne Schummertied
Denn ward mi so tomoot,
Denn löpt mi't langs den Rück so hitt
As domols bi de Soot.
Denn dreih ik mi so hasti üm
As weer ik nich aleen,
Doch allens wat ik finn, Jehann
Dat is ik ste un ween.«

Die Mutter wollte es noch einmal hören, und noch einmal.

Schließlich sollte Susanne das Lied zehnmal hintereinander singen.

Dann streikte sie. Sie nahm sich vor, eine CD mit dem Lied aufzutreiben und der Mutter zu schicken.

7. Kapitel

Am Dienstag fuhr Susanne mit ihrem Auto zur Beerdigung.

Der Friedhof Ohlsdorf hatte eine Fläche von fast vier Quadratkilometern, der größte Europas war er, fiel ihr ein. Mehrere Buslinien führten hindurch.

Sie war froh, dass die einzelnen Kapellen ausgeschildert waren. Parkplätze gab es überall.

Viele der Straßen wurden gesäumt von riesigen Rhododendronbüschen, die meisten schon verblüht. Susanne nahm sich vor, im nächsten Jahr während der Hauptblüte im Mai dort spazieren zu gehen.

Viele große Bäume sah sie vom Auto aus, Eichen, Buchen, auch Rotbuchen, Linden, Lärchen und Schwarzkiefern, einige waren riesig, sicherlich über hundert Jahre alt. Als Susanne an Gingkobäumen vorbeifuhr. musste sie an Hiroschima denken. Diese Bäume hatten als erste Pflanzen nach der Atombombenexplosion 1945 wieder ausgetrieben.

In Kapelle 13 fiel Susanne als erstes ein riesiges Holzkreuz auf, das fast die gesamte Höhe einer Wand einnahm. Sie fragte sich, ob die Friedhofsverwaltung verbot, es bei islamischen Trauerfeiern zuzuhängen.

Es roch nach Rosenöl.

Ein einfacher Holzsarg stand vor dem Kreuz.

Auf den wenigen Bänken hatten ein paar schwarz gekleidete Menschen Platz genommen. Susanne erkannte das Profil der Vermittlerin Frau Funke in der ersten Bank, die drei anderen Personen dort saßen weit auseinander.

Gegenüber des Mittelgangs sah Susanne eine

schwarzhaarige Frau zusammen mit einem kleinen Mädchen von ungefähr acht Jahren.

Friedhelm hockte in der Bank dahinter.

Susanne flüsterte: »La ilaha illa allah, es gibt keinen Gott außer Gott.«

Sie suchte sich einen Platz in der letzten Reihe aus und fragte sich, ob sie ihr Tuch um den Kopf binden sollte. Doch sie ließ es bleiben.

Der Imam trug einen Turban.

Er sagte etwas auf arabisch, dann auf deutsch:

»Fortnehmen wird euch der Engel des Todes, der mit euch betraut ist. Alsdann werdet ihr zu eurem Herrn zurückgebracht.«

Die Tür zur Kapelle öffnete sich, Susanne sah Ahmad Jafari eintreten. Sie senkte schnell den Kopf und bedeckte die Haare mit ihrem Halstuch.

Aus den Augenwinkeln sah sie, dass er sich auf die Bank gegenüber setzte und in Susannes Richtung gestikulierte. Sie hob den Kopf nicht.

Der Imam sagte: »Im Namen Allahs! Gott, wenn unser Bruder Dietmar ein Wohltäter war, vermehre seine Wohltätigkeit! Wenn er schlecht gehandelt hat, vergib ihm, hab Erbarmen mit ihm und beachte nicht seine Sünden!«

Dann traten die Träger an den Sarg.

Die Trauergäste erhoben sich.

Der Sarg wurde von den sechs schwarzhaarigen Männern getragen, der Imam folgte.

Susanne blieb solange wie möglich sitzen. In einiger Entfernung folgte sie den anderen.

Es war nicht weit bis zum ausgehobenen Grab.

Der Imam sprach: »Im Namen Allahs. Nach der Religion des Propheten Allahs, möge sein Grab ihm weit sein!«

Die Frau weinte, als der Sarg an Seilen in die Grube hinuntergelassen wurde, das kleine Mädchen griff nach ihrer Hand.

»Er ist Allah, ein Einziger, der ewige Gott, Er zeugt nicht und wurde nicht gezeugt, und keiner ist Ihm gleich«, zitierte der Imam Sure 112.

Dann löste sich die kleine Gruppe auf.

Jafar Ahmadi trat neben Susanne.

»Ich hoffe, wenn ich tot und in Erde gelegt, nur in Leichentuch eingewickelt, das ist islamisch. Aber in Deutschland verboten. Es soll 1998 erlaubt, kein Sarg nur Tuch.«

»Wird man Sie nicht vermissen bei Ihrem Praktikum?«

»Nein, ich sage, ich komme Nachmittag. Muss Beerdigung von Bruder.«

»Herr Funke war nicht Ihr Bruder.«

»Alle Muslime Bruder.«

»Dann bin ich Ihre Schwester.«

»Wollen wir Kaffee trinken, Schwester?«

»Nein.«

»Tee?«

»Ich möchte gern mit der Frau sprechen, die so sehr geweint hat«, sagte Susanne. »Sie ist doch bestimmt seine Witwe?«

»Ja, trinkt auch Tee mit uns, vielleicht«, sagte er.

Susanne lief hinter der Frau her und stellte sich als eine Kollegin von Dietmar Funke vor.

»Mein Mann ist tot«, schluchzte die Frau. »Wir waren erst so kurz verheiratet.«

»Herzliches Beileid«, sagte Susanne.

Ahmad Jafari war herangetreten. »Bitte trinken Sie Tee mit uns! Kuchen essen.«

Friedhelm von Schütt kam zu Ihnen. »Ihr geht zum Leichenschmaus?«

»So viel ich weiß, findet nichts dergleichen statt«, sagte Susanne. »Aber es hindert uns ja niemand, gemeinsam ins Café zu gehen. Ich habe mein Auto dabei. Gegenüber vom Friedhofseingang sind einige Lokale. Steigen Sie ein, wir fahren dorthin.«

»Ja danke. Meine Tochter ist müde und hungrig.«

»Komm doch mit«, schlug Susanne Friedhelm vor. »Fahr einfach hinter mir her.«

»Mach ich.«

Als sie an ihrem Tisch in einem großen Café voller schwarzgekleideter Gäste saßen und das kleine Mädchen zufrieden ein Stück Schokoladenkuchen aß, sagte die Frau: »Ich heiße Jamila, das ist meine Tochter Leyla.«

Susanne und Ahmad Jafari stellten sich auch vor.

»Dietmar und ich waren erst seit drei Monaten verheiratet. Jetzt bin ich schon zum zweiten Mal Witwe! Wir haben allerdings nicht auf dem Standesamt geheiratet, sondern nur in der Moschee. Natürlich musste Dietmar Moslem werden, sonst hätte der Imam uns nicht trauen dürfen.«

»Natürlich«, sagte Ahmad Jafari.

»Der Tod Ihres Mannes muss so schwer für Sie sein! Zumal er auf so grauenhafte Weise ums Leben kam.« Susanne legte Jamila eine Hand auf ihren Arm.

»Mama, wann gehen wir nach Hause?«

»Dir gefällt es hier nicht? Diese schwarzgekleideten Menschen drücken allerdings auch bei mir auf die Stimmung, ich könnte die ganze Zeit weinen. Komm, mein liebes Kind, wir gehen zur S-Bahn Station!«

»Ich gebe Ihnen mal die Telefonnummer von meiner Arbeit.« Susanne schrieb die Ziffern auf eine Serviette. »Rufen Sie mich gern an!«

»Wohnen Sie in Bergedorf?«, fragte Friedhelm. »Ich kann Sie mitnehmen.«

»Wir leben in Allermöhe.«

»Da fahre ich sowieso vorbei.«

»Danke, sehr freundlich, wir nehmen Ihr Angebot gern an.«

Ahmad Jafari sagte zu Jamila: »Wussten Sie, Dietmar hat Scheune gemietet in Allermöhe?«

»Nein, das ist mir neu.«

»Drei Stationen mit dem Bus vom Bahnhof Allermöhe, Richtung Mümmelmannsberg.«

»Keine Ahnung, worüber Sie sprechen!«

»Ich bezahle Ihre und Laylas Rechnung, okay?«

»Danke. Auf Wiedersehen!«

Zu dritt verließen sie das Café.

Susanne meinte: »Ich gehe dann auch. Aber ich möchte auf keinen Fall eingeladen werden. Meine Zeche zahle ich lieber selbst! Tschüs.«

»Zeche?«

»Rechnung.«

»Bitte nur noch, was ich in Scheune von Dietmar in Allermöhe gesehen.«

»Waren Sie drin?«

»Nein, durch Fenster schauen.«

»Und?«

»Alles voll Heu.«

Susanne wurde rot.

»Was ist los?«

»Nichts. Vielleicht hatte er etwas im Heu versteckt?«

»Soll ich hereingehen?«

»Nein, aber vielleicht könnten Sie es der Polizei sagen? Privatdetektive arbeiten doch häufig mit der Polizei zusammen.«

»Ja. Ich habe gestern anderen Film im Fernsehen gesehen von Detektiv Marlowe, da war auch so. Film mit Robert Mitchum: ›Fahr zur Hölle, Liebling‹, Charlotte Rampling sah so schön aus, aber schade, sie war Prostituierte! Und wurde geschossen.«

»Ja, sie spielte eine Prostituierte namens Velma. Ich habe den Film auch gestern gesehen.«

»Ja. Velma, gute Figur, schönes Gesicht.«

»Wie gefällt Ihnen denn das Arbeitsklima in der Detektei? Fühlen Sie sich wohl?«

»Ich mache meine.«

»Sie meinen, Sie wollen eine eigene Detektei gründen?«, fragte Susanne erstaunt.

»Dann ich bin Chef.«

»Na ja. Sagt man nicht ›yavasch, yavasch‹ in Ihrer Kultur?«

»Das heißt ›langsam, langsam‹! Warum wissen Sie?«

»Ich habe mal ein bisschen Dari gelernt, um mit meinem spirituellen Meister sprechen zu können.«

»Sufi Meister?«

»Ja. Ich fahre jetzt nach Bergedorf. Auf Wiedersehen.«

»Ich gehe Praktikumsplatz. Komme morgen Beratung, nach Feierabend.«

»Insch'allah!«

Im Autoradio spielte Bachmusik.

Susanne war froh, als sie in der Beratungswohnung ankam. Sie begann sich dort wohlzufühlen.

Das Fenster war offen.

Brita lauschte interessiert ihrem Bericht der Ereignisse rund um die Beerdigung.

»Ihr habt Dietmars Witwe kennengelernt!«, rief Susanne. »Weinend! Übrigens habe ich auch am Wochenende geweint, eine Stunde lang, an der Elbe.«

»Du hast zur Uhr gekuckt?«

»Schätzungsweise eine Stunde. Ach, es ist so schwer für mich, meine Mutter in diesem hilflosen Zustand zu sehen! Sie war so intelligent! Im Abschlusszeugnis von der Schule hatte sie nur Einsen! Ich habe es zufällig gefunden, als ich etwas anderes in den Unterlagen suchte.«

»Mein Sohn müsste zum Psychologen«, sagte Brita bedrückt. »Der Arzt hat lange allein mit ihm gesprochen. Er vermutet, dass mein Junge sich in einem krankmachenden Zwiespalt befindet zwischen der Liebe zu seinem Stiefvater und dem Wunsch, seinen leiblichen Vater kennenzulernen.«

»Oh! Ja, das kann schwierig sein.«

»Ich mache mir wirklich Sorgen.«

»Das ist verständlich. Aber ich würde das anders formulieren: statt dass er zur Therapie muss, bekommt er einfach professionelle Hilfe angeboten, so dass er mit dieser Lage konstruktiv umgehen kann.«

»So hört sich das allerdings besser an.«

»Hat dein Kummer Auswirkungen auf deinen Blutzucker?«

»Ich weiß nicht, wahrscheinlich. Aber ich habe vorhin gemessen, der Wert war ganz gut. So konnte ich meine mitgebrachte Birne gegessen.«

»Damit hast du gleichzeitig dein Vitamin C-Soll erfüllt! Bravo.«

Jemand klopfte.

Susanne öffnete die Tür.

Rolf König stürmte in den Raum.

»Ich wusste es, Sie reden die ganze Zeit schlecht über mich! Professionelle Hilfe, ha ha! Therapie!«

»Herr König, haben sie an der Tür gehorcht? Das Gespräch von meiner Kollegin und mir war privat!«

»Das soll ich glauben? Dann ist es wohl Zufall, dass ich Zucker habe und in psychologischer Behandlung bin?«

»Wie lange stehen Sie denn schon vor der Tür?«

»Ich bin mit einem Hausbewohner reingekommen und hörte zufällig, dass Sie über mich reden!«, rief er erbost.

»Aber jedes Wort konnten Sie wohl nicht verstehen und haben sich deshalb einen Reim darauf gemacht, worum es gehen könnte?«, vermutete Brita.

Susanne meinte: »Sie haben ganz selbstverständlich angenommen, dass Sie unser Thema sind? Dass wir vielleicht sogar einen Großteil unserer Zeit damit verbringen, an Sie zu denken und über Sie zu sprechen?«

»Und über meine Mutter! Wie intelligent sie ist!«

»Ich habe etwas erzählt von meiner Mutter!«, rief Susanne.

»Und dann reden Sie über Vitamin B! Jeder weiß doch, dass B für Beziehungen steht. Als ob ich gute Beziehungen hätte!«

»Vitamin C!«

»Sie brauchen mich nicht anzulügen! Ich bin sowieso fertig mit Ihnen! Es hat ja doch alles keinen Zweck!«

Er lief aus der Wohnung.

»Brita, ich glaube, wir haben einen Kunden verloren!«, seufzte Susanne. »Unser Chef nennt Kandidaten mit einem solchen Verhalten beratungsresistent. Ich kann nur hoffen, dass Herr König mal an die richtige Adresse kommt. Wir können ihm wohl nicht weiterhelfen.«

»Kein Vergleich mit meinem Sohn! Dessen Probleme kommen mir nun so vor, als ob sie sich leicht lösen lassen.«

»Ja, eine Psychose muss diagnostiziert und behandelt werden, aber Probleme haben wir alle. Den Unterschied können Fachleute erkennen. Okay, was meinst du, sollten wir etwas essen gehen? Hast du deine Birne verdaut?«

»Ja. Warum wagen wir uns nicht in die Kantine der Anstalt? Friedhelm findet es meistens passabel.«

»Anstalt?«

»So nennen die Angestellten der Bundesanstalt für Arbeit ihren Arbeitgeber und Arbeitsplatz.«

»Alles klar! Gehen wir in die Anstalt! Frau Funke und Friedhelm von Schütt werden wir allerdings dort heute nicht treffen. Die haben frei.«

»Macht nichts!«

Sie aßen Rührei mit Spinat und Kartoffelbrei. Es schmeckte ihnen gut.

Als sie zu ihrem Hauseingang zurückkamen, standen dort eine junge Frau mit Kopftuch und ein älterer Mann.

»Möchten Sie zur Beratungsstelle?«, fragte Susanne.

»Ja.«

»Willkommen! Lassen Sie uns nach oben gehen. Was können wir tun?«

Brita lächelte.

»Mein Vater hat im letzten Jahr seine Arbeit verloren«, berichtete die Frau. »Sein Arbeitslosengeld ist ausgelaufen, nun hat er Arbeitslosenhilfe beantragt. Der Vermittler sagt, über den Antrag kann noch nicht entschieden werden, weil Unterlagen fehlen.«

»Da schauen wir mal«, sagte Susanne. »Was haben Sie dabei?«

Die junge Frau reichte ihr Papiere.

»Ich bin examinierte Altenpflegerin. Von meinem Gehalt lebt nun die gesamte Familie, mein Vater, meine Mutter, mein Bruder. Da ich nicht verheiratet bin, geht es so ganz gut. Aber irgendwann möchte ich gern eine eigene Familie haben.«

»Das ist verständlich.«

Susanne zeigte auf eine Stelle in dem Amtsschreiben. »Arbeitslosenhilfe wird nur gewährt nach einer Bedürftigkeitsprüfung, was bedeutet, bei verheirateten Arbeitslosen wird das Einkommen des Ehepartners des Antragstellers berücksichtigt. Arbeitet Ihre Mutter auch?«

»Den ganzen Tag, aber nicht für Geld.«

»Okay. Wir füllen das hier mal aus. Sie sollten die Kopie einer Gehaltsabrechnung mitbringen, wenn Sie zur Leistungsabteilung gehen. Am besten möglichst bald.«

»Gut.«

»Nach einigen Wochen bekommt Ihr Vater dann den Leistungsbescheid«, sagte Brita.

»Vielen Dank! Wir haben uns schon große Sorgen gemacht!«

»Alles wird nachgezahlt, vom Tag der Antragsstellung an. Allah wird helfen!«

»Dann verabschieden wir uns«, sagte der Vater. »Auf Wiedersehen.«

»Tschüs, kommen Sie gern mal wieder, wenn Sie noch Fragen haben.«

Sie nickten.

»Ich mache uns mal Kaffee, Brita, und dann suche ich Informationen im Internet über die Gründe von Ralf Königs rätselhaftem Verhalten.«

»Gut!«

Susanne fand im Internet einen Text über manisches Verhalten. Als sie es las, kam es ihr spannender vor als ein Krimi. Dann las sie einen Artikel über Verfolgungswahn.

Es klingelte.

»Herr Freund, willkommen! Was macht der Ausflug in die große Politik?«

Brita lächelte freundlich.

»Ich war gestern bei so einer Ortsgruppensitzung. Das ist nicht meine Welt! Es ging darum, wer wo vor der nächsten Wahl die Plakate aufhängt, Handzettel verteilt, diese Sachen. Kein bisschen diskutiert haben die über politische Themen, was man für die Arbeitslosen tun sollte usw..«

»Dann wollen Sie also doch einen anderen Beruf ergreifen? Es vielleicht als Gerüstbauer versuchen?«

»Oder etwas anderes?«, ergänzte Susanne. »Haben Sie handwerkliches Talent?«

»Hat doch jeder!«

»Ich nicht, aber ich kenne einige Frauen, die wirklich geschickt umgehen können mit Werkzeugen.«

»Ich hatte früher schon Lust, Maurer zu werden«, sagte er. »Höhenangst habe ich eigentlich nicht, aber vor Jahren bin ich mal im Suff vom Gerüst gefallen und habe mir einen Arm und ein Bein gebrochen.«

»Oh je! Aber das wird ja nun anders! Sie verlieren nicht mehr das Gleichgewicht, sondern sind sicher auf den Beinen.«

»Ja. Gott sei Dank!«

»Oh, Sie glauben inzwischen an Gott?«

»Nein. Aber man spricht ja viel über Ihn. Einer der Grundsätze bei den AA ist es, die Beziehung zu Gott zu vertiefen durch Gebet. Ich brabbel manchmal etwas vor mich hin, wie ein Gebets-Selbstgespräch.«

»Na ja, ein Gebet ist eigentlich immer ein Selbstgespräch, finde ich.«

»Dann mache ich es ja richtig.«

»Klar!«

»Und tschüs.«

»Auf Wiedersehen.«

Susanne war zufrieden. Sie trank ein Glas Wasser und sagte zu Brita:

»Noch eine Stunde bis Feierabend! Ich finde, wir sollte jetzt schon gehen und einen Dienstgang machen.«

»Dienstgang?«

»Ja, wir gehen in dienstlicher Mission.«

»Und wohin?«

»Nach Allermöhe zu der Scheune. Ich habe ja mein Auto dabei. Es ist die dritte Station von der Buslinie in Richtung Mümmelmannsberg, das weiß ich. Wir schauen einfach auf den Busfahrplänen nach, wie die Straße an dieser Station heißt und fahren dorthin.«

»Oh, hast du inzwischen auch Ambitionen, Privatdetektivin zu werden? Aber wir kommen doch sowieso nicht in die Scheune hinein.«

»Vielleicht doch! Oder wir sehen etwas Interessantes in der Umgebung! Es ist ja kein großer Umweg.«

»Na gut, auf zum Dienstgang! Der Anrufbeantworter muss uns ersetzen.«

Es gab an der dritten Bushaltestelle nur eine Scheune, einen Holzschuppen.

»Hurra!« Susanne klatschte in die Hände.

Sie ging auf die Tür zu und fand sie einen Spaltbreit offen. Brita kam herbei.

Von drinnen hörten sie zwei Stimmen.

Susanne wurde sie blass.

»Ahmad Jafari und Jamila«, flüsterte sie. »Ich habe sehr gute Ohren, von meinem Vater geerbt, der war Funker im 2. Weltkrieg. Vielleicht kann ich verstehen, was sie sagen.«

»Lass uns lieber schnell wegfahren«, meinte Brita leise.

»Psst! Warte! Sie spricht über hier gefundenes Geld, 28000 DM, dass sie es ja sowieso erben wird und darum gleich behalten kann. Aber er widerspricht, sie sollte es der Polizei melden, sagt er.«

Sie lauschten.

»Wenigstens 10000 DM will sie für sich abzweigen. Sie weiß nicht, wovon sie sonst leben soll.« Susanne schüttelte den Kopf.

»Woher hat Dietmar wohl das Geld?«, wisperte Brita.

»Keine Ahnung! Jetzt sagt sie, dass Dietmar sehr geizig war, sich selbst hat er nicht einmal neue Kleidung gegönnt.«

»Stimmt, Herr Lehmann hat seine Kleidung so beschrieben, als er zur Schuldnerberatung bei ihm war. Komm, lass uns nach Hause fahren!«

»Ja.«

»Brita, ich muss etwas singen«, sagte Susanne, als sie hinter dem Steuer saß.

»Was ist denn so schlimm?«

»Die beiden in der Scheune! Sicherlich hat sie ihn angerufen und von dem Schlüssel für die Scheune berichtet, den sie nach dem Tod ihres Mannes gefunden hat. Dass sie ihn angeblich zufällig gefunden hat! Aber dass sie nicht allein hinein will! Dass er doch weiß, wo die Scheune ist und ob sie zusammen nachsehen können, was sich darin befindet!«

»Hört sich logisch an. Aber warum beunruhigt dich das so?«

»Ein Mann und eine Frau in einer Scheune voller Heu! Hallo!«

Susanne überlegte, dann setze sie fort: »Ich bin völlig durcheinander! Selten hat das Lied vom Idiotenclub besser auf eine Situation gepasst, vor allem die Zeile ›und wer der Allerblödste ist, ist Oberidiot‹.«

»Susanne, sing das bitte jetzt auf keinen Fall! Ich kann es nicht aushalten, wie du dich auf diese Weise selbst herabsetzt! Du scheinst es sogar ernst zu meinen, dabei ist das Lied doch witzig gemeint! Außerdem ist es reine Eitelkeit, die Allerblödeste zu sein.«

Susanne lachte. »Immer noch besser, Oberidiot zu sein als völlig unbedeutend! Meinst du das so?«

Brita nickte.

Am Abend nahm Susanne sich nach dem Ritualgebet und der Meditation viel Zeit für ein persönliches Gebet.

Am Ende sagte sie: »Lieber Gott, wir bitten dich für Dietmar Funke! Vielleicht hatte er nicht genug Liebe, solange er auf der Erde lebte. Das Schwierige an der Liebe ist, lieber Gott, dass alles so unsicher ist. Ich meine, Gott ist Liebe, sagte Jesus. Aber ich kann mir das alles nicht vorstellen, Liebe müsste doch immer gut für alle sein. Ich merke nur gerade nichts davon.«

Sie überlegte.

»Lieber Gott, bitte streiche die letzten Sätze, außer ›Gott ist Liebe‹.«

Sie träumte in der Nacht von einem Gebäude, in dem sie sich einige Räume ansah, alle ziemlich kahl. In einem Zimmer war eine große Blutlache.

Susanne wachte voller Schrecken auf. Es war drei Uhr.

Sie konnte nicht wieder einschlafen.

Schließlich stand sie auf und trank ein Glas Wasser.

Blut war ein starkes Traumsymbol, wies auf Leben, Liebe, Leidenschaft hin. Aber auch auf Verletzungen.

Susanne wollte sich nicht näher damit beschäftigen.

Sie versuchte, spirituelle Gelassenheit zu empfinden.

Eckart Tolle fiel ihr ein, der im Abendland das Prinzip populär machte, im Augenblick zu leben, statt sich Sorgen um die Zukunft zu machen oder der Vergangenheit nachzutrauern, bzw. unangenehme Erinnerungen auszuhalten.

Schließlich nahm sie ein Buch mit Versen von Dschellaluddin Rumi aus dem Regal.

»Er hat's gemacht, was soll ich machen?
Er ist der wacht, was soll ich wachen?
Ich will in Seinem Frieden schlafen,
Er sitzt und lenket meinen Nachen.
Er lenkt ihn durch der Meere Brausen,
Und durch der Krokodile Rachen;
Durch das Gezisch der Wasserschlangen,
Und durch's Gebell der Flammendrachen.«
Susanne wurde müde.

Manchmal muss das Boot eben an Wasserschlangen vorbeifahren, dachte sie.

Sie schlief wieder ein.

Am Mittwoch fiel es ihr schwer aufzustehen. Sie war todmüde,

Doch die Dusche belebte sie ein wenig, sie zog ihr Pinguin-Sweatshirt und eine schwarze Jeans an, betete ihr Morgengebet und meditierte zwanzig Minuten lang.

Danach fragte Susanne sich, ob der gegenwärtige Augenblick sich angenehm anfühlte. Sie war in ihrer Wohnung mit Aussicht auf eine Scheibe Vollkornbrot mit Butter und selbstgemachter Erdbeermarmelade, Toast mit Honig und Tee. Der vor ihr liegende Arbeitstag war Zukunft, er würde sich ereignen und entfalten, ohne dass sie jetzt etwas tun konnte, um unverletzt an Körper und Seele durchzukommen.

Während des Frühstücks las sie in einem Buch von Eckart Tolle.

›Gegenwärtig sein löscht Zeit aus‹, stand da, ›und ohne Zeit kann Leiden, kann Angst, kann Negativität nicht überleben‹.

›Erleuchtung bedeutet die Entscheidung, eher im Zustand der Gegenwart als in der Zeit zu verweilen. Er bedeutet Ja zu sagen zu dem, was ist‹.

›Ich sage Ja zu meinem Frühstück im Hier und Jetzt‹, dachte Susanne. ›Das muss erstmal reichen.‹

Als sie in Bergedorf aus der Bahn stieg, fühlte sie sich einigermaßen gerüstet für den Arbeitstag.

Sie traf Brita in gelöster Stimmung an.

»Meinem Sohn geht es besser! Wir haben über seinen leiblichen Vater gesprochen, ich meine, nicht über dessen negative Seiten. Aber nun findet mein Sohn, er muss ja seinen Erzeuger nicht sofort kennenlernen. In 10 Jahren reicht. Jetzt geht es ihm bestens mit seinem anwesenden Vater, sagt er.«

»Prima.« Susanne lächelte. »Ende gut, alles gut. Ist etwas nicht gut, dann ist es noch nicht das Ende.«

»Alles wird gut, aber für wen, das steht noch nicht fest«, seufzte Brita.

»Für alle Beteiligten!«

»Gehen wir einfach mal davon aus!«

Das Telefon klingelte.

»Der Psychologe von der Suchtberatungsstelle möchte dich sprechen«, sagte Brita.

»Danke.« Susanne nahm den Hörer ab.

»Hallo, wie geht's?«, fragte er.

»Mir geht es im Prinzip gut, ich habe nur morgens zu Hause manchmal Angst vor dem Tag. Was kann passieren? Wird mich etwas überfordern? Werde ich den

Anforderungen gewachsen sein? Manchmal verschlafe ich, vermutlich weil ich Angst vor dem Tag habe. Oder weil ich vor lauter Gedanken nicht schlafen kann.«

Sie hörte ihn leise lachen. »Ich könnte jetzt sagen: So genau wollte ich das gar nicht wissen.«

»Das kann ich mich mir vorstellen! Auf die Frage ›Wie geht's‹ erwartet man eher: ›Gut. Und Ihnen, bzw. dir‹. Da es nun mal passiert ist: Haben Sie einen Rat? Ich praktiziere Meditation, das dämpft die Angst, aber bringt sie nicht zum Verschwinden.«

»Es gibt gute Medikamente, die unerwünschte Angst auflösen.«

»Nein! Das kommt für mich nicht in Frage!«

»Der allgemeine Rat ist, die Angst anzunehmen. Dies zu lernen, dauert natürlich länger als ein Medikament einzunehmen. Aber Angst ist lebenswichtig! Stellen Sie sich mal vor, Sie hätten keine Angst vor einem heranrasenden Auto und würden einfach auf die Straße gehen! Natürlich gibt es irrationale Ängste, wie z.B. die Angst vor Spinnen o.dgl.. Das ist eigentlich auch gesund, weil viele andere Ängste sich in einem Symbol bündeln können, die dann beim Anblick von z.B. Spinnen hochkommen!«

»Ach, es ist gut zu wissen: Ich bin normal.«

Er lachte wieder leise. »Ja, Sie führen ein Leben mit allen psychischen Schikanen! Wenn die Angst sich nicht zu Panikattacken oder Angstneurosen entwickelt, die behandlungsbedürftig sein können, heißen Sie einfach Ihre Angst willkommen und führen Sie an der Leine wie Ihren Hund.«

»Wenn ich doch einen hätte! Aber Hunde sind in meinem Mietshaus verboten. Während des Studiums hatten mein Freund und ich eine Art schwarzer Schäferhund mit dem Namen ›Edda‹. Sie löste unseren Hund ›Wotan‹ ab, der uns eines Tages nachlief, obwohl wir ihn eingesperrt hatten. Er wurde auf der Luruper Hauptstraße von einem Auto überfahren und getötet. Jemand füllte ein Formular aus, das wir unterschreiben sollten. ›Ein Unfallhund‹ stand darauf. Ich habe so geweint! Ein fremder Mann hat seinen Arm um meine Schultern gelegt und mich getröstet.«

»Ich vermute, Sie werden immer Trost finden, wenn Sie ihn zulassen.«

»Entschuldigen Sie, ich quatsche Sie hier voll! Sie haben doch sicherlich ein Anliegen?«

»Also, ersteres ist für meinem Berufsstand normal, Menschen erzählen mir ihre Sorgen. Was den Grund meines Anrufes betrifft, wollte ich fragen, ob wir mal zusammen Mittag essen wollen. Was meinen Sie dazu?«

»Oh gern, ich frage meine Kollegin, wann es ihr passt, und rufe wieder an.«

»Ich könnte am besten heute, es ist gerade ein Termin frei geworden. Oder dann nächste Woche.«

»Alles klar.«

Susanne legte auf.

»Brita, wollen wir heute Mittag mit dem Psychologen von der Suchtberatung essen gehen?«

»Warum nicht? Vielleicht kann er mich beraten, welches Suchtmittel für mich geeignet wäre!«

»Scherzkeks!«

Susanne rief den Psychologen an, sie vereinbarten einen Termin bei einem Italiener in der Nähe.

8. Kapitel

1982

Susanne und Dietmar überquerten den Überseering auf der Brücke, die von der City Nord zum Stadtpark führte.

»Jedesmal wenn ich hier von der Arbeit in den Park gehe, kommt es mir vor, als ginge ich von der Hölle ins Paradies«, sagte Susanne. »Allein die Luft im Park zu atmen, befreit mich.«

»Nun übertreibst du aber! Auf meinen Reisen in Südamerika habe ich einige Armenviertel gesehen, für diese Slums wäre der Ausdruck Hölle eher angebracht!«

»Warum warst du denn in Südamerika?«

»Ich konnte ja spanisch, dort habe ich Deutsch unterrichtet.«

»Ein vielgereister Mensch! Weißt du, mir reicht ein Ausflug in den Stadtpark. Die Bäume hier sorgen einfach dafür, dass ich mich wohlfühle. Zwischen Beton und Asphalt ist das nicht so.«

In den Beeten blühten Vergissmeinnicht und Margeriten.

»Komm, lass uns zu den Rosengärten gehen, sicherlich haben schon einige Sorten Blüten«, schlug Susanne vor.

»Weißt du, was ich manchmal mache?«, sagte Dietmar. »Ich kaufe mir im Sonderangebot ein Bahnticket in eine europäische Stadt, hin und zurück an einem Tag.«

»Und hast du schon Pläne für deine nächste Tagesreise?«

»Ja, ich möchte nach Kopenhagen.«

»Oh, interessant! Mir gefällt das Märchen ›Die kleine Meerjungfrau‹ von Hans Christian Andersen, in Kopenhagen gibt es am Hafen eine kleine Statue von ihr.«

»Komm doch mit! Dann kannst du die mit eigenen Augen bewundern und natürlich, wie ich dich kenne, darüber nachgrübeln, was das Märchen wohl bedeutet.«

Susanne schaute ihn an.

»Wahrscheinlich! Und auch darüber, ob die kleine Meerjungfrau und ich Gemeinsamkeiten haben. Ich würde gern mit dir hinfahren. Aber ich bezweifle, dass auf der Reise Frieden zwischen uns herrscht. Wir streiten uns doch ständig über religiöse Themen!«

»Einen Tag lang können wir uns doch wohl vertragen.«

»Na gut, versuchen wir's. Ansonsten reisen wir in getrennten Abteilen weiter, und jeder von uns erkundet Kopenhagen auf eigene Faust. Ich finde die Statue bestimmt auch allein. Deal?«

»Klar.«

Susanne zögerte.

»Ich würde noch gern wissen: Du baggerst doch nicht? Oder kann es sein, dass du mich zurückführen willst zum christlichen Glauben?«

»Nein und nein. Letzteres würde ich mir allerdings für dich wünschen.«

»Ein Wunsch, der unerfüllt bleiben wird!«

»Jesus liebt dich.«

»Ich liebe ihn auch, aber er ist nur einer von schätzungsweise 24.000 Propheten. Da sind noch ein paar andere dabei, die mir gefallen, Jesaja zum Beispiel und der geheimnisvolle Enoch.«

»Woher hast du denn die Zahl?«

»Irgendwo gelesen. Aber ich betrachte sie unter dem Gesichtspunkt, dass im Laufe der Jahrtausende einige Nullen an die ursprünglich Zahl angehängt wurden, vielleicht alle drei? Dann wären es 24 Propheten. So

etwas ist ja ständig geschehen, zum Beipiel die Speisung der 3000 im neuen Testament war vielleicht eine
Speisung von 300 Menschen, oder 30.«

»Welcher Forscher behauptet das?«

»Die Theologen haben festgestellt, dass die Zahlen
umso kleiner sind, je älter der Text ist. Darin sind sie
sich einig. Um die Geschehnisse noch eindrucksvoller
zu machen, haben spätere Generationen beim Ab-
schreiben gern Nullen angehängt. Jedenfalls erscheint
es mir durchaus realistisch, dass Gott zu allen Zeiten
Propheten berufen hat, da kommen einige zusammen.
Natürlich hatten nur wenige von ihnen den Auftrag,
eine neue Religion zu gründen!«

»Die Christen brauchen keinen Propheten, sie haben
Jesus.«

»Muslime bezeichnen Jesus als Propheten, er hat
schließlich das Christentum gegründet. Obwohl er
selbst dieses Religion natürlich nicht so genannt hat.
Eigentlich wollte er wohl nur das Judentum reformie-
ren.«

»Du hast die Dreieinigkeit nicht verstanden!«

»Doch. Aber ich kritisiere sie als von Menschen ge-
machte problematische Vorstellung! Oh, da sind die
Rosen! Leider fängt es gerade an zu regnen. Na ja, zum
Glück habe ich meinen Schirm dabei. Die Luft wird zwar
nun noch besser, aber ich gehe trotzdem mal in Richtung meiner Wohnung. Es ist ja nicht weit.«

»Lass mich dir nur kurz noch einmal mitteilen: Jesus
ist ein Teil der Dreieinigkeit Gottes. Ich fahre mit dem
Bus nach Hause.«

Am Sonntag stand Susanne pünktlich auf dem Bahn-
steig. Als sie Dietmar sah, hüpfte ihr Herz. Sie hoffte,
es war kein Zeichen dafür, dass sie in ihn verliebt war.

Jedenfalls würde sie sich nichts anmerken lassen. Ihre Gedanken wanderten zu der Vorstellung, dass sie ein Paar wurden. Er war durchaus attraktiv, groß und gut gebaut, die blonden Haare und blitzenden blauen Augen erregten auch hier auf dem Bahnhof Aufmerksamkeit. Warum war ihr nie aufgefallen, wie gut er aussah?

Susanne geriet in Panik wegen ihrer Gefühle bei seinem Anblick, sie hatte den Impuls wegzulaufen vor ihren Gefühlen, vor einer Zukunft im Streit, der – wahrscheinlich – letztlich münden würde in ihrer Abwendung von dem religiösen Weg, den sie so hoffnungsvoll begonnen hatte.

Sie unterdrückte diese Gedanken und begrüßte ihn nonchalant.

Auf der Zugfahrt loderten Flammen in ihr. Sie beantwortete seine Fragen schüchtern und hoffte, dass er ihr trotzdem nichts anmerkte.

»Viele schöne Mädchen und Frauen gibt es hier«, bemerkte Dietmar, als sie durch die Stadt spazierten.

»Und schöne Häuser!« Susanne sah sich um. »Schönes Ocker, Ziegelrot, Schattierungen von Blau. Darüber der blaue Himmel mit den weißen Wolken, das hat was.«

»Hast du auch Hunger? Wir könnten irgendwo Smörrebröd essen und ein Bier trinken. Allerdings steht im Führer, dass Bier umgerechnet 10 DM kostet, und das Bröt 15 DM.«

»Das ist mir zu teuer!«, rief Susanne. »Ich kaufe mir lieber ein Stück Kuchen.«

»Gut. Was meinst du dazu, dass wir uns in einer Stunde bei der kleinen Meerjungfrau treffen?«

»Abgemacht. Hast du Lust, vorher noch schnell die Kirche dort drüben zu besuchen?«

»Das wird mein Magen sicherlich verkraften.«

Susanne stockte der Atem, als sie die Kirche betraten.

Das Innere wurde dominiert von zwölf überlebensgroßen Steinfiguren, jeweils sechs waren in den Seitenschiffen aufgereiht.

»Die zwölf Apostel!«, staunte Dietmar.

Er ging zu einer Skulptur und berührte ihren Arm.

»In Stein.«

Susanne überlegte, ob ein einstmals lebendiger Glaube auch so versteinern könnte. Unter widrigen Umständen wäre das vielleicht möglich.

Dietmar wollte sich lange nicht trennen von den imposanten Figuren.

Susanne las auf den Schildchen, dass der berühmte dänische Bildhauer Thorvaldsen sie erschaffen hatte. Obwohl der die meiste Zeit seines Lebens in Rom gelebt hatte, baute man nach seinem Tod ein großes Museum für seine Werke in Kopenhagen.

Als sie die Kirche schließlich verließen, atmete Susanne tief durch.

»Mir sind lebendige Menschen lieber«, sagte sie.

»Du wirst wohl nie verstehen, dass Jesus lebendig ist!«, rief Dietmar.

»Ich kenne ihn nur von Bildern an einem Kreuz hängend oder als Baby auf dem Schoß seiner Mutter Maria«, sagte sie schnippisch.

»Du bist ein hoffnungsloser Fall!«, rief er zornig.

Leider war Susannes Verliebtheit trotz seiner harschen Worte weiterhin vorhanden.

Susanne kaufte in einer Bäckerei ein Wienerbröd, das Blätterteiggebäck schmeckte ihr sehr gut. Danach aß sie eine Kugel Lakritzeis.

Dann ging sie am Öresund entlang auf der Uferpromenade Langelinie.

Dietmar hatte seinen Reiseführer aufgeschlagen, als sie ihn erreichte. »Der Öresund verbindet die Ostsee mit der Nordsee«, las er vor.

»Eine Verbindung zwischen zwei Meeren ist manchmal eher möglich als die zwischen zwei Menschen mit unterschiedlichen Religionen«, sagte Susanne.

Er schwieg.

»Wie klein die Skulptur ist! Man kann sie leicht übersehen auf ihrem Felsen.«

»Die 1,25 Meter große sitzende Figur ist aus Bronze, sie wiegt 175 kg«, las Dietmar.

»Siehst du die Algen und Muscheln in ihrer Hand? Erinnerst du dich an das Märchen?«

»Irgendetwas mit einer Meerjungfrau, die sich in einen menschlichen Prinzen verliebt. Aber die beiden können nicht zusammenkommen.«

»So ähnlich. Es ist die Tragödie einer Meerjungfrau, die aus übergroßer Liebe zu einem menschlichen Prinzen von einer Hexe ihren Fischschwanz in Beine verwandeln und ihre Zunge abschneiden lässt. Er hat zwar ihre Gesellschaft gern, doch heiratet schließlich eine andere. Eigentlich müsste die kleine Meerjungfrau nun sterben, weil ihre Liebe zu dem Prinzen nicht in eine Ehe gemündet ist, was als Bedingung für ihre Beine und Zunge vorgesehen war. Doch Andersen ist gnädig, er verwandelt sie einen Luftgeist. Das ist die Belohnung für ihre Liebe, sie kann nun ewig leben.«

»Wie wir Christen! Gut für die kleine Meerjungfrau!«, sagte er grinsend.

»Ob das Paradies tatsächlich nur von Christen bevölkert ist? Das würde mich wundern!«

»Lass uns zurück zum Bahnhof gehen! Ich habe Plätze für den Zug reserviert.«

»Andersen gab der Meerjungfrau keinen Namen«, sagte Susanne unterwegs nachdenklich. »Namen sind die wichtigsten Identitätsträger, also interpretiere ich, sie ist anfangs auf der Suche nach ihrer Identität. Bestimmt handelt das Märchen von einer Individuation, für die Liebe die Antriebskraft ist und ...«

»Was redest du! Es ist ein Märchen!« Dietmar schüttelte den Kopf.

»Ja. Aber der Autor ist schon über 100 Jahre tot und seine Geschichten werden immer noch gelesen! Das bedeutet doch wohl, die Lesenden entdecken für sie wichtige Themen darin, in diesem Fall z.B. Opfer, Reifung, Entwicklung, Wandlung.«

»Das erschließt sich mir keineswegs!«

»Macht nichts. Falls Disney das Märchen verfilmt, bekommt sie bestimmt einen Namen und damit eine Identität.«

Als sie in ihr Abteil kamen, saß dort eine junge Frau auf einem Platz am Fenster.

Sie kamen mit ihr ins Gespräch, Marie fuhr zurück nach Hause in die Schweiz, hatte also noch eine lange Reise vor sich.

Ihr Hochdeutsch mit schweizerdeutschem Akzent war leicht zu verstehen. Susanne schätzte, dass sie Mitte 20 war, ihre kurzen dunklen Haare umrahmten ein Gesicht, das schön war, wenn auch nicht besonders hübsch. Ihre zierliche Figur könnte auch die eines Jungen sein, fand Susanne.

Sie bemerkte, dass Dietmar äußerst angetan war von Marie. Er flirtete heftig mit ihr, sie blieb jedoch neutral.

Susanne wurde immer kleiner auf ihrem Sitz. Sie konnte nicht fassen, was vor ihren Augen geschah.

Zwar wusste sie, dass Dietmar leicht Feuer fing. Er war

sogar einmal heftig gegen eine Parkuhr gelaufen, weil schwärmerische Gedanken an sein neues Liebesobjekt ihn ablenkten.

Susanne schlug ihr mitgebrachtes Buch auf, »Mystische Dimensionen des Islam« von Annemarie Schimmel.

Sie blieb an einem Vers hängen:

»Ohne Dein Wort hat die Seele kein Ohr,
Ohne Dein Ohr hat die Seele kein Wort.«

Als Marie zur Toilette gegangen war, las Susanne ihn Dietmar vor.

»Wie verstehst du das? Ist mit ›Dein‹ Gott gemeint oder ein Mensch, z.B. der spirituelle Meister?«

»Was weiß denn ich! Wahrscheinlich weder – noch, sondern es bedeutet einfach der Mensch, in den der Dichter verliebt war. Da hört man genau zu, kein Wort möchte man verpassen, es könnte ja eine versteckte Anspielung darauf sein, dass die Liebe erwidert wird!«

»Ah! Und wenn die Geliebte nicht mit mir spricht, hat die eigene Seele weder Ohr noch Worte.«

Gerade kam Marie zurück.

»Wollen wir in den Speisewagen gehen, Marie?«, schlug Dietmar vor.

»Gern, ein Tee wäre jetzt gut. Kommst du auch mit Susanne?«

»Ich bleibe lieber hier und lese.«

Doch als die beiden verschwunden waren, verschwammen die Worte vor ihren Augen. Ihre Tränen fielen auf die Buchseiten.

Am Hamburger Hauptbahnhof verabschiedete sich Marie von Susanne.

»Ich bringe dich noch zu deinem Zug«, sagte Dietmar.

»Nicht nötig, ich kenne den Weg zur U3«, meinte Susanne.

»Ich hatte eigentlich Marie angeschaut.«

Susanne drehte sich wortlos um. Später sah sie die Beiden auf der Kirchenallee, als sie in »Nagels Bierstube« gingen.

Sie war wie betäubt.

In den nächsten Tagen und Wochen hielt Dietmar sie auf dem laufenden über den Stand seiner Gefühle.

»Marie ist so besonders! Findest du nicht, dass sie auch ein Junge sein könnte? Sie ist nun wieder in der Schweiz, weil die Ferien vorbei sind. Vielleicht schwinge ich mich mal in meinen Camper und fahre hin. Ich schreibe ihr jeden Tag einen Brief oder eine Karte, sie antwortet natürlich nicht immer, ihr Studium ist zeitraubend. Ich bin hin und weg von ihr!«

»Hört sich an, als ob du dir eine feste Beziehung wünscht?«

»Klar! Mein Grübeln, welche Frau die richtige für mich wäre, hat ein Ende! Eine Asiatin? Eine Frau aus den Ostblock? Alles war nur Theorie. Meine Gefühle für Marie sind überwältigend! Sie muss meine Frau werden!«

»Deine Gefühle schlagen Purzelbäume.«

»Ich überlege, ob ich einfach umziehe in ihre Nähe.«

»Frage sie aber besser vorher, was sie davon hält!«

»Es wird sie überzeugen, dass ich bereit bin, alles für sie aufzugeben. Ich finde es besser, sie zu überraschen, dann kann sie nicht ablehnen.«

Susannes eigene Gefühle ihm gegenüber wurden zu ihrer Erleichterung weniger intensiv. Allmählich kam sogar Freude darüber auf, dass ihr eine Beziehung mit einem Mann erspart blieb, der ihre Religion partout nicht akzeptieren konnte. Und der offensichtlich emotional nicht besonders stabil war.

Wegen einer flüchtigen Bekanntstschaft solche weit-reichenden Entscheidungen zu treffen, also wirklich!

Er kündigte zum Ende des Semesters und verschwand.

Susanne arbeitete, vertiefte sich in den Koran, betete und meditierte und las Texte von Rumi.

»Wo ein Schmerz ist,

Dorthin geht die Heilung,

Wo Armut ist,

Dorthin geht die Versorgung.«

Nach ein paar Monaten sah Susanne Dietmar auf der Straße.

Sie sprach ihn an. »Machst du Urlaub in der Heimat?«

»Ich wohne wieder hier. Marie konnte sich nicht zu einer Beziehung mit mir durchringen.«

»Schade.«

»Ich muss jetzt weiter, zu einem Vorstellungsge-spräch.«

»Viel Glück!«

Susanne reiste nach Istanbul, ihr Meister hatte das vorgeschlagen. Er hatte eine Wohnung dort.

Am gleichen Tag kam Sally aus London an, sie war auch eine Anhängerin.

Aus Kostengründen teilten sie sich ein Hotelzimmer.

Am nächsten Tag beim Frühstück war Sally begeistert über den Geschmack der Tomaten.

»Allerdings sind sie bei weitem köstlicher als die ro-ten Wassersäckchen bei uns im Supermarkt!«, meinte Susanne.

Sally erzählte, dass sie eigentlich aus den USA kam, sich aber in Europa wohler fühlte. Sie war Modejourna-listin, schrieb meistens Texte für Kataloge.

»Ich arbeite auf freiberuflicher Basis, im letzten hal-ben Jahr hatte ich überhaupt keinen Auftrag. Nicht einmal das Ticket nach Istanbul konnte ich mir leisten, als ich die Erlaubnis von Agha bekam zu reisen. Mein Partner hat sich darum gekümmert.«

»Ach, dann möchte ich unser Zimmer allein bezahlen. Es ist sowieso kein Unterschied im Preis, ob es von zwei Personen genutzt wird oder von einer.«

»Danke.«

»Ist es in deinem Budget, dass wir uns die Taxifahrten zu Agha teilen?«

»Das wird schon gehen.«

Sie standen in der Nähe der Rezeption des kleinen Hotels.

Susanne wollte dort fragen, wie weit es zu Fuß zu der Adresse war, die der Meister angegeben hatte.

Sally erzählte eine Sufi-Geschichte: »Ein Wanderer kam in früherer Zeit an einem alten Mann am Wegesrand vorbei und fragte ihn, wie lange er noch gehen müsse, um zum nächsten Ort zu gelangen. Der antwortete: ›Geht!‹ ›Warum sagt Ihr mir nicht, wonach ich gefragt habe?‹ ›Geht!‹ Nun begann der Wanderer zu schimpfen. Der alte Mann sprach: ›Nur wenn ich sehe, wie schnell Ihr geht, kann ich sagen, wie lange Ihr brauchen werdet.‹«

Susanne lachte.

Dann meinte sie nachdenklich: »Ob damit sinnbildlich der Sufiweg gemeint ist? Manche kommen schneller auf dem spirituellen Entwicklungsweg voran als andere?«

»Vermutlich, ich mache mir nicht so viele Gedanken darüber. Ich fühle mich in Aghas Nähe geborgen und verstanden. Er verlangt nichts von mir, was ich nicht kann.«

Susanne stimmte zu. »Er gibt uns, was wir brauchen. Ich war wohl am Anfang übereifrig, da hat er zu mir gesagt, den Weg sollte ich am besten wie ein Kamel gehen, Schritt für Schritt, nicht wie ein Rennpferd, das davonrast.«

»Dann lass uns einfach fragen, in welche Richtung unser Ziel ist und unterwegs irgendwo ein Taxi nehmen.«

Sie erhielten die Auskunft und bedankten sich. Der Rezeptionist antwortete etwas, das wie »ntita« klang.

Auf der Straße lächelte Sally. »Das sollte wohl ›not at all‹ heißen, was man ja sagen kann, wenn sich jemand bedankt hat.«

»Meine Schüler wollen automatisch mit ›please‹ antworten, wie wir es im Deutschen machen. Aber please ist auf englisch ja immer mit einer Bitte verbunden, und darum missverständlich.« Sie öffnete die Arme. »Ach, ist es schön in der Sonne! In Hamburg haben wir soviel Regen!«

»Schau mal dort, ein Blumenstand! Ich kaufe ein paar Blumen für Agha.«

Susanne schlug vor, nicht stark duftende zu nehmen, weil Agha sehr empfindlich auf intensive Gerüche reagierte.

Aber Sally suchte Lilien aus, die durchdringend rochen.

Susanne nahm einen Strauß Malven.

Die Wohnung des Meisters war in einem Hochhausblock, ähnlich wie dem in Paris.

An den Klingeln standen keine Namen, sondern Nummern.

In der Vorbereitung auf die Reise hatte Susanne die richtige erfahren. Sie wurden hereingelassen.

Der Meister war nicht zu sehen, er ruhte in seinem Zimmer, erfuhren sie.

Ihnen wurden die Blumen abgenommen, sie bekamen starken Tee und sehr süßes Gebäck serviert.

Als sie eine Weile gewartet hatten, klingelte es an der Tür.

Es war die afghanische Familie des Krankenpflegers, seine Eltern und fünf Geschwister im Alter von ca. fünf bis zwanzig Jahren. Ein Mädchen hatte sich offensichtlich ein Bein gebrochen, es war in Gips. Sie bewegte sich an Krücken.

Susanne und Sally wurden herzlich begrüßt und in die Küche eingeladen.

Dort packten sie aus, was sie mitgebracht hatten: mehrere große Plastikbehälter mit gekochten Speisen, außerdem Datteln, Nüsse, Halwa, Fladenbrot.

Susanne nahm gern eine der angebotenen Datteln, sie schmeckte ihr so gut wie keine jemals zuvor.

Auf jeden Fall wollte sie versuchen, diese Sorte in Hamburg zu finden. Inzwischen gab es so viele orientalische Läden dort, sie rechnete sich gute Chancen für ihre Suche aus.

Als sie zurückkamen ins Wohnzimmer, sah Susanne die Lilien auf dem Balkon stehen.

Es klingelte. Susanne ging zur Eingangstür, weil Aghas Pfleger beschäftigt war mit seinen Angehörigen. Susanne hatte den Eindruck, dass alle meistens gleichzeitig sprachen.

Vor der Tür stand eine Frau mit großem Gepäck.

»Da bin ich.« Sie sprach englisch mit amerikanischem Akzent.

»Willkommen in Istanbul, mein Name ist Susanne. Eigentlich bin selbst Gast, aber es ist hoffentlich okay, dass ich dich hereinlasse.«

»Zumal der Gast von Agha eingeladen wurde, so wie

ich. Ich bin übrigens Della, von Beruf Ärztin. Angereist ursprünglich aus Danville, Virginia, über Atlanta.«

»Möchtest du Tee? In der Küche gibt es Datteln.«

»Gern. Mein Gepäck lasse ich erstmal hier im Flur stehen. Aber ich möchte gern meine Hände waschen. Keine Sorge, ich kenne mich aus, weil ich schon früher hier war.«

In der Küche war es eng, sie setzten sich mit Sally zusammen ins Wohnzimmer.

»Darf ich fragen, wie lange du schon bei den Sufis bist?«

»Während meines Medizinstudiums in New York lernte ich vor ungefähr 15 Jahren einige aus der Gruppe kennen, die später Aghas Anhänger wurden, damals beschäftigten sie sich mit Texten von Gurdjeff. Dann wurden wir Aghas Anhänger und damit Muslime. Zunächst gefiel mir einiges nicht in Aghas Gruppe. Mr Campbell achtete sehr darauf, dass wir uns moralisch angemessen verhielten, am besten sollten wir überhaupt keine Dates haben.«

»Schlimmer war, innerhalb der Gruppe zu daten. Wenn ich da an Neil denke – ich war verrückt vor Liebe«, sagte Sally. »Was interessierten mich da noch die Sufi-Lehren von der Einheit alles Seienden! Oder die Liebesbeziehung zwischem einem Menschen und Gott? «

»Oder der innere Kampf gegen das tyrannischen Ego, Nafs! Ich erinnere mich, du hast damals fast nur noch von Neil gesprochen, es gab für dich kaum ein anderes Thema«, meinte Della. »Es störte dich auch nicht, dass er seine Religion ständig geändert hatte, mal gehörte er zu den Jesus People, nach ein paar Wochen war er dann Zen Buddhist. Oder er beschwerte sich darüber, dass wir nicht den Sufitanz der Mevlevi-Derwische praktizierten!

Wir alle haben uns Sorgen um dich gemacht, Sally, in einer Psychologie-Vorlesung hörte ich, dass Liebeswahn eine psychische Krankheit sein kann. Da dachte ich an deine Gefühle für Neil.«

Sally seufzte. »Da hatte ich es wohl noch nicht verstanden mit dem Weg der Liebe. Ist das nicht der wichtigste Glaubenssatz der Sufis? Wenn ich Gott so lieben würde wie ich Neil geliebt habe, dann hätte ich wohl gute Chancen, es weit auf dem spirituellen Weg zu bringen!«

Susanne und Della lachten leise.

»Gut, dass du dich schließlich von diesem Liebeswahn befreit hast, Sally«, meinte Susanne. »Oder dauert er etwa noch an?«

»Nein! Jetzt bin glücklich mit meinem Partner Michael. Er ist schwer körperbehindert, aber er hat einen starken Willen, so dass er sogar sein eigenes Geld verdient. Nur schade, dass seine Mutter ständig übertrieben besorgt um ihn ist. Mehrmals am Tag ruft sie ihn an und fragt ihn, ob er genug gegessen hat, ob er warm genug angezogen usw..«

In diesem Augenblick betrat Agha das Wohnzimmer. Sie standen auf. Er forderte sie mit einer Geste auf, sich wieder zu setzen.

Leider streckte er seine Hand nicht aus, also durfte niemand sie küssen.

Im Orient war es üblich, einer Respektsperson wie dem Vater oder einem älteren Verwandten mit einem Handkuss zu begrüßen. Gelegentlich hatte schon ein Derwisch versucht, seinen Fuß zu küssen, aber Agha erlaubte es nicht.

Er bedankte sich für die Blumen.

Della erzählte von ihrer Reise. Sie sprach gut Dari.

Agha zitierte Rumi:

»Ich suchte Gott und fand nur mich selbst.

Ich suchte nach mir selbst und fand nur Gott.

Das hat unser Meister oft gesagt.«

Die Tür öffnete sich. »Das Mittagessen ist fertig, wir haben das Tischtuch in der Küche ausgebreitet«, verkündete der Pfleger. »Dies ist für Agha.«

Er trug ein Tablett mit verschiedenen Speisen, einem Reisgericht, Salat aus kleingeschnittenen Gurken und Tomaten, Fladenbrot und Joghurt. Ein köstlicher Duft begleitete ihn.

Sie genossen ihr Mittagessen auf dem Fußboden.

»Praktisch! Wenn noch jemand kommen sollte, rücken wir einfach ein bisschen auseinander«, sagte Sally.

»Agha isst allein.« sagte Della. »Wie meistens. Keiner weiß, warum.«

»Wir müssen wohl damit leben, dass wir uns einfach nicht vorstellen können, wie ein Sufi-Heiliger empfindet«, meinte Susanne.

Nach dem Essen gähnte Della.

»Ich würde gern ein bisschen an meinem Jet-Lag arbeiten. Gute Nacht.«

»Schlaf gut, Della. Ich hoffe, wir sehen uns morgen.«

Der Pfleger kam. Er teilte ihnen lächelnd mit, dass Agha ruhen wollte, sie seien frei, den restlichen Tag zu verbringen, wie sie wollten.

Susanne und Sally verabschiedeten sich von Agha und den anderen.

Auf der Straße hörten sie Geräusche von Schiffsmotoren, in diese Richtung gingen sie.

Von einem Café am Bosporus aus sahen sie den Fähren zu, die von einem Ufer zum anderen fuhren. Viele große und kleine Schiffe befuhren die Meerenge.

Einmal wäre fast eine Fähre und einer Segelyacht zusammengestoßen.

Susanne war so erschrocken, dass ihr das Teeglas aus der Hand fiel, es hinterließ einen großen Fleck auf dem Tischtuch.

Der Kellner kam herbeigeeilt, Susanne entschuldigte sich.

Er füllte ihr Glas erneut.

»Nochmal gutgegangen«, meinte Sally. »Kennst du den Spruch: ›In case of danger, just panic!‹«

Susanne lachte. »Nein. Aber meine Panik ist schon wieder vorbei.«

»Also weiter im Text. Ich habe gerade an den Sufi-Spruch gedacht: Derwische fliegen mit zwei Flügeln, einer ist Hoffnung, der andere Furcht.«

»Eine gute Art, sich fortzubewegen! Allerdings habe ich bei Rumi gelesen, dass Hoffnung und Furcht uns von Gott ablenken können. Ich muss wohl noch ein bisschen daüber nachdenken«, sagte Susanne.

»Vermutlich kommt es darauf, was für eine Art von Hoffnung gemeint ist. Wenn ich nur auf äußerst unwahrscheinliche Ereignisse hoffe, z.B. dass ich Lotto-Millionärin werde oder einen Bestseller schreibe, bin ich wohl ziemlich weit entfernt von dem Modus der Hingabe an Gott. Ideal wäre, nur auf Gott zu hoffen! Auch in Bezug auf Furcht: Wenn ich nur Gott fürchte, was soll mir geschehen? Gott ist ja der Barmherzige!«

»Gut, damit kann ich leben! Was unternehmen wir denn heute noch? Ich würde gern die Hagia Sophia besichtigen.«

»Oh ja! Ein bisschen Sightseeing wäre toll.«

Der Kellner sagte ihnen, wie sie hinkommen konnten und schlug vor, dass sie sich auch die blaue Moschee anschauen sollten, die man von dort zu Fuß erreichen konnte.

Sie fuhren mit der Fähre.

An Bord hörte Susanne, wie sich einige junge Männer, die türkisch aussahen, akzentfrei auf Deutsch unterhielten. Einer trug Schuhe, die wie Damenschuhe aussahen. Es tat ihr gut, mal wieder ihre Muttersprache zu hören.

Sie wusste, dass die Türken, die in Deutschland lebten, sich weder in ihrer ursprünglichen Heimat noch in Deutschland vollständig integriert fühlten. Einigen gefiel es, das Beste aus beiden Welten zur Verfügung zu haben, andere fühlten sich hin- und hergerissen zwischen beiden Kulturen.

Susanne war froh, nur ein Heimatland zu haben.

Nach zwei Tagen flog sie zurück nach Hamburg.

Sie fand sich damit ab, dass sie sich ihrem Meister zwar eng verbunden fühlte, er ihr aber völlig rätselhaft blieb.

Es hieß bei Rumi:

Bitte um Durst, nicht um Wasser.

Vielleicht würde sie im Laufe der Zeit besser verstehen, worum es in der Spiritualität der Sufis eigentlich ging. Einstweilen bemerkte sie, dass sie langsam ruhiger und zufriedener wurde.

Eines Abends war sie in der St. Michaeliskirche zu einem Konzert. Es war freie Platzwahl, und sie war ziemlich spät dran. Da bemerkte sie Dietmar, Susanne setzte sich einige Plätze entfernt auf die gleiche Bank.

Ergriffen lauschte sie den schönen Bach-Chorälen des gemischten Chors.

»Es woll uns Gott gnädig sein«, »Befiel du deine Wege und was dein Herze kränkt«.

Am Ende des Konzerts sprach sie Dietmar an.

»Oh, hallo! Du bist zurückgekehrt in den Schoß der Kirche«, sagte er.

»Nein, ich bin nur weiterhin ein Fan von Bachs Musik.«

»Komm, wir trinken ein Bier zusammen!«, schlug er vor.

»Wenn es das alkoholfrei gibt, bin ich dabei. Vielleicht im ›Leuchter‹? Da war ich lange nicht.«

»Wie ist es dir ergangen?«, fragte Susanne, als sie auf ihren Barhockern saßen. »Hast du die Beziehungspleite mit Marie verwunden?«

»Na klar. In der Zwischenzeit hatte ich zwei weitere Beziehungen. Eigentlich passen kurze Beziehungen besser zu mir, wie sagt der Lateiner. ›Variatio delectat.‹.«

»Abwechslung erfreut? Hast du so viel Angst, dich einzulassen auf jemanden?«

»Das geht dich überhaupt nichts an!« Seine Miene verfinsterte sich.

»Oh, Entschuldigung, ich wollte dir nicht zu nahe treten.«

»Pass nur auf, dass ich dir nicht zu nahe trete!«, zischte er.

»Drohst du mir? Was ist los mit dir?«

»Ach, du bist wohl die Einzige, die noch nichts von der lächerlichen Diagnose gehört hat? Manisch-depressive Störung! Eine Fehldiagnose, wie sie im Buche steht! Sie haben mich sogar gegen meinen Willen in die Psychiatrie eingeliefert, zwei Monate habe ich in Ochsenzoll verbracht.«

»Tut mir Leid, das zu hören. Nimmst du jetzt Medikamente?«

»Manchmal. Die Ärzte haben mir welche gegeben, aber die Nebenwirkungen sind lästig.«

»Ich habe von einem Bekannten gehört, dass seine

Partnerin mehrere Präparate ausprobieren musste, bis er endlich das richtige gefunden hat.«

»Warum mischt du dich ständig in meine Angelegenheiten ein?«, sagte er ärgerlich.

»Wenn du das so empfindest, können wir gern das Thema wechseln. Aber ich möchte sowieso nach Hause fahren. Morgen wird ein Großkampftag: Unterricht von 8 Uhr bis 16.30. Tschüs.«

»Typisch für dich, Susanne! Erst fragst du mich, ob ich Angst habe, dann haust du ab, ohne auf eine Antwort zu warten!«

»Du wolltest doch nicht darüber sprechen! Und überhaupt, was haben wir gerade gehört? ›Befiel du deine Wege und was dein Herze kränkt, der allertreusten Pflege des, der den Himmel lenkt‹.«

»Du verstehst überhaupt nichts!«

»Ich weiß immerhin, dass deine Krankheit eine ernste Sache ist.«

»Planschkuh!«

Susanne bezahlte und verschwand.

Am folgenden Abend rief er an.

Susanne legte auf, ohne mit ihm zu sprechen.

Sie ärgerte sich, dass ihre volle Adresse mit Nummer im Telefonbuch stand und nahm sich vor, alles löschen zu lassen.

Am nächsten Tag rief er 20 mal an, sie legte 20 mal auf, ohne mit ihm zu sprechen.

Nach einer Woche kam ein Brief, in dem er schrieb: »Wenn du diesen Brief erhälst, bin ich schon tot. Natürlich bist du nicht allein verantwortlich für meinen Selbstmord, die anderen Ladies haben auch ihren Anteil daran ...«

Susanne rief die Polizei an. Ihr wurde versprochen,

dass sie Dietmars Adresse ausfindig machen und nach ihm sehen würden.

Zwei Stunden später erhielt sie einen Anruf vom Revier.

»Wir haben Ihren Bekannten in seiner Wohnung angetroffen. Er ist wohlauf, beschwerte sich sogar darüber, welchen Aufwand wir seinetwegen treiben. Weil er es seinen Angehörigen nicht antun wollte, um seinetwegen zu trauern, hat er seine Selbstmordpläne aufgegeben.«

»Gott sei Dank!«, rief Susanne. »Wissen Sie, ich werde von ihm gestalkt. Er terrorisiert mich, indem er mich täglich zig-mal anruft. Sollte ich mal zu Ihnen kommen, um ihn anzuzeigen?«

»Sie können gern kommen, aber das Gesetz gegen Stalking steckt noch in den Kinderschuhen. Es kann Jahre dauern, bis die Politiker sich auf den Wortlaut geeinigt haben.«

»Und es gibt für mich keine Rettung?«

»Versuchen Sie es doch mal beim Sozialpsychiatrischen Dienst! Die sitzen in einer Behörde, sie sind zuständig dafür, sich um psychisch Kranke zu kümmern, die ärztliche Hilfe ablehnen.«

»Danke, das mache ich.«

Bei einem Telefongespräch mit einem Mitarbeiter des Dienstes musste Susanne die Information entgegennehmen, dass er nur bei Gefahr für Leib und Leben eine Einweisung in die Psychiatrie erwirken konnte.

Sie erhielt aber die Telefonnummer eines Vereins, dessen Mitglieder sich ehrenamtlich um psychisch kranke Menschen kümmerten.

Sie rief dort an und erhielt die Zusage, dass man etwas unternehmen würde.

Nach drei Tagen hörten Dietmars Anrufe bei Susanne auf.

Sie war erleichtert und hoffte, dass sie nie wieder etwas mit ihm zu tun bekommen würde.

In der Hoffnung, dass ihre Sehnsucht nach der urewigen Heimat sich in Zukunft besser mit der menschlichen Realität in Einklang bringen ließ, wollte Susanne weiterhin auf Gottesliebe und Menschenliebe bauen. Da las sie eine Geschichte über den Sufi Schibli, der im Jahr 945 starb: Nach seinem Tod stand er am Tor des Paradieses. Gott ließ ihn ein und sagte zu ihm:»Glaube bitte nicht, dass dich deine zahllosen Gebete und Meditationen, dein Fasten und die vielen Pilgerreise nach Mekka hierher gebracht haben. Aber einmal bist du im Winter durch die Straßen Bagdads gegangen und hast ein Kätzchen gesehen, das unruhig hin- und herlief. Es wusste nicht, wie es sich vor der Kälte schützen sollte, du hast es in deinem Pelzmantel gewärmt. Weil du barmherzig warst, nehmen Wir dich nun auf.«

Vielleicht ist das irritierende Verhalten der Menschen gar nicht so wichtig, dachte Susanne. Der Rest der Schöpfung verdiente auf jeden Fall auch Aufmerksamkeit.

9. Kapitel

1995

Es klingelte.

Ahmad Jafari erschien an der Tür.

»Große Sache«, sagte er. »Scheune in Allermöhe ist Lager.«

Susanne war erleichtert, dass er ihr seinen Aufenthalt in dem Schuppen nicht verschwieg.

»Ich mache uns mal einen Tee«, sagte sie. »Warum Sie nicht bei Ihrem Praktikum sind, möchte ich gar nicht wissen.«

»Fange Nachmittag an, haben abend Observation von Ehebrecher.«

»Ach.«

Sie tranken den starken Tee aus kleinen Gläsern mit Goldrand.

»Haben Sie etwas gefunden in der Scheune?«

»In Heu gibt es Sachen versteckt. Sind ganz alt. Statue. Vase, Krug, Münze, auch Becher. Scherben mit Buchstaben. Becher von Silber«, sagte er.

Er holte aus seiner Hosentasche eine handtellergroße und eine kleine Tonscherbe, die legte er auf Susannes Schreibtisch.

»Hm. Wahrscheinlich hebräische Buchstaben!«, sagte sie. »Ich habe mal eine Fernsehsendung gesehen über illegalen Antikenhandel im Orient. Jüdische und arabische Funde sind besonders begehrt. Vieles kommt heutzutage ursprünglich aus dem Gazastreifen. Dort suchen arbeitslose Palästinenser mit Sonden im Wüstensand, plündern historisch wertvolle Gräber. Sie leben vom Verkauf der Funde, es sind regelrechte Ausgräberbanden, die Landbesitzer verdienen mit. Schmuggel mit den Artefakten läuft über Kairo, wo sie auf Schiffe verladen und in die Häfen des reichen Westens transportiert werden.«

»Vielleicht Hamburg, dann mit Lastwagen nach Scheune in Allermöhe.«

»Die Polizei sollte herausfinden, auf welchen Wegen die Sachen transportiert werden! Herr Jafari, Sie müssen unbedingt der Polizei Ihren Fund melden! Bestimmt haben wir es hier mit Schmuggel von antiken Kulturgütern zu tun! Legen Sie die Scherben zurück! Gehen Sie mit Jamila zur Polizei!«

»Ich spreche zu ihr.«

»Gehen Sie zur Polizei! Wollen wir das zusammen machen? Ansonsten fahre ich allein hin.«

»Ich sage Jamila, sie geht.«

»Aber heute noch.«

»Inschallah.«

»Haben Sie in der Scheune auch Geld gefunden?«
Er schwieg.

Susanne empfand ihn nun deutlich weniger attraktiv als zu Beginn ihrer Bekanntschaft.

Auf dem Weg zum Italiener spürte sie Erleichterung, Zwar hatte sie sich schon lange eine Partnerschaft gewünscht mit einem Mann, der zu ihr passte, aber die Aufregung in Jafaris Gegenwart war plötzlich vorbei. Diese hatte Begegnungen mit Herrn Jafari so verwirrend gemacht, dass sie sie für erotische Anziehung hielt.

»Ernsthaft! Wenn Herr Jafari und Jamila nicht zur Polizei gehen, mache ich das«, sagte sie.

»Wenn du das für richtig hältst!«, meinte Brita.

»Weißt du, er war für mich eigentlich nur interessant, weil er Moslem war und vom Alter her zu mir passte, na ja, und er sieht ganz gut aus. Manche orientalischen Männer finde ich äußerlich attraktiv, aber ihr Verhalten ist oft irritierend! Ich weiß nie, ob es authentisch ist. Höflich sind sie fast immer, aber was steckt dahinter? Sie haben andere Gewohnheiten und Konventionen. Habe ich dir mal die Zuckerdosengeschichte erzählt?«

»Nein, aber eine Zuckerdose hört sich erstmal nicht so interessant an als Hauptperson einer Geschichte«, sagte Brita zweifelnd.

»Wart's ab! Also, eine Freundin von mir war mal bei einer muslimischen Familie eingeladen. Anschließend gab es Tee und Gebäck. Die Freundin bewunderte die ungewöhnliche Zuckerdose, woraufhin die Gastgeberin ihr diese schenken wollte. Meine Bekannte lehnte ab, aber die Afghanin bestand darauf. Daraufhin nahm sie die Zuckerdose mit nach Hause. Die Gastgeberin war beim Abschied deutlich kühler als zu Beginn des Abends. Später hörte meine Freundin, dass solche Angebote nur ernstgemeint sind, wenn sie mindestens dreimal wiederholt werden.«

Brita lachte. »Vermutlich ist diese Gewohnheit stark verankert in ihrer Kultur. Das für uns Ungewöhnliche daran fällt ihnen nicht auf, Missverständnisse sind vorprogrammiert.«

»Genau! Es ist eben eine fremde Kultur.«

»Warum wirst du nicht einfach wieder Christin, wenn du schon an einen Gott glauben musst? Dann hättest du diese Probleme nicht, die Anzahl möglicher Lebenspartner würde sich deutlich vergrößern.«

»Leider gibt es im Christentum keine Mystiker mehr, wie in früheren Zeiten Meister Eckart und Hildegard von Bingen. Der Islam aber hat weiterhin mystische Sufi-

Orden, deren Lehre auf einer gewaltfreien religiösen Grundlage beruht.«

»Mensch, Susanne, wach auf! Das ist doch alles Quatsch! Wohin du auch schaust in islamischen Ländern, du siehst nur Unterdrückung, vor allem von Frauen! Deine Sufis sind nicht an der Regierung, sondern Befürworter politisch repressiver Systeme bestimmen, wo es politisch lang geht! Wie kannst du die nur unterstützen!«

»Weder heiße ich deren Unterdrückung gut, noch unterstütze ich sie in irgendeiner Art und Weise! Verdammt, Brita, warum verstehst du das nicht? Islam bedeutet nicht automatisch Unterdrückung, er passt genau so in unsere sogenannte freiheitlich demokratische Ordnung.«

»Theoretisch vielleicht, aber du glaubst doch selbst nicht, dass es sich irgendwo in der politischen Praxis niederschlägt! Die repressiven Islamisten und Jihadisten ...«

»Die tun nur so, als würden sie über die Wahrheit verfügen! Aber sie intepretieren nicht die Religion ideologisch, sondern legen ihre repressive Ideologie religiös aus! Niemals könnte ich in einem Land leben, wo die am Ruder sind. Wahrheit, Hingabe, Liebe, das ist der wahre Islam!«

»Bei deinen Glaubensgenossen in Deutschland sehe ich nichts davon, selbst wenn sie keine Terroristen sind! Sie passen sich zwar notgedrungen an, aber wenn sie ehrlich sind, finden sie die Deutschen schwach, vor allem das Rechtssystem.«

»Manche verwechseln eben Gewalt mit Stärke.«

Mit gerunzelter Stirn betrat Susanne das Restaurant. Sie sah sofort, dass Ralf König an einem der Tische saß, zusammen mit einer stark geschminkten älteren Frau.

Sie stupste Brita an. »Unser ehemaliger Klient ist hier. Dessen Mutter hat wohl heute keine Lust zu kochen«, flüsterte sie. »Hoffentlich ist er friedlich.«

Ein Mann mit einem gepflegten Bart erhob sich lächelnd.

»Hallo! Ich bin Wolfgang. Schön, euch kennen zu lernen. Wollen wir uns duzen?«

»Klar, unter Kollegen! Also, ich bin Susanne.«

»Brita.« Sie schüttelten sich die Hände.

»Susanne, hast du dich geärgert?«, fragte er. »Dein Gesichtsausdruck deutet darauf hin.«

»Wir haben eine Meinungsverschiedenheit, unsere Diskussion gerade war heftig.«

»Möchtet ihr darüber reden?«

»Ach, ich glaube, das bekommen wir ohne therapeutische Intervention wieder hin«, meinte Brita.

»Umso besser! Dann bestellen wir mal, ich nehme Pizza mit Salami.«

»Thunfisch.«

»Margerita.«

»Mich würde interessieren, was eigentlich geschieht, wenn eine Alkoholerkrankung nicht behandelt wird?«, sagte Susanne.

»Bei chronischen Verläufen zeigen sich bei Betroffenen oft Halluzinationen z.B. sehen sie die berühmten weißen Mäuse. Auftreten können auch Ängste, Desorientierung, epileptische Anfälle, oder Psychosen, zum Schluss dann das Delirium tremens. Selbstmorde sind bei Alkoholikern im Endstadium nicht selten«, sagte er. »Oder Leberzirrhose, Gehirnschäden, Herzmuskelschäden.«

»Das gesamte Schreckenskabinett! Zum Glück kommt da unsere Pizza!«, rief Brita.

»Okay, wechseln wir besser das Thema! Also Brita und ich sprachen auf dem Weg hierher über unterschiedliche kulturelle Gewohnheiten. Dazu fällt mir noch eine Geschichte ein: Für uns ist ja das Händeschütteln selbstverständlich. Eine Bekannte von mir wollte sich mal nach einer Moscheebesichtigung mit Handschlag von einem Moslem verabschieden, doch der ignorierte ihre ausgestreckte Hand. Sie war brüskiert und beleidigt.«

»Das wäre ich auch gewesen«, sagte Wolfgang.

»Dir wäre das aber nicht passiert, da du ein Mann bist«, versicherte Susanne. »Für einen Moslem ist es jedoch unanständig, eine fremde Frau zu berühren. Die Frau würde dadurch entehrt werden.«

»Wie dramatisch! Für den Moslem ist das Verhalten der Gipfel der Höflichkeit, für die Deutsche ist es eine Kränkung.«

»Und weil über die Gründe nicht kommuniziert wird, bleibt das ungute Gefühl und kann sich zu einem Vorurteil entwickeln.«

»Achtung, Rolf König schaut herüber«, sagte Brita leise. »Ob er wohl wieder vermutet, dass wir über ihn sprechen?«

»Zumal wir hier mit einem Psychologen sitzen. Kennen Sie ihn?«

»Dienstgeheimnis,« sagte er. »Aber vielleicht kennt er mich vom Sehen. Ich bin in Bergedorf recht bekannt, weil ich oft Vorträge halte.«

»Rolf König scheint sich auf das Essen zu konzentrieren. Vielleicht landet er doch noch in einer Berufslaufbahn als Koch«, meinte Susanne.

»Wie ist denn eigentlich der Stand der Ermittlungen wegen der Ermordung eures Kollegen? Die Stadtteil-

zeitung berichtet ja regelmäßig, das Hamburger Abendblatt auch, aber da stehen kaum neue Erkenntnisse,
geschweige denn Verdächtige.«

»Wir haben leider auch keine Insider-Informationen.
Dabei wäre das wichtig, weil es ja sein kann, dass ich
das nächste Opfer bin! Ich hatte schon einen Alptraum
von einer Blutlache!«

Brita sagte: »Ich fände es auch beruhigend zu wissen, in welche Richtung ermittelt wird. Vielleicht hat
das Verbrechen gar nichts mit der beruflichen Tätigkeit
von Dietmar Funke zu tun, sondern mit seinem Privatleben?«

»So viel ich weiß, haben ca. 30 % aller Opfer von Mord
und Totschlag eine persönliche oder verwandtschaft-
liche Beziehung zum Täter. Tröstet das ein bisschen?
Habgier oder Verdeckung einer anderen Straftat sind
häufig Motive.«

»Ich meine, wie soll es mit seiner beruflichen Tätigkeit zusammenhängen, er hatte doch seine Arbeit erst
einige Tage vorher begonnen?« Brita schüttelte den
Kopf.

»Wir halten jedenfalls die Augen offen«, meinte Susanne. »Wolfgang, hast du ein Hobby?

»Mein Traumberuf war früher Archäologe, das Thema
ist immer noch meine Passion«, sagte Wolfgang. »Ich
würde gern den Sarg von Jesus finden, hebräisch be-
schriftet. Oder aramäisch, je nach dem.«

»Er brauchte doch keinen Sarg, weil er laut christli-
cher Lehre direkt von der Grabkammer aus im Leichentuch aufgestiegen ist in den Himmel«, meinte Susanne.

»Das ist nur eine Theorie. Eine andere besagt, er ist
nicht am Kreuz gestorben, sondern er war durch einen
Sud aus Essig und Alraune nur scheintot. In diesem Zu-

stand wurde er in die Grabkammer gebracht, die er nach seinem Aufwachen aus eigener Kraft verlassen konnte. Jesus hat noch 80 Jahre gelebt, und zwar unter falschem Namen in Srinagar nahe Kaschmir in Indien. Dort wirkte er weiter als Heiler und Prediger und ist im Alter von 110 schließlich gestorben. Es gibt ein Grabmal, das ihm zugeschrieben wird, unter dem Namen Yuss Assaf, es gilt als Heiligtum. Als Archäologe würde ich forschen und forschen, bis ich die Wahrheit über Jesus‹ Tod herausgefunden und bewiesen hätte.«

»Spannend!«, sagte Susanne.

»Allmählich sollten wir aufbrechen«, meinte Brita.

»Darf ich euch einladen?«, fragte er.

»Nicht so gern«, meinte Susanne, »wegen Gleichberechtigung und so. Ich finde es gut, wenn ich berechtigt bin, für meine Mahlzeiten zu bezahlen.«

Brita lachte. »Ich hätte kein Problem damit, abwechselnd die Zeche zu zahlen.«

»Mir gefällt diese Zeit!«, meinte Wolfgang. »Alles offen! Wenn ich einer Frau den Mantel abnehme, ist sie vielleicht ärgerlich, weil ich ihr nicht zutraue, dass sie sich den Mantel selbst ausziehen kann. Oder sie ist erfreut, findet mich höflich und zuvorkommend.«

»Oder sie traut euch zu, solche Situationen zu besprechen, wenn man sich noch nicht gut kennt. Das wird einmal geklärt, und dann ist es gut.«

Ralf König und seine Begleiterin standen auf und kamen an ihren Tisch.

»Schön, Sie wiederzusehen«, sagte er. »Darf ich Ihnen meine neue Freundin vorstellen. Wir arbeiten zusammen an einer Comedy-Show. Sie ist Schauspielerin.«

Susanne lächelte. »Das freut mich.Viel Erfolg! Hoffentlich verpasse ich die Premiere nicht.«

»Ich schicke Ihnen einen Flyer ins Büro«, versprach er.

»Prima.«

Arm in Arm verließ er mit seiner Freundin das Restaurant.

»Spontanheilung durch Liebe? Gibt es das?«, fragte Susanne.

»Psychosen sind normalerweise nicht heilbar. Aber eine Verliebtheit drängt natürlich zunächst alle anderen Gefühle in den Hintergrund«, meinte Wolfgang, während sein Handy klingelte.

»Ich muss zurück, der nächste Klient wartet. Tschüs, liebe Kolleginnen. Wir sehen uns!«

Er legte 20 DM auf den Tisch.

»Adieu.«

Mit großen Schritten durchquerte er den Raum.

»Findest du, dass er gut aussieht?«, fragte Susanne.

»Jedenfalls nicht so gut wie mein Mann!«

»Sein Hobby Archäologie finde ich sexy!«

»Gräber und Skelette? Susanne, ich sehe schwarz für deine Zukunft als glückliche Braut, selbst wenn deine religiöse Orientierung nicht mehr im Wege steht!«

Friedhelm von Schütt betrat das Restaurant.

»Oh, seid ihr hier verabredet?«, fragte Susanne.

»Nein! Und übrigens waren wir schon lange nicht mehr verabredet. Er fand die Zusammenarbeit einseitig, weil er sich ausgenutzt fühlte. Aber seine Unterstellung, ich wolle nur Informationen von ihm über Interna im Amt haben, hat mich sehr gekränkt.«

»Verständlich! Ich wusste ja gar nichts von eurem Konflikt! Und du bist sicher, dass nicht enttäuschte Hoffnungen auf Liebe die Ursache sind?«

»Susanne! Was soll das? Und überhaupt: bei ihm oder bei mir?«

»Weiß nicht.«

Hinter ihm erschien ein weiterer Mann an der Tür.

»Friedhelm zweimal!«, staunte Susanne.

Er winkte herüber und ging mit seinem Begleiter zu einem reservierten Tisch.

»Eineiige Zwillinge. Hast du das über Friedhelm gewusst?«, fragte Susanne.

»Nein.« Brita war erschüttert.

»Mir kommt ein Verdacht!«, sagte Susanne.

»Sei lieber ruhig!«, bat Brita.

»Na gut. Themenwechsel. Ich bin auf der Suche nach neuen Sandalen, meine alten habe ich schon seit zwanzig Jahren.«

»Man sieht es ihnen nicht an.«

Den Rest des Weges legten schweigend zurück.

Vor dem Haus stand ein bemalter stark verbeulter VW-Bus. Als sie die Haustür aufschlossen, stieg ein Mann aus und kam zu ihnen.

Seine dunkelblonden Haare waren zu einem Pferdeschwanz gebunden, er trug Jeans und ein zerfranstes Sweatshirt.

»Meine Vermittlerin Frau Funke schickt mich zu Ihnen«, sagte er.

»Willkommen. Ich bin Susanne Schlieker, meine Kollegin Brita Betz.«

Er folgte ihnen.

»Möchten Sie etwas trinken?«

»Nein, danke. Ich will Ihnen lieber gleich sagen, dass ich nicht arbeiten möchte. D.h. ich arbeite natürlich, mein VW-Bus steht auf einem Stück Land, das ich mir gekauft habe. Dort baue ich Gemüse an für den Eigenbedarf und halte Hühner für die Eier. Mein Auto repariere ich selbst, wenn was kaputt ist.«

»Prima! Könnte man auch ein paar Obstbäume pflanzen?« fragte Susanne.

»Ja, groß genug ist es, ein halber Hektar.«

»Am besten eignen sich robuste Sorten von Pflaumen, Äpfeln, Birnen. Die Kirschen werden von Staren gefressen, sobald sie ein bisschen rot sind. Keine Chance, die reif zu ernten!«

Er grinste. »Wir hatten einen alten Kirschbaum im Garten, als ich Kind war. Mein Großvater hat sich mal so über die Stare geärgert, dass er die Motorsäge rausholte und den Stamm absägte.«

»Die Maßnahme war sicherlich insofern erfolgreich, als sich kein Star mehr blicken ließ!«, lachte Susanne.

»So löste man bei uns zu Hause Probleme«, sagte er. »Wenig erfolgreich. So war es auch in der Erziehung. Mein Vater ließ keine Gelegenheit aus, mir nachzuweisen, dass ich auf der ganzen Linie ein Versager war.«

»Keine gute Grundlage für ein Erwachsenenleben mit Freude an der Arbeit und am Privatleben! Ich finde allerdings, dass Sie erfolgreich Ihr Leben meistern. Wenn ich mich trauen würde, könnte ich mir auch ein Leben als Selbstversorgerin vorstellen!«

»Da gehören Sie zu den Ausnahmen, normalerweise stoße ich auf Unverständnis«, sagte er bitter.

»Wahrscheinlich auch bei Ihrer Vermittlerin? Die ist ja von Amts wegen verpflichtet, Ihnen Arbeitsstellen vorzuschlagen. Welchen Berufsbereich könnten Sie sich denn für sich vorstellen? Gärtner? Landarbeiter? Automechaniker?«

»Ich habe Abitur.«

»Gärtner mit Abitur, geht doch.«

»Ich möchte nicht in die Tretmühle.«

»Na ja, bewerben Sie sich doch einfach spaßeshalber,

z.B. für eine Hilfstätigkeit! Sie müssen ja nicht unbedingt eine Ausbildung machen. Wie alt sind Sie?«

»Ungefähr so alt wie Sie vermutlich. Anfang dreißig!«

»Ja, ungefähr.«

»Gut, dann können wir ja so verbleiben. Sie kommen wieder, wenn Sie sich auf dem Arbeitsmarkt umgeschaut haben?«

»Muss ich wohl machen, sonst bekomme ich eine Sperrzeit.«

»Also auf Wiedersehen!«

»Tschüs.«

Er hatte einen Körperbau, der Susanne gefiel, nicht zu kräftig, nicht zu schlank.

»Brita, was machst du gerade?«

»Ich schreibe Gesprächsprotokolle und Ergebnisprotokolle.«

»Gute Idee!«

Sie arbeiteten, bis es Zeit war für den Feierabend.

»Mal sehen, ob ich mich noch aufraffen kann, um die Außenalster joggen«, sagte Susanne in der Bahn.

»Couch für mich, sobald meine Männer gefüttert sind.«

»Was bekommen sie denn?«

»Mein Mann braucht mehrmals die Woche Tortilla.«

»Lecker! Bauernfrühstück auf Spanisch.«

»Genau. Mein Sohn freut sich abends am meisten über Pizza. Mittags isst er oft Döner, er hat eine Liste der besten Döner-Imbisse im Umkreis von zwei Kilometern um die Schule herum.«

Am Donnerstag wartete Ahmed Jafari vor der Haustür.

»Jamila war Polizei«, sagte er.

»Gott sei Dank!«

»Polizei hat Scheune gesperrt.«

»Gut. Gehen wir mal nach oben. Wie läuft das Observieren?«

»Alles klar. Hast du Zeit? Wollen wir gehen Kneipe heute abend?«

»Kneipe? Zwei Muslime, die keinen Alkohol trinken?«
»Trinke Bier.«

»Ich trinke auch gern alkoholfreies Bier. Aber warum sollten wir uns treffen? Wir können doch alles hier besprechen.«

»Ist privat.«

»Brita ist noch nicht da. Schießen Sie los.«
Susanne schloss die Tür.

»Es ist meine Familie. Ich möchte Kinder kommen nach Deutschland.«

»Und Ihre Frau?«
»Ist geschieden.«
»Wirklich?«

»Ja. Dreimal gesagt: Ich verstoße dich, ich verstoße dich, ich verstoße dich.«

»Am Telefon?«

»Ja. Kinder kommen zu mir, leben hier in Deutschland, ist normal.«

»Findet Ihre Ex-Frau das auch normal? Ich bin sicher, sie wird um ihre Kinder kämpfen!«

»Ist besser, wenn ich eine Deutsche heirate.«

»Es ist Ihr Leben, Herr Jafari. Aber dieses Verhalten passt nicht in den Westen, und damit auch nicht zu meinen Vorstellungen. Ich bin eine emanzipierte Muslimin! Anderes Thema: Haben Sie das Geld aus dem Heuschuppen bei der Polizei abgegeben?«

»Hat Jamila gemacht.«
»Die gesamte Summe?«
»Weiß nicht.«

»Das sollten Sie ...«

»Wollen heiraten?«

»Wer?«

»Wir beide.« Er zeigte auf sich und Susanne.

»Niemals!«, rief sie.

»Sie sind harte Frau.«

»Nö. Aber ich bin eine starke Frau.«

»Ich wollte nur kleinen Gefallen!«

»In meinen Augen ist es ein riesiger Gefallen!«

»Ich gehe Arbeit.«

»Leben Sie wohl! Viel Erfolg als Detektiv!«

Wortlos verließ er den Raum.

Susanne trank ein Glas Wasser.

Als Brita kam, berichtete sie ihr: »Herr Jafari hat mir einen äußerst unromatischen Heiratsantrag gemacht.«

»Und? Hast du ja gesagt?«

»Diese Ehe kommt nicht zustande! Er braucht nur ein Visum für seine Kinder.«

»Susanne, du hast einen Ehemann verdient, der dich liebt!«

»Hoffentlich! Um nicht zu sagen: Insch'allah!«

»Bestimmt!«

»Jedenfalls bin ich jetzt erstmal wieder emotional befreit. Was liegt heute an?«

»Mal abwarten! Was hältst du denn von unseren Zwillingen, Susanne?«

»Ich frage mich, ob sie etwas zu tun haben mit ...«

»Das glaube ich nicht! Auch wenn Friedhelm mir mal erzählt hat, dass sein Bruder sich wegen seiner Schulden einen Termin mit unserem Kollegen Dietmar geholt hatte.«

»Hoffentlich nicht an dem Tag, als Dietmar tot aufgefunden wurde?«

»Allzu viele Tage kommen doch nicht infrage, weil er an nur wenigen überhaupt gearbeitet hat. Mit einem Lebkuchenherz vom Dom als Wandschmuck.«

»Was stand eigentlich in seinem Terminkalender für seinen Todestag?«

»Wohl gar nichts. Friedhelm hatte früh am Morgen kurz mit ihm gesprochen, da sagte Dietmar, er sei frei von Terminen, Friedhelm könne ihm ruhig spontan Klienten schicken. Aber es war niemand unter denen, die Dietmar Dienste gebraucht hätten.«

»Vielleicht war der Zwillingsbruder Schütt bei ihm?«

»Wie kommst du denn darauf? Siehst du etwa Friedhelms Bruder als Verdächtigen an, Brita?«

»Kann doch sein, dass Friedhelm selbst seinen Bruder im Verdacht hat? Das würde erklären, warum er ständig überall auftaucht und alles im Zusammenhang mit den Ermittlungen zum Tod unseres Kollegen wissen will.«

»Dabei ist der Zwillingsbruder höchstwahrscheinlich völlig unschuldig! Aber ob er es Friedhelm erzählen würde, wenn er es nicht wäre?« Susanne schaute aus dem Fenster, wo ein junger Mann die Straße überquerte und langsam auf ihr Haus zuging.

»Mir gefällt überhaupt nicht, was du redest! Willst du etwa andeuten, dass Friedhelm nur Interesse an mir hatte, weil er durch mich an entsprechende Informationen herankommt?«, rief Brita zornig.

»Nein, wie kommst du darauf?«

Als es klingelte, öffnete Susanne die Tür und begrüßte ihren neuen Gast.

»Mein Vermittler schickt mich«, sagte er. »Ich heiße Michael Schmidt.«

»Schlieker. Was kann ich für Sie tun?«

»Nichts. Ich wohne noch zu Hause. Meine Eltern meinen, ich soll eine Ausbildung machen oder sonst etwas arbeiten. Ich habe fünf Geschwister, die alle satt zu kriegen, sagen meine Eltern, wird immer schwieriger.«

»Welche Arbeit könnten Sie sich vorstellen? Haben Sie einen Schulabschluss?«

»Mit dem Hauptschulabschluss hat es nicht geklappt.«

»Schade! Mir fällt auf, dass Sie gut gekleidet sind: Markenjeans, teures Sweatshirt! Wäre es etwas für Sie, als Verkaufshilfe in einem Jeansshop zu arbeiten?«

»Die nehmen mich bestimmt nicht ohne Schulabschluss.«

»Haben Sie sonst eine Idee?«

»Nee.«

»Wie wäre es mit ehrenamtlicher Arbeit? Daraus ergibt sich manchmal etwas. Ein Vorschlag: Haben Sie schon mal von der Bergedorfer Tafel gehört? Das ist ein Verein, dort werden kostenlos Lebensmittel verteilt.«

»Verfaulte Äpfel? Schwarze Bananen? Abgelaufener Joghurt?«

»Nein, alles noch gut. Lebensmittelgeschäfte geben dem Verein, was sie übrig haben. Wollen wir beide dort mal hinfahren?«

»Ich frage erstmal zu Hause, was sie meinen.«

»Und ich mache einen Termin bei der Tafel. Wenn Sie nicht mitkommen, fahre ich allein hin.«

»Kann ich jetzt gehen?«

»Wenn Sie einen Berufswunsch haben, sagen Sie es nur!«

»Sportwagen verkaufen oder reparieren wäre gut, auch Motorräder.«

»Haben Sie einen Führerschein?«

»Noch nicht. Ich werde erst in einen paar Monaten 18.«

»Da wäre es doch toll, wenn Sie Geld verdienen, damit Sie einen Führerschein machen können!«

»Mein älterer Bruder sagt, er hilft mir. Jetzt ist er allerdings im Gefängnis, in Untersuchungshaft.«

»Wohl kein so gutes Vorbild für Sie!«, meinte Susanne.

»Ich habe ihn immer bewundert.«

»Verständlich, man bewundert eigentlich immer die älteren Geschwister, weil die schon so viel mehr können als man selbst. Aber irgendwann sucht man sich andere Vorbilder, wenn die einen falschen Weg einschlagen«, meinte Susanne.

»Ich finde den Weg meines Bruders nicht falsch! Er hatte nur Pech, dass er erwischt wurde. Andere machen viel schlimmere Sachen und laufen frei herum.«

»Möchten Sie lieber eingesperrt oder frei sein?«

»Sie verstehen mich nicht!«

»Das stimmt wohl! Sie können es mir ja erklären, wenn wir zur Bergedorfer Tafel fahren. Soll ich Sie anrufen, wenn ich den Termin habe? Unter welcher Telefonnummer sind Sie am besten erreichbar? Oder wollen Sie lieber mich anrufen? Hier ist meine Nummer.«

»Auf Wiedersehen.«

»Morgen weiß ich mehr.«

Er schüttelte den Kopf und verschwand.

Durch das Fenster sah Susanne ihn die Straße überqueren. Er wirkte nun größer, fand sie.

Sie ging in die Küche.

»Kaffee, Brita?«, rief sie.

»Ja, bitte.«

Susanne sagte: »Was meinst du, welchen Platz würde wohl dieser Ratsuchende in einer idealen sozialistischen Gesellschaft finden, Brita?«

»Er müsste eben früh gefördert werden, wir brauchen

hundert Tausende Plätze in Kindergärten mehr! Gebührenfrei! Das ist der erste Schritt zur Chancengleichheit. In den Schulen sollte es bei Bedarf Ganztagsbetreuung geben, außerdem kleinere Klassen und viel mehr Lehrkräfte.«

»Das Bildungssystem müsste also ...«

»Soziale Ungleichheit abbauen, anstatt sie zu verstärken! Ganz wichtig auch, Schulsozialarbeiter einzustellen, wo es nötig ist. Kein Kind darf zurückbleiben! Außerdem sind viele Schulgebäude sanierungsbedürftig, -zig Milliarden DM müssen ins Bildungssystem investiert werden!«

»Dein Sohn ...«

»... ist zum Glück intelligent. Wir möchten gern, dass er Abitur macht, aber wenn er nach der Mittleren Reife abgehen und eine Ausbildung machen will, würden wir das auch unterstützen.«

»Den Betreuungsschlüssel an Schulen finde ich auch zentral wichtig. Aus meinen Erfahrungen als Lehrerin heraus kann ich sagen, dass Klassengrößen von ca. 15 Schülerinnen und Schülern ideal wären, aber häufig ist die Klassenstärke doppelt so hoch! Wenn dann noch schwierige Schüler dabei sind, die permanent stören und eigentlich Einzelbetreuung bräuchten, ist es ganz aus.«

»Ja, und in Kitas sollte der Schlüssel von 1 zu 3 sein, also eine Erzieherin auf drei Kinder bis zum Alter von drei Jahren, und 1 zu 8 danach.«

»Davon war die DDR aber weit entfernt!«

»Stimmt. Aber in der DDR hatten Mütter es leichter, Betreuung für ihre Kinder zu bekommen. Sie wussten ihre Kinder in guten Händen, wenn sie arbeiteten.«

»Die Kinder wurden allerdings schon im Kindergarten indoktriniert.«

»Hier im Westen nicht?«
Susanne sagte: »Feierabend! Oder?«
»Allerdings. Dringend.«

10. Kapitel

1995

»Wissen Sie was, ich reg‹ mich gar nicht auf!«

Georg Weber stürmte in die Beratungswohnung.

»Die spinnen bei den anonymen Alkoholikern! Wissen Sie, was die für eine Regel haben? Ich lese mal vor.«

Er nahm einen Zettel aus der Tasche: ›Sich selbst und anderen gegenüber begangenes Fehlverhalten einzugestehen.‹ Ich wusste zuerst gar nicht, was gemeint ist! Aber nun weiß ich, dass ich angeblich manchmal Leute falsch behandelt haben soll. Das ist doch wieder derselbe Mist! Meine Eltern sagten auch immer, ich mache alles falsch. Spricht etwa jemand davon, was sie selbst für Fehler gemacht haben? Oder war das richtig, die Schläge, die Vorwürfe, die Beleidigungen? Dass ich oft hungrig zu Bett gehen musste und dass mittags niemand zu Hause war, wenn ich aus der Schule kam? Meine Hausaufgaben waren meistens zu schwer für mich, statt mir damit zu helfen, pöbelten sie rum, wie dumm und faul ich bin!«

»Tut mir leid, Herr Weber, dass Sie das alles durchmachen mussten!«, sagte Susanne. »Es trifft Sie natürlich keine Schuld für das, was Sie als Kind erlebt haben. Aber nun sind Sie erwachsen, und niemand kann die Vergangenheit ändern. Schade, dass ihre Eltern keine guten Vorbilder für Sie waren! Konnten Ihre Mutter und Ihr Vater denn nachträglich Kritik annehmen?«

»Kein Gedanke! Angeblich haben sie nur manchmal gefeiert, so wie andere Leute auch. Dabei waren sie täglich besoffen, bis zu ihrem Tod!«

»Schade, dass Ihre Eltern alkoholkrank waren!«

»Warum haben sie nicht einfach aufgehört zu trinken?«

»Wie schwer das ist, erleben Sie ja jetzt selbst!«

Er schwieg.

»Wie geht es Ihnen denn? Leiden Sie unter dem sogenannten Saufdruck?«

»Bis jetzt habe ich noch nichts getrunken, bloß Cola.«

»Großartig! Sie gehen zu den Sitzungen?«

»Ja.«

»Gibt es denn auch einen Spruch bei den AA, bei dem Sie sich nicht ärgern?«

»Die haben so ein Gebet, irgendwas dass man Mut braucht, Dinge zu ändern, die schlecht sind für mich, und Gelassenheit, Dinge hinzunehmen, die ich nicht ändern kann. Und Klugheit, das eine vom anderen zu unterscheiden. Aber ich bete das nicht, ich bewege nur die Lippen. Manchmal frage ich andere Leute nach ihrer Meinung. Vor allem frage ich sie, ob sie das schwer finden oder leicht, was ich gerade vorhabe, z.B. meinen Schulabschluss nachmachen. Aber alle sagen was anderes. Ich will lieber erstmal nur eine einzige schwierige Sache machen, nämlich ohne Alkohol durch diesen Tag kommen. Wenn ich ein paar Jahre trocken bin, kann ich die anderen Dinge machen.«

»Das finde ich sehr weise!«

»Hm. Danke. Lob höre ich immer noch selten.«

»Wollen Sie denn vielleicht mit dem Psychologen mal über Ihre Kindheit sprechen?«, fragte Susanne. »Holen Sie sich doch einen Termin!«

»Vielleicht.«

»Und wie geht es Ihrem Freund Walter?«

»Er ist noch kein Politiker geworden.«

»Auch gut.« Susanne lächelte.

Georg Weber stand auf.

»Ich geh dann!«

»Einen schönen Tag noch!«

»Danke. Auf Wiedersehen.«

»Tschüs.«

Susanne ging zum Fenster und winkte ihm zu, als er sich umdrehte.

Sie rief den Psychologen Wolfgang an.

»Hallo, schön von dir zu hören, Susanne. Du kannst mich wohl nicht vergessen?«

Er lachte.

»Doch, das könnte ich sehr einfach. Nachdem das Projekt ausgelaufen ist z.B. oder ich plötzlich aufhöre, mir Sorgen um Ratsuchende zu machen.«

»Sehr schmeichelhaft!«

»Also, wenn du dich von mir ausgenutzt fühlst, kann ich auch mit dem Pastor von der Sankt Petri und Pauli Kirche zu Bergedorf reden, der ja ständig Jesus zu seiner Stärkung an seiner Seite hat. Was meinst du dazu, Wolfgang?«

»Wenn meine Kräfte versiegen, komme ich gern auf dein Angebot zurück. Aber noch ist es nicht soweit.«

»Gut zu wissen! Es geht um zwei unserer Schützlinge, die gegen ihre Alkoholabhängigkeit kämpfen, Namen darf ich ja nicht nennen. Einer war gerade bei mir. Ich frage mich, ob ich seinen Problemen gerecht werden kann. Vielleicht taucht er bei dir auf.«

»Na ja, wir sollten uns nicht einbilden, dass es allein von unserem professionell hochwertigen Verhalten abhängt, ob ein Alkoholkranker seine Abstinenz durchhält oder nicht! Es spielen so viele andere Faktoren eine Rolle! Gib einfach deine Ansprüche auf, du bist keine Wunderheilerin! Letztlich ist es die Verantwortung von Georg Weber selbst, was er mit seinem Leben anstellt!«

»Wie kommst du denn auf den Namen?«, fragte Susanne erstaunt.

»Er was kürzlich bei mir und hat in den höchsten Tönen von dir geschwärmt.«

»Oh! Vielen Dank für deinen guten Rat, Ansprüche zurückschrauben. Das ist sicherlich gut für mich und auch für die Ratsuchenden!«

»Wir können ja mal zusammen ein Bier trinken gehen und über Archäologie statt über die Lalos sprechen.«

»Warum nicht. Wenn es dich nicht stört, dass ich alkoholfreies Bier trinke.«

»Bist du Alkoholikerin?«

»Nein, Muslimin.«

»Da haben wir ja noch ein interessantes Gesprächsthema!«

»In der Tat. Ruf mich einfach an, dann vereinbaren wir einen Termin. Ich interessiere mich vor allem für Ausgrabungen im Orient.«

»Gut. Also cheerio.«

»Tschüs.«

Susanne legte auf.

Sofort klingelte das Telefon wieder und sie nahm den Hörer ab. »Beratungsstelle«

»Hallo. Könnte ich bitte einen Termin bei Susanne Schlieker haben?«

»Wolfgang!«

»Du hast doch gesagt, ich soll ruhig anrufen.«

Susanne lachte »Wie wäre es mit Sonnabend? Und wo?«

»Ich kenne ein iranisches Restaurant am Berliner Tor. Die haben zwar kein Bier vom Fass, aber leckeres Essen.«

»Ach, du liebe Zeit, der Bahnhof Berliner Tor hat richtig viele Ausgänge! Da verpassen wir uns garantiert. Iranisches Essen finde ich allerdings toll. Eine Vorspeise aus Auberginen mit Joghurt! Dann Reis mit grünen Bohnen! Das könnte mir gefallen. Ich habe iranische Freunde, die sind sehr gastfreundlich. Alles, was sie kochen, schmeckt mir.«

»Wenn wir uns an einer U-Bahn Station treffen, die nur einen oder zwei Ausgänge hat, und gemeinsam zum Berliner Tor fahren, klappt es schon!«

»Inschallah«, sagte Susanne.

Sie verabredeten sich am U-Bahnhof Borgweg.

»Brita, erstaunlicherweise habe ich eine Verabredung mit Wolfgang!«, sagte Susanne.

»Und siehst du schon vor deinem geistigen Auge eure gemeinsamen Kinder?«

»Nein. Aber frag mich in ein paar Tagen noch mal!«

»Susanne, es gibt Neuigkeiten von der Witwe unseres verstorbenen Kollegen Dietmar. Friedhelm hat erzählt, dass Jamila heute bei ihm im Amt war. Sie kam, um sich arbeitslos zu melden und wollte gern Stellenangbote haben. Als Bürokraft, obwohl sie noch nie im Büro gearbeitet hat! Er hat ihr vorgeschlagen, zunächst eine entsprechende Fortbildung zu machen.«

»Um das finanziell gefördert zu bekommen, muss sie allerdings erstmal eine gewisse Zeit arbeitslos sein.«

»Klar.«

»Was hatte Friedhelm für einen Eindruck von ihr?«

»Er meinte, sie scheint sich recht schnell erholt zu haben von dem Verlust ihres Mannes. Als Friedhelm sie auf der Beerdigung sah, war sie ja noch völlig am Boden zerstört. Übrigens hat er extra seinen Vorgesetzten gefragt, ob er uns informieren darf.«

»Diese Jamila ist eine tatkräftige Frau! Ob sie vielleicht Büroarbeiten lernen will, um Dietmars Antikenhandel weiterhin in Schwung zu halten?«

»Ich frage mich, ob sie wirklich die Polizei benachrichtigt hat über die Funde in der Scheune!«

»Verpetzen möchte ich sie nicht. Wollen wir sie fragen?«

»Friedhelm hat mir ihre Telefonnummer gegeben. Er meinte, er darf das, weil Jamila zwar kein Lalo, aber arbeitslos ist«, sagte Brita.

»Ich ruf Jamila mal an. Kannst du mir die Nummer sagen?«

»Klar.«

Susanne wählte.

»Hier ist Leyla«, meldete sich eine Mädchenstimme.

»Susanne Schlieker. Erinnerst du dich an mich von der Beerdigung deines Stiefvaters, als wir danach im Café waren?«

»Kann sein.«

»Ich möchte gern mit deiner Mutter sprechen.«

»Sie ist bei der Polizei. Es ist nicht Schlimmes, sagt sie, aber ich wollte trotzdem nicht dahin. Onkel Ahmad kommt gleich und passt auf mich auf. Er bringt Legosteine mit.«

»Prima, dann viel Spaß und einen schönen Gruß an deine Mutter! Von Susanne Schlieker, Beratungsstelle.«

»Tschüs.«

»Hast du zugehört, Brita? Was meinst du?«

»Ich meine gar nichts, Susanne.«

»Na gut, dann kann ich jetzt ja mal bei der Bergedorfer Tafel anrufen und fragen, ob sie sich vorstellen können, uns für bedürftige Lalos ein paar Lebensmittel abzugeben.«

»Tu das! Ich gehe kurz rüber ins Amt.«

Brita verließ den Raum.

»Verpetz‹ mich nicht!«, rief Susanne ihr nach.

Susanne wählte die Nummer und erhielt die Auskunft, dass die Tafel in zwei Stunden öffnen würde. Susanne sei willkommen.

Sie setzte sich an ihren Schreibtisch, um auf Brita zu warten. Die Beratungsstelle sollte besetzt sein, fand sie.

Zunächst versuchte sie, Michael Schmidt zu erreichen, um ihn über ihre Absicht zu informieren, später zur Bergedorfer Tafel zu fahren. Aber bei ihm zu Hause nahm niemand ab.

Dann fuhr sie ihren Computer hoch und öffnete den Ordner mit den Gesprächsprotokollen, wo sie Berichte über die Beratungen der letzten Tage verfasste.

Als sie später auf Britas Schreibtisch nach einem Bleistiftanspitzer suchte, fiel ihr ein Brief ins Auge, der an ihren Chef gerichtet war, ein behördliches Schreiben von der Agentur für Arbeit.

Darin stand die Information, dass wegen Kürzung der EU-Mittel die Beratungsstelle für Langzeitarbeitslose nur noch mit einer Sozialpädagogin plus einem neu einzustellenden Schuldnerberater besetzt sein sollte. Es werde gebeten, den Namen der betreffenden Sozialpädagogin zu nennen, für die entsprechend wegen Wegfalls der Geschäftsgrundlage eine Küdigung ausgesprochen werden sollte.

Entsetzt legte Susanne den Brief zurück, sie bemerkte, dass er eine Kopie war.

Dann hörte sie den Schlüssel im Schloss und ging zur Tür.

»Brita, bei wem warst du? Warum hast du mir nichts

gesagt über den behördlichen Plan, einer von uns zu kündigen?«, rief Susanne. »Wir müssen doch miteinander besprechen, was wir nun machen sollen!«

Brita schaute zerknirscht zu Boden. »Du hast ja recht, ich hätte dich informieren sollen, als mir Friedhelm die Kopie gegeben hat. Stattdessen habe ich gehofft, dass du den Brief findest und ich deine Reaktion nicht erleben muss. Du bist oft so emotional, das ist schwierig für mich. Ich wollte zuerst mit Lydia Funke reden.«

»Warum denn das?«

»Das kann ich nicht so genau sagen, ich dachte, jemand hätte ihr vielleicht erzählt, ach, ich weiß nicht, was ... Ich war völlig durcheinander und bin einfach losgelaufen. Zuerst hat mir Friedhelm das mit der Kündigung am Telefon erzählt, aber ich konnte es nicht glauben. Dann hat er die Kopie in unseren Briefkasten gesteckt, und ich wollte Frau Funke fragen, was sie vermutet, wie die Leute im Amt entscheiden, wer von uns bleiben darf. Aber das war natürlich Quatsch, woher sollte sie das wissen? Und sie war auch gar nicht in ihrem Zimmer.«

»Es gibt doch bestimmt eine Lösung, wir könnten z.B. jede halbtags arbeiten. Meine Wohnung ist günstig, und du hast ja einen gutverdienenden Ehemann. Oder eine von uns könnte einen Kurs für Schuldnerberatung machen und danach die Stelle übernehmen.«

»Ich war einfach total verwirrt.«

»Und ich werde heute mal Gott bitten, dass wir beide bleiben können.«

Brita seufzte.

»Jetzt fahre ich wie geplant zur Bergedorfer Tafel nach Allermöhe, zum Glück bin ich heute mit dem Auto hier«, sagte Susanne. »Es ist bestimmt besser, wenn wir jetzt noch nicht mit unserem Chef sprechen. Offiziell wissen wir ja gar nichts von den Neuerungen.«

»Schaffen wir das, Susanne?«

»Klar, den Kampf gewinnen wir!«

Susanne verließ die Beratungsstelle und fuhr zu der Adresse, die sie im Amts-Computer von Michael Schmidt gefunden hatte.

Zum Glück gab es nur ein Klingelschild mit dem Namen Schmidt an dem vierstöckiges Mietshaus. Ärmlich sah es nicht aus, sondern ganz normal, fand Susanne. Auf ihr Läuten kam keine Reaktion.

Nach ein paar Minuten versuchte sie es erneut. Eine verschlafene Stimme fragte durch die Gegensprechanlage: »Was gibt's?«

»Hallo, Herr Schmidt, ich möchte Sie abholen. Haben Sie Interesse, jetzt mit mir zur Bergedorfer Tafel zu fahren?«

»Ich habe noch nicht gefrüstückt. Gibt es da was zu essen?«

»Bestimmt nicht, nur Lebensmittel für Sozialhilfeempfänger.«

»Die haben wenigstens ihre Sozialhilfe, ich habe gar nichts.«

»Es besteht durchaus Hoffnung, dass Sie demnächst Ihr eigens Geld verdienen, oder? Erstmal lade ich Sie ein, wir gehen in eine Bäckerei, trinken Kaffee, essen ein Croissant. Was meinen Sie?«

»Mit Schinken und Käse?«

»Ja.«

»Na gut.«

Nach einer Viertelstunde kam er herunter und setzte sich auf den Beifahrersitz.

Während der Fahrt sagte Susanne: »Dort ist ein Laden

mit kleinen Tischen draußen. Toll! Ich hoffe, Sie finden, was Sie mögen.«

»Ein Käsebrötchen ohne Schinken tuts auch.«

Susanne fand schnell einen Parkplatz.

»Sonne!«, sagte sie begeistert, als sie auf ihrem Stuhl saß. »Meine Wohnung gefällt mir gut, aber leider hat sie keinen Balkon. Daher bin ich viel an der Alster unterwegs oder im Stadtpark. Gehen Sie auch manchmal spazieren?«

»Nee. Mit meinen Kumpels treffe ich mich meistens abends in der Kneipe zum Billard.«

Susanne biss in ihr Franzbrötchen.

»Wie schmeckt es Ihnen?«, fragte sie.

»Nicht schlecht.«

»Haben Ihre Kumpels denn Arbeit?«

»Einer macht 'ne Ausbildung zum Kfz-Mechaniker, der hat Hauptschulabschluss.«

»Könnte das auch etwas für Sie sein? Es gibt nämlich auch die Möglichkeit, eine sogenannte überbetriebliche bzw. außerbetriebliche Ausbildung zu machen, dafür brauchen Sie keinen Schulabschluss. Die Ausbildung wird von Bildungsträgern übernommen, praktische Phasen wechseln mit Unterricht ab.«

»Vielleicht ist das zu schwer für mich.«

»Ich glaube nicht, schließlich hat niemand von den Auszubildenden dort einen Hauptschulabschluss, darauf stellen sich die Lehrer und Ausbilder ein.«

»Mal sehen.«

»Das Amt würde die Ausbildung bezahlen, und Sie bekommen einen Lohn wie die Azubis in der betrieblichen Ausbildung auch.«

»Nicht schlecht!«

»Wollen wir aufbrechen zur Tafel?«

Er zuckte mit den Schultern.

»Die Ausgabestelle liegt in Allermöhe. Das ist nicht gerade um die Ecke, hoffentlich geraten wir unterwegs in keinen Stau!«

Doch die Fahrt verlief glatt, nach kurzer Zeit erreichten sie die Halle in einem Gewerbegebiet.

Vor dem Eingang hatte sich eine kurze Schlange von Menschen mit leeren Einkaufskörben und -taschen gebildet.

Susanne sagte ihnen, dass sie dazugehörten, sie gingen nach vorn. Auf ihr Klopfen wurde nach längerer Wartezeit die Tür geöffnet,

Susanne erklärte ihr Anliegen.

Sie betraten die Halle, wo Paletten lagen, auf denen sich die Lebensmittel befanden. Helferinnen und Helfer verpackten die Waren in Kartons.

Susanne und Michael boten ihre Hilfe an und reihten sich ein.

Ihre Kartons füllten sich mit Brot, Obst und Gemüse, Joghurt, Milch, Kaffee, Tee, Mehl, Zucker, Konservendosen, Margarine, Eiern, Marmelade, Honig und Kuchen.

Schließlich gesellte sich die Leiterin zu ihnen und erzählte: »Wir arbeiten hier alle ehrenamtlich. Unser Fahrdienst klappert die Supermärkte ab und bringt uns Waren, die entweder kurz vor dem Verfallsdatum stehen oder voll reif sind. Wie Sie sehen, ist aber nichts verfault oder das Verfallsdatum überschritten.«

»Stimmt, die Lebensmittel unterscheiden sich eigentlich nicht von dem, was man überall kaufen kann.«

»Und kriegt hier jeder was?«, fragte Michael Schmidt.

»Im Prinzip schon«, sagte die Leiterin. »Wir lassen uns die Bescheinigung zeigen von der Agentur für Arbeit, bzw. vom Sozialamt oder den Rentenausweis.«

»Dann gehe ich mal einkaufen. Hier ist mein Arbeitslosen-Ausweis.«

Sie lächelte. »Nehmen Sie eine Tüte und suchen Sie sich etwas aus!«

»Ich nehme aber nicht viel, sonst sagen die zu Hause, ich hätte geklaut! Ich habe doch gar kein Geld zum Einkaufen.«

»Warum erklären Sie nicht einfach, woher Sie die Sachen haben, Herr Schmidt?«, fragte Susanne.

»Entweder sie glauben mir nicht, oder sie sind dagegen, dass ich hier etwas bekomme. Wir betteln nicht, sagen sie.«

»Nehmen Sie doch einfach, was Sie gern essen und heute noch schaffen! Vorräte brauchen Sie ja nicht anzulegen!«, schlug Susanne vor.

Er nahm eine Tüte und füllte sie mit Brötchen, Keksen und Bananen.

»Wir öffnen jetzt«, sagte die Leiterin und schloss die Tür auf.

Susanne war froh, wieder draußen zu sein.

Als sie im Auto saßen, sagte Michael Schmidt: »Komisch, dass wir in Allermöhe sind, weil mein Bruder angeblich hier seinen Einbruchsdiebstahl begangen hat, für den er in Untersuchungshaft sitzt. Alte Scherben und Schmuck aus Gräbern soll er geklaut haben! Dabei weiß doch jeder, dass man solche Ware schlecht verkaufen kann.«

»Wissen Sie, wo das gewesen sein soll?«

»Klar. Fahren wir doch einfach hin, es ist nicht weit. Ich zeige Ihnen den Weg.«

»Ich glaube, ich weiß ihn. Mein ermordeter Kollege hatte nämlich die Scheune gemietet, wo die Antiquitäten lagerten! Aber woher kennen Sie die denn so genau? Waren Sie bei dem Einbruch dabei?«

»Nein.«

»Na ja, wenn es so wäre, würden Sie es mir wohl kaum beichten.«

Unterwegs erzählte er: »Wie ich meinen Bruder kenne, hat er nicht seine ganze Beute auf einmal zum Hehler gebracht. Ich kann mir vorstellen, das Wertvollste ist noch irgendwo versteckt!«

»In einem Bankschließfach? Vergraben? Hier in der Nähe?«

»Weiß nicht.« Er lachte. »Vielleicht in der Sauschlucht, da kennt er sich gut aus.«

»Wo ist denn das, um Gottes Willen?«

»Bergedorfer Gehölz, das Wildschweingehege. Im Sommer haben wir als Kinder dort gespielt oder an der Bille, im Winter auf dem Doktorberg, wo die Rodelbahn ist.«

»Im Wildschweingehege ist unwahrscheinlich! Dort wühlen die Tiere so viel in der Erde, dabei kann das Vergrabene leicht wieder an die Oberfläche kommen. Das weiß doch ihr Bruder sicher.«

»Bestimmt. Ist egal, vielleicht wird er ja gar nicht verurteilt, oder auf Bewährung, dann kann er die Sachen aus dem Versteck holen und im Ausland verkaufen.«

»Sie wissen mehr als Sie verraten, glaube ich.«

Er schwieg.

Als sie bei der Scheune ankamen, war niemand zu sehen. Auf der Eingangstür klebte noch das Polizeisiegel.

Susanne stieg aus und schaute nach Spuren, die darauf hindeuteten, dass vor kurzem in der Nähe gegraben wurde. Doch es war nichts zu entdecken.

Dann sah einen kleinen Stein, der aussah wie von einem Lehmziegel abgerochen.

Sie steckte ihn schnell in ihre Jeanshosentasche und stieg wieder ins Auto.

»Auf geht's, zurück nach Bergedorf!«, sagte sie. »Ich setze Sie zu Hause ab.«

Unterwegs aß er die Bananen.

»Nächstes Mal fahre ich mit dem Bus nach Allermöhe«, sagte er. »Ich habe gefragt, sie suchen Praktikanten. Wenn ich den Lappen habe...«

»Welchen Lappen denn?«

»Den Führerschein natürlich! Ich kann dann manchmal den Wagen fahren, der die Lebensmittel abholt. So kriege ich Berufserfahrung als Fahrer, damit kann ich mich bei Firmen bewerben und ...«

»Große Pläne! Schritt für Schritt klappt das vielleicht!«

»Bestimmt werde ich irgendwann Chauffeur und fahre Mercedes.«

»Das ist doch mal ein Ziel!«

Als Susanne zurückkehrte in die Beratungswohnung, kam Brita ihr entgegen und umarmte sie.

»Wo bleibst du denn!«, rief sie. »Weißt du, wie spät es ist? Fast halb Sechs! Aber das ist jetzt egal, stell dir vor, es gibt gute Neuigkeiten: Erstmal sind unsere Jobs ein Jahr sicher, so wie sie jetzt sind. Dann werden die Stunden bei uns beiden reduziert, oder eine von uns geht in die Zentrale zum Arbeiten!«

»Hört sich gut an! Wem haben wir denn das zu verdanken?«

»Unser Chef hat es mit dem Amt ausgehandelt!«

»Toll! Vor uns liegt ein unbeschwertes Wochenende! Übrigens habe ich morgen abend eine Verabredung, rate mit wem?«

Brita lächelte. »Da brauche ich nicht zu raten, ich weiß es: mit dem Psychologen Wolfgang! Halb Bergedorf spricht darüber!«

Susanne lachte. »Schnick-schnack!«

»Jedenfalls weiß ich es von unserem Lalo Walter, er war heute Nachmittag hier. Vormittags hatte er es in der Suchtberatungsstelle gehört.«

Susanne lachte wieder. »Wie gut wir schon vernetzt sind! Ach, Brita, Hauptsache wir können wieder lachen! Womöglich fangen wir auch bald wieder an zu singen!«

Brita lächelte. »Übrigens will er nicht mehr Politker werden, sondern Gerüstbauer.«

»Prima, wenn er es schafft, trocken zu bleiben. Ansonsten lässt ihn wohl niemand auf ein Gerüst!«

»Auf in den Feierabend! Nimmst du mich im Auto mit?«

»Gern!«

Auf der Heimfahrt sangen sie.

Am Sonnabend genoss Susanne ihr Frühstück im Bett: zwei Scheiben Vollkornbrot mit Marmelade und Milchkaffee.

Sie las einen Vers von Rumi:

»Strebe danach, dass aus hundert Zweifeln

Neunzig werden.«

Susanne war froh, dass nur zehn Zweifel überwunden werden sollten. Aber wer wusste schon, wie lange das dauerte? Und hatte ein Mystiker vom Kaliber Rumis etwa selbst noch Zweifel?

Da fiel Susanne die Scherbe ein, die sie am Vortag gefunden hatte.

Eigentlich wollte sie die in ihren Schreibtisch legen, um sie am Montag zur Polizei zu bringen.

Vergessen!

Sie hoffte, dass sie sich nicht strafbar gemacht hatte. War das Diebstahl?

Dann fiel ihr ein, was sie in der Zeit mit ihrem Exfreund, der Jura studierte, über Diebstahl aufgeschnappt hatte: Wer eine fremde bewegliche Sache in der Absicht sie sich rechtswidrig anzueignen...

Susanne wollte den Stein nicht behalten, also war sie keine Diebin, hoffte sie.

Es könnte allerdings auch Unterschlagung sein, fing sie an zu grübeln, aber unterbrach die düsteren Gedanken bald und betrachtete die Scherbe genauer.

Sie versuchte, die eingeritzten arabischen Buchstaben zu lesen. Früher hatte sie Dari gelernt, um sich mit ihrem Meister in dieser Sprache unterhalten zu können. Weit war sie damit nicht gekommen, aber die Buchstaben, von denen viele mit den arabischen identisch waren, konnte sie immerhin lesen. Zusammen mit der Grammatik und ein paar hundert Vokabeln konnte sie sich auf Dari einigermaßen verständigen, aber der Meister ließ meistens lieber einen der amerikanischen Derwische übersetzen.

Von rechts gelesen, war der erste Teil des Wortes schwierig zu entziffern : s war noch einfach, dann kam waw ausgesprochen entweder o, u oder w, nun b mit einem Punkt unten, h, a, n ein Punkt oben:, s-o-b-h-a-n. Der zweite Teil war einfacher: a-l-l-a-h, also wohl der gesamte Ausdruck: sobhanallah, ein Wort aus dem Koran kam, Teil des Ritualgebets. »Lobpreis sei Gott« bedeutete es, wie Susanne wusste.

Sie freute sich, dieses besondere Stück das ganze Wochenende bei sich tragen zu können. Hoffentlich wurde der Wunsch nicht zu groß, es als Andenken zu behalten!

Susanne ging unter die Dusche und fragte sich, ob es ihr gelingen würde, die Scherbe nicht Wolfgang zu zeigen.

Als sie angezogen war, öffnete sie den Koran.

Drei verschiedene Übersetzungen, zwei ins Deutsche

und eine englische, hatte sie inzwischen von Sure 1 bis Sure 114 durchgelesen, inklusive Fußnoten. Aber immer wieder kam sie zurück zu Sure 1:

»Im Namen Gottes, des Gnädigen, des Barmherzigen
Lob sei Allah, dem Weltenherrn,
Dem Gnädigen, dem Barmherzigen,
Dem König am Tag des Gerichts!
Dir dienen wir, und zu Dir rufen um Hilfe wir;
Leite uns den rechten Pfad,
Den Pfad derer, denen Du gnädig bist,
Nicht derer, denen Du zürnst, und nicht den der Irrenden.«

Susanne fragte sich, ob sie schon auf dem rechten Pfad war oder zunächst noch dorthin gelangen musste.

Das würde sich wohl irgendwann herausstellen.

Erstmal ging sie den Weg zum Einkaufen auf dem Wochenmarkt am Goldbekufer, nur hundert Meter war der von ihrer Wohnung entfernt. Sie kaufte ihr Obst und Gemüse an einem Stand, der von einem Landwirt aus dem Alten Land betrieben wurde. Frische Karotten, Kartoffeln, Lauchzwiebeln, Weißkohl, Eier, Äpfel und Birnen wanderten in ihren Einkaufskorb.

Sie fand, der Stand war ein Glücksfall, weil der Händler Bio-Qualität anbot, also keine chemischen Spritzmittel verwendete, allerdings nicht damit werben durfte, weil sein Betrieb nicht die offizielle Anerkennung durch Bioland oder Demeter hatte. Das wäre ein langwieriges aufwändiges Verfahren, auf das er sich nicht einlassen wollte. So hatte Susanne das Glück, Bio-Qualität zu Preisen zu kaufen, die kaum höher waren als für herkömmliche Ware.

Auf dem Markt traf sie ihren früheren Kollegen Heiner, der in der Nähe wohnte. Seitdem sich seine Freundin von ihm getrennt hatte, war er wieder auf Brautschau. Er hatte kürzlich voller Hoffnung eine neue Beziehung begonnen.

»Hast du Zeit für einen Kaffee?«, fragte er. »Es gibt Neuigkeiten.«

»Klar! Ich bin am Wochenende in Hamburg, nicht bei meiner Mutter auf dem Land. Gehen wir ins Goldbekhaus?«

»Warum nicht? Vielleicht finden wir sogar einen Platz draußen am Goldbekkanal.«

Ein kleiner Tisch war noch frei.

Susanne sagte: »Dass der Kanal hier so schmal ist! Es können sich ja kaum zwei Paddelboote begegnen!«

Er erzählte aufgeregt, mit gedämpfter Stimme: »Silke und ich haben das letzte Wochenende zusammen verbracht, alles prima! So gut habe ich mich selten mit einer Frau verstanden, die ich gerade kennengelernt hatte. Aber stell dir mal vor, am Montag ruft sie mich an und macht Schluss mit mir!«

»Tut mir leid, das zu hören! Was für ein Schock für dich, oder? Hat sie gesagt, warum?«

»Nein, keine Begründung. Ich bin einfach fassungslos! Wenn ich sie anrufe, legt sie auf. Inzwischen habe ich eine gemeinsame Bekannte gebeten, mit ihr zu telefonieren. Doch Silke spricht nicht mit ihr. Stattdessen hat sie einen ihrer Bekannten gebeten, mich anzurufen. Aber nun ist es so ausgeartet, dass ihre Bekannten mit meinen Bekannten über uns telefonieren, trotzdem bin ich immer noch nicht schlauer. Sie hat nur gesagt, dass sie zu ihrem Ex zurückgegangen ist, der ist Therapeut, und er versteht sie. Sagt sie.«

»Könnte es sein, dass sie dich nur benutzt hat, um für ihn wieder interessanter zu sein?«

»Ich habe so etwas noch nie erlebt! Habe ich etwas falsch gemacht?«

»Wahrscheinlich nicht, sonst hätte sie dir das bestimmt aufs Butterbrot geschmiert! Merkwürdig, dass Bekannte stellvertretend für das Paar einen Trennungskonflikt austragen! Meinst du, es gibt noch eine Chance?«

»Es war doch gar nichts los! Sie muss zu mir zurückkommen!«

»Vielleicht passiert das ja!«

Als sie sich verabschiedeten, schlug Susanne vor, dass sie sich am nächsten Tag zusammen um die Außeralster laufen könnten.

»Am besten dann, wenn nicht so viele Sonntagsspaziergänger unterwegs sind«, meinte sie, »am späten Vormittag ist es manchmal brechend voll, macht keinen Spaß.«

»Von Spaß ist aktuell sowieso nicht die Rede in meinem Leben! Wenn Silke mich allerdings treffen will, würde ich lieber mit ihr...«, sagte er. »Entschuldige, aber ...«

»Ich verstehe schon. Passt fünf Uhr nachmittags?«

»Ja, unter Vorbehalt.«

»Mensch, ist doch klar!«

Susanne ging nach Hause. Auf ihrem Anrufbeantworter war eine Nachricht von Wolfgang: Er musste die Verabredung absagen, es ging ihm nicht gut.

»Vielleicht die Sommerseuche«, meinte er.

Susanne fragte sich, ob er wirklich krank war.

11. Kapitel

»Und wie war das Rendevous? Loderten die Flammen?«, fragte Brita gespannt.

»Höchstens die Fieberflammen bei ihm. Er hat angerufen und abgesagt. Du, Brita, ich muss jetzt sofort zur Polizei, um etwas abzugeben.«

»Was denn?«

»Am Freitag war ich noch mit Michael Schmidt kurz bei der Scheune in Allermöhe, die Bergedorfer Tafel ist dort in der Nähe. Ich habe draußen eine kleine Tonscherbe gefunden mit arabischen Buchstaben. Erst zu Hause fiel mir wieder ein, dass ich sie eingesteckt hatte. Nun möchte ich die zur Polizei bringen.«

»Zeig doch mal!«

Susanne wickelte die Scherbe aus dem Papiertaschetuch.

»Die Buchstaben sind ›s-o-b-h-a-n-a-l-l-a-h‹, es bedeutet ›Lobpreis sei Gott‹«, sagte sie.

»Susanne, ich höre mir das nicht an!«, rief Brita. »Du übersetzt einfach Allah mit ›Gott‹, das kannst du doch nicht machen! Im Namen von Allah werden in den islamischen Ländern Ehebrecherinnen und Homosexuelle zum Tode verurteilt! Heißt du das gut?«

»Nee, natürlich nicht! Aber ich muss es auch gar nicht gutheißen! Im Koran steht jedenfalls nichts davon. sondern am Anfang von Sure 24 wird erwähnt, dass der Ehebrecher und die Ehebrecherin jeweils 100 Stockhiebe als Strafe erhalten sollen. Das war im 5. Jahrhundert eben die Strafe in der arabischen Welt! In Deutschland darf das Gott sei Dank nicht praktiziert werden, es wäre Körperverletzung. Die Muslime müssen das deutsche Recht respektieren!«

»Siehst du, deine Religion passt nicht in den Westen!«

»Doch, sie passt! Im Alten Testament stehen auch drakonische Strafen, und niemand sagt, das Judentum passe nicht in den Westen. Während Jesus Lebzeiten herrschte das römische Recht, Kreuzigungen waren an der Tagesordnung. Der Koran ist mehr als 1400 Jahre alt. Wie sah es denn in im heutigen Deutschland noch im 16. und 17. Jahrhundert aus? Die Scheiterhaufen loderten, Straftäter wurden als Ehrenstafe an den Pranger gestellt, Folter war an der Tagesordnung! Die Prügelstrafe wurde erst im 19. Jahrhundert abgeschafft, die Nazis führten sie dann wieder ein...«

»Ja, aber das ist inzwischen Vergangenheit, während in islamischen Ländern heutzutage immer noch Steinigungen, Prügel, Enthauptungen z.B. wegen Ehebruch durchgeführt werden. Das ist doch empörend!«

»Ich finde es auch empörend, aber es wird leider praktiziert, in Saudi Arabien usw.. Die Todesstrafe bei Ehebruch ist jedoch nicht durch den Koran legitimiert. Sie ist unislamisch. Aber ich will nun gehen, wir können später weiter diskutieren. Der Herr Polizeioberkommissar Otterbein erwartet mich, ich habe gestern bei der Polizei angerufen. Natürlich war er am Sonntag nicht da, aber ich hoffe, man hat ihm ausgerichtet, dass ich heute Vormittag komme.«

»Du gehst zum Chefermittler persönlich?«

»Ja, er hat uns ja damals nach dem Tod von Dietmar befragt.«

»Ich erinnere mich natürlich an den Namen.«

»Hoher Wiedererkennungswert! Meine Mutter hatte mal eine Freundin, die hieß Ziegenbein. Also tschüs, bis später.«

»Soll ich lieber mitkommen?«

»Nicht nötig, ich bin bald wieder da.«

Susanne fuhr mit ihrem Auto zum Polizeikommissariat.

Am Eingang stellte sie sich vor und fragte nach Herrn Otterbein.

»Der Herr Polizeioberkommissar erwartet Sie. Ich bringe Sie zu ihm«, sagte der junge Beamte am Tresen.

»Danke.«

Susanne lächelte, er blieb ernst.

Herr Otterbein fragte höflich nach ihrem Anliegen, sie reichte ihm die Scherbe.

»Die habe ich in Allermöhe gefunden«, sagte Susanne.

»Wohnen Sie dort?«

»Nein. Ich weiß nicht, ob Sie sich an mich erinnern, ich bin eine Kollegin von Dietmar Funke, dem Mordopfer.«

»Ich bin im Bilde. Warum haben Sie sich bei der Scheune aufgehalten? Wussten Sie, dass die an Herrn Funke vermietet war?«

»Ja. Das haben wir bald nach seinem Tod erfahren. Sie verstehen sicherlich, wie sehr mich das Verbrechen erschüttert hat und dass es mich beruhigen würde, wenn der Täter endlich gefasst ist.«

»Oder die Täterin. Also wollten Sie die Polizei unterstützen? Auch wenn Sie uns dabei ins Handwerk pfuschen?«

»Hören Sie mal! Ich habe diese Scherbe außerhalb der Scheune gefunden, und nun liefere ich sie hier ab. Störe ich damit etwa Ihre Ermittlungen?«

»Warum sind Sie zur Scheune gefahren?«

»Ich war auf dem Rückweg von der Bergedorfer Tafel zu unserer Beratungsstelle. Hat man übrigens schon die Mordwaffe gefunden?«

»Wie kommen Sie darauf, dass ich Ihnen das erzählen würde?«

Susanne seufzte.

»Kennen Sie Frau Funke?«, fragte er.

»Lydia Funke, seine Tochter? Ja.«

»Ich meinte Jamila Funke, seine Ehefrau.«

»Die habe ich auf seiner Beerdigung kennengelernt.«

»Sie war hier und hat uns berichtet, was sie in der Scheune gefunden hat, sie und ihr Partner Ahmed Jafari sind sehr kooperativ. Wir hoffen, die beiden führen uns zum Täter.«

»Oder der Täterin?«

»Das ist unwahrscheinlich, Messer werden eher von Männern benutzt, Frauen bevorzugen Gift o.dgl.«

»Sie schließen also seine Witwe als Verdächtige aus? Herr Jafari kann es auch nicht gewesen sein, Jamila und Ahmed haben sich ja erst auf der Beerdigung von Dietmar Funke zum ersten Mal gesehen.Vorher wusste doch Jamila gar nichts über den Handel ihres Mannes mit geschmuggelten Antiquitäten.«

Er faltete die Hände. »Sind Sie da so sicher? Vielleicht war es ganz anders?«

»Wollen Sie damit andeuten, dass die beiden sich schon vorher kannten? Und vielleicht sogar das Tötungsdelikt zusammen geplant und ausgeführt haben? Das kann nicht sein!«

»Ich deute gar nichts an! Die Beweislage in dem Fall ist nicht berauschend, aber es gibt einige Hinweise. Sie werden es schon erraten haben: Nein, ich gebe nichts davon an Sie weiter! Ich ärgere mich schon genug, dass Sie mir Informationen über die Mordwaffe entlockt haben! Es ist Täterwissen. Sie als Neunmalkluge wissen doch wohl, dass wir damit manchmal Täter überführen können.«

»Was kann es denn schaden, wenn Sie mir von der

Tatwaffe erzählen? Ich scheide doch wohl als Täterin aus? Natürlich würde ich nicht weitererzählen, wo die Mordwaffe gefunden wurde und wie sie aussah.«

»Sie lesen wohl zu viele Krimis? ›Tötungsdelikt‹, ›Spuren‹. Aber es ist inzwischen leider ein offenes Geheimnis, dass auf dem gefundenen Messer im Papierkorb auf dem Amtsflur das Blut von Herrn Funke war. Es handelt sich um ein Taschenmesser mit versenkbarer Klinge, die ist 8 cm lang, also im Bereich der erlaubten Länge.«

»Wie lang ist denn maximal erlaubt?«

»Ein Messer darf man außerhalb des eigenen Hauses mit sich herumtragen, wenn die Klinge unter 12 cm lang ist.«

Er schaute in seinen Ordner. »Dieses war von guter Qualität, Kosten ca. 100 DM, der Griff besteht aus Aluminium. Geöffnet wird es mit einem Druckknopf, also kann man es ganz gut zunächst verbergen und dann blitzschnell mit einer Hand öffnen. Leider waren keine Fingerabdrücke drauf.«

Susanne überlegte. »Es muss eine geplante Tat gewesen sein! Ich meine, wenn der Täter ein Messer mitbrachte und Handschuhe getragen hat, im Sommer. Hallo!«

»Handschuhe haben wir nicht gefunden, weder im Amt, noch in der Scheune.«

»Vielleicht waren es Gummihandschuhe? Die könnte man einfach unter Wasser halten und später unauffällig entsorgen.«

»Das ist eine Möglichkeit. Sie haben beim Krimilesen gut aufgepasst.«

»Danke für das Kompliment! Mich würde noch interessieren, wie die Lage allgemein ist mit dem Antikenschmuggel in Hamburg. Ist das eine Hochburg hier?

Wurde schon anderes Schmuggelgut gefunden? Falls ja, nur aus dem Orient oder auch aus China?«

Er stand auf. »Nun reicht es aber! Sie sind mir zu neugierig! Auf Wiedersehen.«

Susanne reichte ihm die Hand. »Schon gut, werfen Sie mich ruhig 'raus! Also tschüs. Ich wollte nur ein bisschen helfen.«

»Sie helfen uns am meisten, wenn Sie sich nicht in die Ermittlungen einmischen.«

Sie lächelte. »Ich verstehe, Sie meinen, dass ich Ihnen die Aufklärung der Tat ruhig zutrauen kann.«

»Genau! Sie können in Ruhe Lalos beraten oder im Naturschutzgebiet Billetal spazierengehen!Wenn Sie Glück haben, sehen Sie sogar einen Eisvogel.«

»Hört sich verlockend an!«

Susanne wäre gern an der an der Bille spazieren gegangen, aber sie fuhr langsam zurück in die Beratungswohnung.

Unterwegs fragte sie sich, ob Jamila und Ahmed vor dem Polizeibesuch einen Gutteil des Geldes und der Antiquitäten aus der Scheune entfernt und versteckt hatten.

Brita war am Telefon, als sie die Tür aufschloss.

»Sie kommt gerade zurück«, sagte sie. »Ich stell das Gespräch auf ihren Apparat.«

»Hallo«, sagte Michael Schmidt. »Wie geht's?«

»Schön, dass du anrufst! Mir geht es hervorragend. Und dir? Bist du wieder gesund?«

»Ja. Ich habe das gesamte Wochenende mit einer Migräne im Bett verbracht bei zugezogenen Vorhängen.«

»Tut mir leid, das zu hören. Kennst du eine Silke?«

»Als ich im Kindergarten war, gab es eine Silke. Warum fragst du?«

»Mein Nachbar wurde von seiner Freundin für einen Psychologen verlassen. Das warst nicht zufällig du?«

»Susanne, in Hamburg gibt es tausende Psychologen, bundesweit zig-tausende.«

»Am Wochenende habe ich diese Geschichte gehört mit der Silke, ich war unsicher, ob das wirklich ein Zufall sein konnte. Als du unsere Verabredung absagtest, ...«

»Du hörst wohl die Flöhe husten! Ich schwöre, dass ich mit keiner Silke das Wochenende verbracht habe. Auch nicht mit einer Person anderen Namens. Also, ich wollte dich fragen, ob du Lust hast, mit mir in der Mittagspause spazieren zu gehen. Frische Luft tut mir immer sehr gut nach so einer Migräne-Attacke.«

»Ich begleite dich gern. Kennst du den Wanderweg im Billetal?«

»Am Rande des Bergedorfer Gehölzes? Klar, ich bin hier aufgewachsen. Wann soll ich dich abholen, ich habe meinen letzten Vormittagstermin um 12 Uhr?«

»Dann komm doch einfach danach! Fahren wir mit dem Auto?«

»Ja, mit meinem.«

»Ich freue mich darauf! Bis denn!«

»Tschüs.«

Susanne legte auf.

»Kaffee, Brita?«

»Gerne.«

Susanne ging in die Küche.

»Kein Fieber bei Wolfgang, sondern Migräne, Brita! Er ist wieder wohlauf, wir gehen heute in der Mittagspause spazieren. Insch'allah.«

»Es bleibt also spannend zwischen euch! Anders als bei Friedhelm und mir, das ist vorbei. Er ruft nicht an und wimmelt mich ab, wenn ich mit ihm reden will.«

»Was hattet ihr denn, als es noch aktuell war?«, wollte Susanne wissen. »Ich fand euer Verhältnis undurchschaubar.«

»Ich mochte ihn und war froh, dass ich drüben im Amt einen Ansprechpartner hatte. Dadurch habe ich mich dort nicht so unsicher gefühlt.«

»Also, keine große oder kleine Affäre, nicht mal Verliebtheit? Immerhin sieht er wirklich gut aus, sicherlich finden ihn viele Frauen attraktiv.«

»Mir liegt nichts am Fremdgehen! Das führt doch nur zu Problemen und schlimmstenfalls zu zerstörten Familien.«

»Brita, ich wundere mich nur: Wenn ihr sowieso keine erotische Beziehung hattet, warum ist dann euer Kontakt abgebrochen?«

»Vielleicht hat er sich ausgenutzt gefühlt?«

»Wieso denn? Was hast du denn von ihm bekommen, wofür er gern eine Gegenleistung gehabt hätte? Ich finde jedenfalls, er schuldet dir eine Antwort auf diese Fragen.«

»Möglicherweise hat es gar nichts mit mir zu tun. Seine Frau könnte z.B. verlangt haben, dass er sich mehr um sie kümmert. Oder ...ach, ich weiß nicht.«

Brita wirkte ratlos.

»Da muss ich dir eine Geschichte von einem Kollegen erzählen: Er war frisch verliebt und dachte Tag und Nacht an seine Freundin. Eines Abends kam er zu einer Verabredung mit ihr, sie war ungewöhnlich reserviert. Im Laufe des Gesprächs erzählte sie, dass sie vormittags auf dem Wochenmarkt gewesen war. Dort habe sie ihn gesehen und ihm zugewunken, aber er sei grußlos an ihr vorbeigegangen. Sie wünsche eine Erklärung. Er sagte verblüfft: ›Ich habe den ganzen

Tag an dich gedacht, und auch jede Minute auf dem Wochenmarkt.‹ Da mussten sie lachen und verstanden, dass seine Fantasie für ihn realer war als die Wirklichkeit.«

»Irre Geschichte!«

»Ich meine, hoffentlich erfährst du irgendwann, was sich für ihn verändert hat, so etwas macht einen doch unruhig.«

Brita zuckte die Achseln.

Es klingelte.

Susanne ging zum Fenster.

»Unten steht Herr Tollkühn«, sagte sie erschrocken. »Was kann er wollen?«

»Bestimmt muss er gelegentlich mal kontrollieren, ob wir überhaupt arbeiten.«

»Er bekommt doch unsere Berichte über die einzelnen Lalos zu lesen.«

»Die könnten ja getürkt sein. Wollen wir schnell einige Lalos anrufen, dass sie sich auf den Weg zu uns machen sollen?«

»Susanne, lass uns doch erstmal hören, was er will!«

Susanne betätigte den Summer und öffnete die Tür.

»Guten Tag. Willkommen!«, sagte sie. »Sie haben Glück, wir stehen Ihnen vollumfänglich zur Verfügung, die nächsten Beratungen sind erst nachmittags. Wie wäre es mit einem Kaffee oder Tee? Schönes Sakko haben Sie an!«

»Ich bin aus dienstlichen Gründen hier, weil ich mich um eine Beschwerde kümmern muss.«

»Wer hat sich denn über uns beschwert?«, fragte Brita erschrocken.

»Ein Ralf König.«

»Ach so, der psychisch kranke Arbeitslose aus der

Reha-Abteilung! Hat er das schriftlich gemacht? Was haben wir denn verbrochen?«, fragte Susanne.

»Beschwerden nehmen wir hier sehr ernst. Es findet auf jeden Fall eine Untersuchng statt, wir lassen nichts unter den Tisch fallen.«

»Na klar. Wie läuft das, sollten wir schriftlich Stellung nehmen?«

»Sie brauchen keine Angst zu haben!«, beruhigte Herr Tollkühn.

»Angst? Da müssen wir erstmal wissen, was uns vorgeworfen wird?«, rief Brita.

»Sie sollen Gespräche über seine Privatangelegenheiten in Diensträumen geführt haben. Er hat es vom Flur aus gehört.«

»Ich erinnere mich an die Situation: Er hat alles auf sich bezogen, was wir sagten. Das haben wir zwar richtiggestellt, aber nun versucht er trotzdem, uns einen Strick zu drehen! Der Arme! Was sich in seinem Kopf so abspielt, muss echt destruktiv sein. Aber nicht nur die Kranken haben Rechte, die Gesunden auch. Auf jeden Fall schreiben wir eine Gegendarstellung!«

»Wir brauchen es ja nicht an die große Glocke zu hängen«, sagte Herr Tollkühn mit gedämpfter Stimme. »Ich bin extra hergekommen, damit drüben kein Klatsch entsteht.«

»Danke.«

Das Telefon klingelte. Susanne war froh, Herr Tollkühn würde sie bei der Arbeit erleben!

»Guten Morgen, Frau Abiola«, sagte sie und lauschte.

»Oh, Sie haben einen Marktplatz zugesichert bekommen, ohne Wartezeit! Da werden Sie eigenes Geld verdienen, was die öffentlichen Kassen entlastet.«

»Ein Tropfen auf den heißen Stein!«, sagter Herr Tollkühn verächtlich, als sie den Hörer auflegte. »Da müssen Sie sich wirklich mehr anstrengen, um uns im Amt zu beeindrucken!«

Er verließ den Raum ohne Abschiedsgruß.

»Ich finde, wir sind wichtig genug! Und wir werden es beweisen!«, rief Susanne.

»Du hast keine Chance, aber nutze sie«, sagte Brita.

»Ob seine Jacketts und Hosen wohl maßgeschneidert sind?«, fragte sich Susanne. »Jedenfalls sitzen sie perfekt und die Qualität könnte kaum besser sein.«

Sie arbeiteten eine Stunde an den Berichten.

Dann klingelt es.

»Oh, jetzt werde ich wirklich nervös«, bemerkte Susanne. »Wie das wohl wird an der Bille?«

»Gibt es da nicht ein Hamburger Lied: ›An de Alster, an de Elbe, an de Bill, da kann jeder einer machen was er will‹? Das hört sich doch verheißungsvoll an für ein Rendevous! Aber sicherlich wird es nicht ganz so aufregend, wie es sein könnte!«

»Wie meinst du das?«

»Kein Sex in der Heuscheune, und kein Sex an der Bille!«, meinte Brita.

Susanne lachte. »Jedenfalls nicht mit mir heute.«

Als sie mit Michael auf dem Wanderweg im Bergedorfer Gehölz an der Bille lief, kam es ihr vor wie das Paradies.

»Was für ein Anblick, dieses skurrile Totholz überall! Wie in einem magischen Wald mit vielen weißen Schmetterlingen, die ich noch nirgendwo sonst gesehen habe!«

»Das sind Rapsweißlinge.«

»Gut zu wissen! Man hört den Specht, den Kuckuck, Amseln, wusstest du, dass Amsel und Drossel ein und derselbe Vogel ist? Die zwei Namen sind verwirrend, auch dem Textdichter in dem Lied ›Amsel, Drossel, Fink und Star und die ganze Vogelschar‹ war das wohl nicht bekannt.«

»Interessant, die Vögel singen nur vor der Brutzeit, am Beginn des Frühlings bis Ende Juli. Eigentlich trällern nur die Männchen, und zwar um Weibchen anzulocken und ihr Revier abzustecken.«

»Wenn wir auch noch einen Eisvogel sehen, flippe‹ ich aus vor Begeisterung!«, sagte Susanne aufgeregt. »Die Bäume hängen ja an vielen Stellen über die Bille, gute Plätze für Eisvögel.«

»Susanne, ich erlebe dich hier ganz anders als sonst zwischen Wänden umd Mauern. Du bist ja eine Natur-Enthusiastin!«

»Stimmt, ich fühle mich immer wie befreit zwischen Bäumen und Blumen, guck mal, so viel Springkraut! Aber wenn du etwas anderes besprechen möchtest, bin ich gern dabei.«

»Bist du eigentlich Single?«

»Ja. Und du?«

»Auch. Ich möchte gern mit dir auf der Wiese liegen.«

»Nee, is nich. Erst in drei Monaten.«

Er lachte. »Das hört sich an wie ein Witz, schließlich schreiben wir das Jahr 1995! Aber du scheinst es ernst zu meinen ... Oder?«

»Durchaus. Wenn wir zusammenkommen und -bleiben wollen, wird sich das ja nach einigen Monaten herausgestellt haben.« Susanne lächelte. »Die Zeit kann schnell vergehen.«

»Das muss ich erst verdauen! Wir gehen mal zur Fuchswiese, da haben wir einen schönen Blick über das Billetal. Es gibt hier im Naturschutzgebiet auch einige Hügel, z.B. den Fuchsberg und den Doktorberg, Bewohner der Alpen würden natürlich lachen über den Ausdruck ›Berg‹.«

»Stimmt. Als ich mal im Allgäu war, habe ich zuerst immer gedacht, dass dunkle Wolken am Himmel waren. In Wirklichkeit handelte es sich um die Berge, die den Blick auf die Landschaft versperrten. Schon schön, aber ich möchte da auf keinen Fall immer leben.«

»Meine Mittagspause ist bald zuende, wir sollten zurück.«

»Vertreibung aus dem Paradies!«

»Sicherlich nicht für immer.«

Als Susanne zurückkam, waren Jamila und Leyla zu Gast.

Sie setzte sich zu ihnen.

Jamila hatte eine Anstellung als Küchenhilfe in einer Kantine gefunden. Sie freute sich darauf, im nächsten Monat anzufangen.

»Ich bleibe dann nachmittags in der Schule«, erzählte Leyla.

»Prima! Und wie geht es Herrn Jafari?«

»Gut«, sagte Leyla. »Wir heiraten ihn bald.«

»Ich gratuliere! Eigentlich heiratet ihn allerdings nur deine Mutter, und du wirst seine Stieftochter.«

»Ich bekomme auch zwei Brüder. Aber das sind keine Babies.«

»Alles Gute für diese große Familie!«, wünschte Susanne. »Ich habe übrigens noch eine Frage, Jamila: Im Büro Ihres Mannes hing ein großes Lebkuchenherz an der Wand, mit Zuckerguss stand ›Schatzi‹ darauf. Wissen Sie, woher er das hatte?«

»Wir waren zusammen auf dem Sommerdom, da hat er zwei Herzen gekauft, ein kleines für Leyla und das große für mich. Meine Tochter hat ihrs sofort aufgegessen und wollte am liebsten mit meinem weitermachen.«

»So gut schmeckte es dir, Leyla?« fragte Susanne lächelnd.

»Ja«, antwortete die.

»Mein Mann hat das Herz mit zur Arbeit genommen, damit Leyla es nicht mehr sieht. Sonst hättest du mich ständig genevt, weil du etwas davon essen möchtest, meine liebe Tochter!«

»Mama, warum hast du zu mir gesagt, Dietmar will das große Herz zum Dom zurückbringen, weil es komisch riecht? War es wirklich schlecht?«

»Oh je, Leyla, wie peinlich für mich! Du hast mich bei einer Unwahrheit ertappt! Bitte, mach es besser als ich, bleibe bei der Wahrheit.«

»Ah, nun haben wir die Erklärung für den ungewöhnlichen Wandschmuck«, sagte Susanne lächelnd.

Jamila stand auf. »Wir verabschieden uns. Übrigens habe ich im Amt vorhin auf dem Flur Herrn Tollkühn gesehen. Ich wusste gar nicht, dass er hier arbeitet, weil ich ihn nur als Bekannten meines verstorbenen Mannes kenne. Er war zweimal bei uns zum Abendessen, weil er so gern orientalische Küche isst, sagte mein Mann. Die beiden haben nach dem Essen noch lange auf dem Balkon gestanden und geraucht. Sie sind Geschäftspartner gewesen, importierten irgendwas.«

»Vielleicht Antiquitäten aus dem Orient?«

»Die sie dann in der Scheune lagerten? Kann sein. Jedenfalls waren die beiden schließlich zerstritten, Dietmar wollte ihn nicht mehr einladen, so wütend war er.«

»Haben Sie das der Polizei gesagt?«

Jamila sagte: »Nein, das kann ja nichts mit dem Ver

brechen zun tun haben. Komisch, Herr Tollkühn hat vorhin kaum auf meinen Gruß geantwortet. Na ja, ich habe sowieso Pläne, für die ich in Zukunft die Agentur für Arbeit nicht mehr brauche. Ich arbeite nämlich in der Detektei meines zukünftigen Mannes mit. Leyla, mein Schatz, wir gehen.«

»Gut, Mama.«

Susanne winkte.

Zu Brita sagte sie: »Weißt du, ich habe langsam Herrn Tollkühn in Verdacht, etwas mit dem Tod unseres Kollegen zu tun zu haben. Hat Friedhelm vielleicht mal Gerüchte im Amt über etwaige Laster seines Chefs erwähnt?«

»Nein. Ich weiß nur, dass Herr Tollkühn manchmal zur Entspannung in Casinos auf der Reeperbahn geht. Falls er das öfter macht, kann es natürlich richtig ins Geld gehen! Casinobesuche, teure Kleidung und vielleicht käuflicher Sex? Aber das sind alles nur Spekulationen!«

»Brita, wir sollten nach Beweisen suchen! Worum ging wohl der erbitterte Streit der beiden? Um Geld?«

»Streit um die Finanzen kann man doch wirklich anders lösen! Mein Mann und ich streiten uns auch manchmal, aber wir gehen uns doch nicht mit dem Messer an die Kehle!«

»Es könnte doch so gewesen sein: Sie haben fifty-fifty vereinbart, aber sie brauchten beide mehr. Dietmar hat verlangt, dass er eine Anstellung im Amt bekommt, vielleicht war sogar Bestechung im Spiel. Die Konflikte eskalierten trotzdem, schließlich befürchtete Herr Tollkühn, dass sein Doppelleben auffliegen würde, und er drehte durch. Mit seinem Klappmesser in der Tasche stürmte er in das Beratungszimmer und verlangte Geld von Dietmar. Sicherlich wusste er auch, dass noch Geld im Heu versteckt war. Aber er biss auf Granit. Schließlich wurde Herr Tollkühn fuchsteufelswild, holte sein Messer heraus und schnitt ihm die Kehle durch«, sagte Susanne eifrig.

»Schaurig! Man mag es sich gar nicht vorstellen! Aber wo sind die Beweise? Er muss doch Blutflecken an seiner Kleidung gehabt haben?«

»Tollkühns Büro lag ja schräg gegenüber von Dietmars, da konnte er schnell 'rüberhuschen. Sein Schrank hängt voller Kleidung zum Wechseln. Das wissen wir von Lydia Funke.«

»Stimmt, aber Susanne ...«

»A pro pos, er muss Handschuhe getragen haben, auf dem Messer waren keine Fingerabdrücke. Das bedeutet, auf seinen Handschuhen sollten Blutspuren zu finden sein. Ich meine, er hat sie wahrscheinlich abgewaschen, aber die Polizei verfügt trotzdem über Möglichkeiten, mit Luminol Spuren nachzuweisen. Das weiß ich aus Kriminalromanen. Wir sollten Nachforschungen anstellen, dafür müssen wir in sein Büro.«

»Susanne, lass den Quatsch! Außerdem ist das Zimmer von Herrn Tollkühn bestimmt abgeschlossen.«

»Ich kann mir von meinem Hausmeister in Winterhude einen Dietrich leihen.«

»Ob du mit dem umgehen könntest? Und glaubst du im Ernst, man kommt so leicht an Luminol heran?«

»Ich habe gelesen, das gibt es schon seit dem 19. Jahrhundert.«

»Susanne! Geh doch einfach den üblichen Weg! Du rufst Kommissar Otterbein an und berichtest ihm, dass Herr Tollkühn und das Mordopfer Geschäftspartner waren. Und wie konfliktreich die Partnerschaft wurde!

Wie wäre das? So geht es dann seinen Gang, inklusive Luminoluntersuchung der Kleidung.«

Susanne seufzte. »Es ist bestimmt am besten so. Der Kommissar sollte nur Herrn Tollkühn nicht sagen, dass er die Information von mir hat. Das gäbe Ärger! Vielleicht murkst er mich sogar ab. Zumindest wirft er mich raus, falls er doch nicht der Täter ist!«

»Bitte Herrn Otterbein doch einfach, die Quelle der Informationen geheimzuhalten! Übrigens habe ich mit Friedhelm gesprochen. Er sagte, seine Frau sei schwanger. Es ist eine Problemschwangerschaft, und er möchte sich völlig seiner Familie widmen in dieser Situation. Darum ist er in letzter Zeit auf Distanz gegangen.«

»Klasse! Richtig verantwortungsvoll! Nicht so wie bei mir damals: Ehebruch, Betrug, Lügen! Die Gefahr, dass seine Familie zerbricht! Letztlich bin nur ich selbst zerbrochen, habe einen Knacks fürs Leben davongetragen. Ich war Täterin und Opfer gleichzeitig. Und ich bin nicht die einzige! Letzlich akzeptiere ich diese dreimonatige Kennenlernzeit vor einer intimen Beziehung deshalb ganz gern, weil sie meistens äußerst schmerzliche Emotionen verhindert.«

»Susanne, es war nie die Rede von einer Beziehung zwischen Friedhelm und mir!«

»Hoffentlich weiß Friedhelms Frau, was sie an ihm hat!«

»Bestimmt. Ach Susanne, so wie du sehen es nur wenige Menschen im Westen in der modernen Welt. Macht dich das nicht einsam? Ich meine, werden die Männer, die für dich interessant sind, sich nicht lieber nach einer anderen Frau umschauen, einer mit zeitgemäßeren Moralvorstellungen? Einer, die ihm keine monatelange Wartezeit aufzwingt?«

»Wahrscheinlich. Trotzdem versuche ich eben, einen für mich gangbaren Weg zu finden zwischen meinem Leben als emanzipierte Frau und den Anforderungen meiner Religion. Und ich hoffe, dass mir der Weg zu den selbsternannten Ehevermittlerinnen in den Moscheen erspart bleibt.«

»Viel Glück!«

»Vielleicht bleibe ich doch lieber Single! Mal sehen, was Gott mit mir vorhat.«

12. Kapitel

»Guten Morgen, Brita.«

»Morgen, Susanne. Du bist hoffentlich ohne Dietrich hier?«

»Mach dir keine Sorgen! Ich rufe einfach den Kommissar an, und dann überlasse ich alles weitere ihm.«

Es klingelte.

Walter Freund und Georg Weber standen vor der Tür.

»Wissen Sie was, ich bin immer noch trocken!«

»Gratuliere, Herr Weber!«

Susanne freute sich.

»Ich hab mir einen gebrannt, na und!«, rief Walter Freund. »Trotzdem bin ich nicht weniger wert als du, Georg.«

»Natürlich nicht«, sagte Brita. »Wann war denn das mit dem Rückfall?«

»Gestern.«

»Dann fangen Sie einfach heute neu an, das erste Glas stehen zu lassen!«, schlug Susanne vor.

»Was nützt mir das, wenn ich das erste stehen lasse und einfach das zweite daneben austrinke!«

Susanne lachte.

»So ist das eigentlich nicht gemeint! Aber wenn Sie es so sehen, sollten Sie lieber alle vollen Gläser stehen lassen und alle anderen mit Alkohol darin, halbvolle, viertelvolle usw..«

»Nehmen Sie es nicht so schwer!«, versuchte Brita zu trösten. »Notfalls kann der Arzt Sie in ein Krankenhaus einweisen, wo unter ärztlicher Aufsicht eine Entgiftung durchgeführt wird.«

»In einer Suchtklinik dürfen Sie in den ersten zwei

Wochen die Station nicht verlassen, also können Sie gar nicht rückfällig werden. Wenn Sie ankommen, wird Ihr Gepäck durchsucht, etwas hineinschmuggeln geht nicht.«

»Hört sich schlimm an! Als ob ich ein Verbrecher wäre!«

»Haben Sie inzwischen einen Paten bei den AA?«

»Ja, mit dem kann ich über alles sprechen, so wie hier. Ich gehe auch mit ihm zu den Versammlungen.«

»Prima! Ihr Pate könnte Sie begleiten, wenn Sie in die Klinik müssten.

Er wartet dann draußen, bis Sie mit dem Arztgespräch fertig sind. Und er kommt manchmal an den Besuchstagen.«

»Das wäre gut, ich kann es nämlich schlecht aushalten, wenn niemand bei mir ist im Krankenhaus! Dann fällt mir immer ein, wie allein ich als kleiner Junge war.«

»Alles klar! Wie sagt Jesus so schön: ›Selig sind die Leidtragenden, denn sie sollen getröstet werden‹«, sagte Susanne. »Übrigens habe ich gestern eine Fernsehsendung gesehen über einen jungen Mann, der nur noch höchstens einen Monat zu leben hat. Er sagte: ›Jesus und ich machen alles zusammen, wir waren zusammen bei den Chemos, bei den Untersuchungen, bei den Arztgesprächen. Auch wenn ich sterbe, ist er dabei.‹ Ist das nicht toll?«

»Falls man es glauben kann! Mir reicht es aber schon, dass mein Pate mitkommt!«

Brita meinte: »Du zitierst Jesus, Susanne!«

»Ich könnte auch ›Highlander‹ zitieren: Es kann nur einen geben. Nämlich einen Gott.«

»Lass uns lieber gehen, Walter! Ich komme mir vor wie in der Kirche!«

»Ach, das ist auch eine gute Idee!«, meinte Susanne. »Gehen Sie doch mal in die Kirche! Der Pastor ist nett, und er hat Verständnis für menschliche Schwächen, weil er selber welche hat. Dort finden Sie ein offenes Ohr und Unterstützung!«

»Im Notfall würde ich das machen. Wie wäre es mit einem Kaffee bei Tschibo, Georg?«

»Ich bin dabei. Auf Wiedersehen.«

»Alles Gute!«

Susanne winkte ihnen nach.

»Brita, willst du mithören, wenn ich mit Kommissar Otterbein telefoniere?«

»Klar.«

»Ich habe seine Durchwahl, hoffentlich ist er erreichbar. ... Hallo, Herr Otterbein, Susanne Schlieker hier von der Beratungsstelle. Ich würde Ihnen gern eine Information geben, die ich gestern bekommen habe.«

»Schießen Sie los!«

»Ich finde es wichtig, dass Dietmar Funke und der Amts-Abteilungsleiter Herr Tollkühn Geschäftspartner waren, und zwar ging es um den Handel mit Antiquitäten aus dem Orient, wahrscheinlich ein Großteil davon Schmuggelware. Offensichtlich hatten sie ziemlich viel Zoff. Wir wissen das von Frau Funke, seiner Witwe. Darf ich fragen, was aus den Sachen aus der Scheune geworden ist?«

»Die liegen in einer Asservatenkammer. Viel ist es nicht.«

»Hat die Polizei auch Geld gefunden?«

»Wenn ich mich richtig erinnere, lagen 2000 DM in einem Umschlag im Heu.«

»Ich könnte mir vorstellen, dass jemand nach dem Tod unseres Kollegen Waren und Geld aus der Scheune gestohlen hat. In dem Fall hätte die Polizei nur noch den schäbigen Rest sicherstellen können.«

»Wir haben keine Einbruchsspuren gefunden«, sagte er.

»Herr Tollkühn war ja Geschäftspartner, er besaß also sicherlich einen Schlüssel für die Scheune. Nach dem Mord könnte er alles genommen haben, was er fand, und ließ höchstens ein paar kleinere Stücke dort, wie die Scherbe, die ich Ihnen gebracht habe«, vermutete Susanne.

»Vielleicht haben wir Glück und finden auf einigen Keramiken Fingerabdrücke von ihm. Damit wäre natürlich nur nachgewiesen, dass er mit den Waren hantiert hat, aber wir sind immer noch weit davon entfernt, den Mord mit ihm in Verbindung zu bringen.«

»Aus zuverlässiger Quelle haben wir haben erfahren, dass Herr Tollkühn im Schrank seiner Amtsstube mehrere Outfits zum Wechseln aufbewahrt, auch zwei Paar Lederhandschuhe«, sagte Brita.

»Ob man die mal mit Luminol untersuchen sollte?«, schlug Susanne vor.

Er lachte. »Miss Marple hoch zwei«, sagte er. »Wir werden Ihren Hinweisen nachgehen.«

»Er hätte nach der Tat leicht über den Flur in seinen Raum laufen können und schnell die Hände waschen und sich umziehen«, sagte Susanne.

»Es wäre praktisch, wenn Sie seine Kleidung für uns haben, die er an dem Tag getragen hat«, sagte er.

»Bedauerlicherweise nicht. Aber ob er die wirklich weggeworfen hat?

Vielleicht kann man sie noch finden? Natürlich werde ich mich nicht selbst auf die Suche machen, weil ich das nicht professionell erledigen könnte und womöglich Spruren vernichten würde.«

Der Kommissar sagte: »Also danke für die Hinweise. Falls Ihnen zufällig ein paar echte Beweise über den Weg laufen, melden sie sich gern wieder.«

Susanne und Brita arbeiteten an ihren Berichten, in der Mittagspause gingen sie in die Stadt.

»Café, Chinese, Döner?«

»Erstmal mit einem Döner im Schlosspark spazieren«, schlug Susanne vor.

»Gut.«

Im Dönerladen trafen sie Herrn Jafari.

»Ich habe etwas, ist wichtig«, sagte er. »Ich kann zeigen.«

»Kommen Sie doch mit uns ein wenig spazieren!«, schlug Susanne vor.

»Okay.«

Das Schloss war schnell umrundet, Susanne sah die Skulptur des Löwen nur von weitem. Sie winkte ihm heimlich zu.

Herr Jafari berichtete im Café, wo sie dann einen ausgezeichneten Cappuccino tranken, dass er bei der Suche nach Musik CDs in der Wohnung seiner Verlobten Jamila auf eine CD ROM gestoßen war.

»Ist von Dietmar Funke«, sagte er. »Ist interessant.«

»Dann sollten Sie die zur Polizei bringen!«, sagte Susanne.

»Ich habe Kopie gemacht«, berichtete er, während er einen DIN A3 Briefumschlag aus der Tasche zog. »Ich professionell, Privatdetektiv.«

»Ist da die Kopie der CD ROM für uns drin? Dankeschön!«

»Bitte. Ich machen neue Kopie zu Hause.«

»Und dann bringen Sie die CD zur Polizei mit herzlichen Grüßen von uns!«

»Polizei wollte mich nicht, bin durch Prüfung gefallen damals. Ich wütend.«

»Trotzdem möchten Sie doch, dass der Mord an Dietmar Funke aufgeklärt wird! Vielleicht haben Sie sogar selbst die Lösung gefunden mit der CD? Das wird sicherlich in der Zeitung stehen, die beste Werbung für Ihre eigene Detektei, wenn Sie sich selbstständig machen!«

»Ich denke.«

»Lass uns zurückgehen ins Büro, Susanne! Die Mittagspause ist vorbei«, sagte Brita.

Sie bezahlten.

»Ich bin gespannt, was auf der CD ist. Am liebsten würde ich rennen.«

»Mach doch, und fahr schon mal den Computer hoch!«

Susanne joggte.

Als sie die CD einlegte, war sie aufgeregt. Doch enttäuscht musste sie feststellen, dass kein verständlicher Text erschien, sondern nur eine Seite voller Zeichen, ein Durcheinander von großen und kleinen Buchstaben, Zahlen und Satzzeichen.

Sie empfing Brita an der Tür.

»Kannst du mal versuchen?«, bat sie.

Doch auch Brita gelang es nicht, Wörter zu entziffern.

»Wie schade!«, rief Susanne. »Ich hatte so auf einen Beweis gehofft, dass unsere Vermutungen richtig sind. Allmählich verstehe ich, warum Herr Jafari so großzügig war, uns die CD zu überlassen: Er konnte den Text nicht entschlüsseln und hoffte, dass wir es schaffen!«

»Ich nehme die CD mal mit nach Hause«, sagte Brita. »Mein Mann und mein Sohn sind sehr gut mit solchen Sachen. Wenn sie das decodieren können, mache ich einen Ausdruck.«

»Gut, Bis morgen wird meine Geduld wohl reichen.

Heute möchte ich sowieso noch etwas Schönes unternehmen: Ich fahre an die Elbe, nach Teufelsbrück. Ein paarmal im Monat muss ich einfach die Elbe sehen.«

»Aber ausgerechnet an der Stelle, wo der Teufel haust? Mit dem suchst du doch sicherlich keinen Kontakt?«

Susanne lachte.

»Keine Gefahr! Eigentlich hat der Name nichts mit dem Teufel zu tun, sondern, in dänischer Zeit gab es zwei Brücken über den Bach Flottbek, der dort in die Elbe mündet. Die Gegend hieß auf plattdeutsch ›de dövelte Brück‹, also die doppelte Brücke. Das hört sich ähnlich an wie ›de Düvel Brück‹, die Teufelbrücke.«

»Ich habe mal eine andere Geschichte gehört, wie der Name entstanden sein soll, aber ich kriege es nicht mehr ganz zusammen. Irgendetwas mit einer Furt an dieser Stelle, wo es bei den Fuhrwerken häufig zu Radbrüchen kam. Die Leute sagten, dort ginge es mit dem Teufel zu.«

»Ja, die Legende besagt, dass ein Zimmermann schließlich den Auftrag bekam, anstelle der Furt eine Brücke zu bauen. Doch es war sehr schwierig. Da ließ er sich mit dem Teufel ein, der von ihm als Gegenleistung für seine Hilfe die erste Seele verlangte, die über die neue Brücke gehen würde. Der Tag der Einweihung kam, der Pastor sprach einen Segen über die Brücke und wollte die Flottbek überqueren. Doch ein Hase kam ihm zuvor, der hoppelte fröhlich hinüber. Pech für den Teufel!«

»Und für den Hasen!«

Als Feierabend war, fuhr Susanne mit der S-Bahn zu den Landungsbrücken und stieg in die Fähre nach Oevelgönne. Sie ging nach oben, wo sie einen Platz direkt an der Reling fand.

Sobald die Barkasse abgelegt hatte, fühlte sich Susanne wohl. Das Wasser und der Fahrtwind beruhigten sie.

Ein Containerschiff kam ihnen entgegen, in der Ferne elbabwärts Susanne sah Susanne einen riesigen Massengutfrachter.

Nach einer Viertelstunde legten sie in Oevelgönne/ Neumühlen an, sie ging von Bord.

Hier befand sich auch der Museumshafen.

Drei Dampfschlepper lagen dort, die früher die leeren und gefüllten Baggerschuten abgeholt hatten, verholt, wie man das nannte. Es gab einen Dampfeisbrecher, einen Schwimmkran, ein Zollboot und einen Hochseekutter, außerdem mehrere Festmacherboote, die zu ihrer Zeit die schweren Trossen der Seeschiffe zu den Duckdalben im Elbstrom brachten. Duckdalben waren in den Hafengrund gerammte Pfähle, die Schiffe machten dort fest, weil es nicht genügend Platz an den Piers gab. Die Liegegebühen waren an den Duckdalben günstiger, aber man musste zum Pier rudern.

Direkt am Anleger begann der Strand, aber Susanne ging auf dem befestigten Weg oberhalb, der zu den Häusern in Oevelgönne führte.

Die ehemaligen Kapitäns- und Lotsenhäuser lagen ein Stück erhöht, es war nur eine Häuserzeile an dem langen schmalen Fußweg. Einige historische Hausfassaden der mehrstöckigen Gebäude waren schön restauriert.

An Wochenenden waren so viele Touristen und Hamburger Spaziergänger dort unterwegs, dass Susanne früher schon unangenehmes Gedrängel erlebt hatte. Aber heute gab es nur wenige Passanten.

Susanne hatte gehört, dass der Ortsname Oevelgönne ›übel gönnend‹ bedeutete, weil die Bewohner am dichtesten an der Elbe wohnten, wo sie den besten Zugriff auf das Strandgut hatten. Es war legal zu behalten, was man fand. Dafür wurden sie beneidet und man missgönnte ihnen den Vorteil.

Susanne aber fand eine andere Bedeutung logischer, weil es den Namen Oevelgönne mehrmals gab im Norddeutschland: Er sollte von ›Oevel gunne‹ stammen, was ›dort drüben‹ bedeutete, nämlich drüben am anderen Ufer.

Susanne kam an der »Strandperle« vorbei, ein Café direkt am Elbstrand. Sie ging die wenigen Stufen hinunter und aß ein Eis, Nuss und Vanille mit Sahne. Die Sonne auf ihrem Gesicht genoss sie sehr.

Dann überlegte Susanne, ob sie die über hundert Stufen der »Himmelsleiter« zur Elbchaussee hinaufgehen sollte, von wo sie mit dem Bus nach Teufelsbrück fahren konnte, von hier aus ungefähr zwei Kilometer entfernt.

Aber erstmal legte sie sich für eine Viertelstunde in den warmen Sand.

Danach fühlte sie sich stark genug, aus dem Elbe-Urstromtal auf der Treppe nach oben zum Geestrand zu steigen, sie zählte 124 Stufen.

Oben angekommen, ging sie an der Elbchaussee entlang zur Bushaltestelle, wo einige Minuten später ein Bus in Richtung Blankenese kam.

Sie stieg in Teufelsbrück aus.

Die Elbe war hier mehr als einen Kilometer breit, am anderen Ufer lag ein Teil des Containerhafens mit den riesigen Ladekränen, die Airbus-Werft in Finkenwerder war ein Stück elbabwärts. Wenn man in diese Richtung weiterfuhr, kam man schließlich zur Elbmündung bei Cuxhaven an der Nordsee, wo die Elbe 18 km breit war. Das war allerdings noch 120 km entfernt.

Auf dem parallel zum Elbstrand führenden Wander-weg sah Susanne schließlich die steinerne Statue des Teufels, der in der Hand einen Hasen an dessen Ohren trug. Sein Blick ruhte auf ihm. Susanne fielen seine Hör-ner auf, die seltsam kurz und stumpf waren.

»De Düvel sinneert över sien Karniken« stand auf einer Tafel. Der Teufel grübelt über sein Karnickel nach.

Susanne fragte sich, welche Grübeleien der Teufel an-gestellt haben könnte: Ob der Hase eine Seele hatte? Falls ja, ob die Hölle der richtige Platz für diese Seele sei? Ob er den Körper begraben sollte?

Susanne konnte sich nicht vorstellen, dass Tiere in der Hölle aufgenommen wurden. Schließlich wurden sie von ihren Trieben gesteuert und hatten nicht die Wahl zwischen Gut und Böse.

Sie stieg in Teufelsbrück in den Bus nach Altona. Eine halbe Stunde dauerte die Fahrt mit S- und U-Bahn, glücklich kam sie zu Hause an. Auf ihrem Anrufbeant-worter waren zwei Nachrichten.

Brita teilte mit, dass ihre Männer den Code nicht kna-cken konnten.

Von Wolfgang hörte sie den Wunsch, ihn am nächsten Tag anzurufen, um ein Treffen zu verabreden.

Susanne las bei Rumi:

»Immer mehr werd' ich begehren,

Als der Freund mir wird gewähren.

Stets, je mehr ich Blumen pflücke,

Seh‹ ich mehr den Lenz gebären.

Wo ich durch den Himmel schweife,

Rollen immer neue Sphären.

Und es kann die ew'ge Schönheit

Nur die ew'ge Sehnsucht nähren.«

Susanne gefiel es, dass Rumi Gott als Freund bezeichnete. Sehnsucht nach dessen ewiger Schönheit zu haben, fand Susanne lohnend.

Sie schlief gut in dieser Nacht.

Am nächsten Morgen war sie immer noch froh gestimmt, als sie die Tür zur Beratungswohnung aufschloss.

»Brita, ich wünsche dir einen wunderschönen guten Morgen!«, rief sie.

Stille.

Sie ging ins Büro und schrie auf.

Brita war an ihren Schreibtischstuhl gefesselt, über ihrem Mund ein breites Klebeband.

Susanne stürzte zu ihr, doch ihre Arme wurden hinter ihren Körper gerissen und gefesselt. Sie fühlte Metall an ihren Handgelenken, dann drückte der Angreifer sie auf einen Stuhl und fesselte ihre Knöchel an die Stuhlbeine. Sie hörte Herrn Tollkühns Stimme.

»So jetzt haben wir alles. Meine Damen, dachtet ihr wirklich, ich habe die ganze Mühe mit den Antiquitätenhandel auf mich genommen und lasse mich dann einfach so von der Polizei verhaften?«

Er kicherte.

»Ich wusste genau, was ihr hier ausgeheckt habt. Ihr wurdet mir allmählich verdächtig, da habe ich hier eine winzige Kamera installiert und war auf dem laufenden. So so, Dietmar Funke hat etwas hinterlassen und ihr habt das gelesen. Sicherlich hat er einen Haufen Lügen aufgeschrieben. Pfui Teufel!«

Sie saßen mit dem Rücken zu ihm, es hörte sich so an, als würde er ausspucken.

»Von Anfang hatte ich den Verdacht, dass er mich um meinen Anteil betrügt. Ich habe mehrfach das ganze Heu durchwühlt, an einigen Stellen war Geld versteckt, woher hatte er das? Um wenigstens ein bisschen zu meinem Recht zu kommen, habe ich das Geld behalten und alle gefundenen Antiquitäten auf eigene Rechnung verkauft.«

Er stampfte mit dem Fuß auf.

»Niemand soll denken, er oder sie kann mich betrügen! Na, ich weiß, wann der Boden zu heiß wird und habe vorgesorgt: Tickets, Pass unter einem anderen Namen, Geld auf Konten im Ausland. Ihr erwartet wohl nicht, dass ich euch sage, wo.«

Er lachte schallend.

»Gestern habe ich überlegt, wie ich euch beide beseitigen könnnte, und war heute ganz früh hier in der Wohnung, um den Gasherd zu manipulieren. Es sollte Gas austreten, wenn ich unterwegs bin in mein neues Leben. Aber leider haben diese modernen Gasherde so viele Sicherheitsvorkehrungen, es ging nicht.« Er seufzte.

Susanne dachte, was für ein Glück für sie und Brita, dass er offensichtlich kein talentierter Tüftler war.

»Na, dann behalten Sie eben einfach ihre dürftigen Leben, und ich lebe meinen Traum in der Karibik oder woanders, wo es warm ist.«

Es klingelte.

Er schien nervös zu werden.

»Keine Bewegung!«, zischte er. »Ich lasse Sie hier bald allein, meine Reise beginnt. An euer Klingelschild mache ich einen Zettel, in Druckschrift. ›Heute keine Beratung‹. Es kommen ja vielleicht Lalos zu Besuch, irgendwann würde es auffallen, wenn Sie den ganzen Tag nicht erreichbar sind.«

Es klingelte erneut.

Susanne hoffte, dass Wolfgang vor der Haustür stand

und ihm die Abwesenheit von den beiden Beraterinnen um diese Uhrzeit seltsam vorkam. Vielleicht würde er sich an die Polizei wenden.

Aber es klingelte nicht noch einmal.

Nachdem Tollkühn sich schließlich mit einem höhnischen Lachen und den Worten: »Ich wünsche euch noch einen schönen Tag!«, verabschiedet hatte, ruckelte Susanne an ihren Handschellen und schaute zu Brita hinüber. Die war leichenblass.

Susanne befürchtete, dass sie den gesamten Tag und vielleicht sogar die kommende Nacht hier gefesselt verbringen mussten.

Abends würden sich Britas Mann und Sohn Sorgen machen, wenn sie nicht nach Hause kam. Was würden die tun? In die Beratungswohnung fahren? Aber wenn sie herkamen, würden sie nur dunkle Fenster sehen.

Susanne beschloss, das elektrische Licht anzuschalten, solange sie noch frische Kräfte hatte.

Falls dann Britas Mann spätabends kam und sie nicht vorfand, schöpfte er bestimmt Verdacht. Er würde vermuten, dass etwas Schlimmes geschehen war und die Polizei rufen, das wäre ihre Rettung.

Es gelang ihr, langsam ihren Stuhl zum Lichtschalter zu ruckeln, das war sehr anstrengend. Mit ihrer Stirn konnte sie den Kippschalter umlegen, die Glühbirne ging an.

Inzwischen hatte Brita ihren Schreibtischstuhl zum Fenster bewegt, der hatte Rollen.

Susanne verstand ihre Hoffnung, dass eventuelle Besucher nach vergeblichem Klingeln zum Fenster hinaufschauten und ihren Knebel wahrnahmen.

Doch die Zeit verging, ohne dass ein Ratsuchender klingelte.

Susannes fürchtete sich. Sie betete mehrere Ritualgebete in ihrem Kopf. Dann fiel ihr ein Foto aus ihrem
Album ein: sie als kleines Mädchen, ungefähr sechs
Jahre alt im Gemüsegarten ihrer Eltern. Ihr Cousin, ein
paar Jahre älter als sie, hielt ihre Arme hinter dem Rücken fest, ihr Gesichtsausdruck war verzerrt. Obwohl
Susanne sich nicht daran erinnerte, konnte sie sich jetzt
vorstellen, wie hilflos sie sich gefühlt haben musste,
auch wütend und angstvoll. Unter das Foto hatte sie
später irgendwann geschrieben ›Lass mich los, Heini!‹

Sie blickte zu Brita hinüber. Die hatte mit geschlos-
senen Augen den Kopf gesenkt. Susanne ruckelte ihren
Stuhl näher heran.

Ihr Magen knurrte.

Brita schaute sie an.

Sie versuchte zu lächeln, aber es gelang nicht unter
dem Klebeband.

Inständig hoffte sie, dass Brita keinen Zuckerschock
erleiden würde, es könnte ihr Todesurteil sein.

Zu ihrer Erleichterung sah Susanne nach einer Weile,
dass Britas Haut wieder Farbe bekam.

Unten auf dem Fußweg sahen sie Herrn Jafari vor-
beigehen. Der war in ein Gespräch vertieft mit Leyla.
Wahrscheinlich hatte er sie von der Schule abgeholt,
vermutete Susanne. Sie unterstellte ihm inzwischen,
er hatte gewusst, dass der Text auf der CD unleserlich
war. Darum war er so großzügig gewesen, sie ihnen zur
Verfügung zu stellen.

Susanne musste pinkeln und hoffte, dass sie gerettet
wurde, bevor es zu spät war.

Es klingelte.

Sie sahen Michael Schmidt vor den Haus stehen.

Er klingelte erneut. Und nun sah er tatsächlich am

Haus hoch. Nach einer kurzen Pause winkte er ihnen zu. Sie nickten.

Da nahm er sein Handy heraus und gab eine Nummer ein.

Innerhalb weniger Minuten kam ein Polizeiauto mit Blaulicht angefahren.

Inzwischen hatte Michael Schmidt eine zweite Nummer angerufen, offensichtlich die Sammelnummer der Agentur für Arbeit, jedenfalls sahen sie den Hausmeister auftauchen. Der schloss die Haustür auf.

Tatsächlich hörten sie kurz danach einen Schlüssel im Schloss der Wohnung.

Während ihr das Klebeband und die Fesseln abgenommen wurden, berichtete Susanne aufgeregt, was geschehen war.

»Herr Tollkühn hat eine neue Identität angenommen, er will sich in der Südsee niederlassen! Praktisch hat er zugegeben, Dietmar Funke getötet zu haben und in den Aniquitätenschmuggel verwickelt zu sein! Bestimmt ist er schon im Flugzeug. Ihr Kollege Oberkommissar Otterbein ist mit dem Fall betraut.«

Sie stürzte zur Toilette.

Brita vermutete: »Wahrscheinlich hat Tollkühns Kamera alles aufgenommen, was in den letzten Stunden hier geschehen ist!«

»Wir kümmern uns darum«, sagte der Polizist. »Sie sollten am besten jetzt auf der Polizeiwache eine Aussage machen. Wir werden parallel dazu die Kamera suchen und eine Fahndung nach Herr Tollkühn veranlassen. Ganz schnell müssen wir uns ein Foto von ihm beschaffen, seinen falschen Namen kennen wir ja nicht.«

»Sicherlich gibt es drüben in seiner Personalakte

eins«, meinte Susanne. »Ich muss als erstes meinen Blutzucker messen. Und dann sollten wir etwas essen. Eine Tasse Kaffee und ein Stück Käsekuchen wären gut, oder?«

»Besorgen Sie sich das zum Mitnehmen und beeilen Sie sich, zur Wache zu kommen. Es gibt keine Zeit zu verlieren!«, sagte der Polizist.

Susanne sah sich um. »Wo ist denn eigentlich Michael Schmidt, ohne den wir hier immer noch gefesselt sitzen würden?«

»Er wollte wohl nicht häufiger als unbedingt nötig mit Polizisten im selben Raum sein«, vermutete Brita. »Na ja, ich will jetzt jedenfalls erstmal zu Hause anrufen.«

Das Telefon klingelte, sie nahm den Hörer ab.

»Mama, wir haben den Code von der CD geknackt«, hörten sie die Stimme eines Jungen. »Es sind Rezepte aus der spanischen Küche, Paella, Tortilla, Gazpacho, Fabada, Pulpo, Kroketten, Migas. Papa war ganz begeistert, er wollte sofort anfangen zu kochen.«

»Das soll er ruhig tun! Ihr beide wart tüchtig! Zwar nicht ganz das, was wir von der CD erwartet und gehofft hatten, aber inzwischen gibt es andere Beweise, die den Täter überführen. Es war ein aufregender Tag bei der Arbeit heute, ich erzähle euch ausführlich davon, wenn ich wieder zu Hause bin.«

»Gut, tschüs, Mama.«

»Tschüs, mein lieber Sohn.«

»Ich habe mich noch nie so sehr auf zu Hause gefreut wie heute!« Brita strahlte.

Susanne kam es in den nächsten Stunden so vor, als sei sie in Trance.

Wie sehr hatte sie sich immer gewünscht, sich beim Beten so zu fühlen wie jetzt: in einer Art Abgeklärtheit, die keine klaren Gedanken zuließen! Ihr Gehirn funktionierte zwar, aber die Gedanken kamen nicht richtig an, sie war unempfänglich, teilnahmslos, fast gleichgültig.

Brita war viel klarer, sie übernahm das Reden.

Als sie endlich die Wache verlassen konnten, atmete Susanne tief durch.

»Ich begebe mich jetzt in therapeutische Behandlung«, teilte sie Brita mit, »d.h. ich gehe zu Wolfgang.«

»Gut, dann treffen wir uns morgen in der Beratungsstelle!«

»In alter Müdigkeit!«, sagten beide.

Mien Jehann – Mein Johann

Ich wollte, wir wären noch klein, Johann,
Da war die Welt so groß!
Wir saßen auf dem Stein, Johann,
Weißt du noch, beim Brunnen des Nachbarn?
Am Himmel segelte der stille Mond,
Wir sahen, wie er wanderte,
Und sprachen davon, wie hoch der Himmel
Und wie tief wohl der Brunnen war.
Weißt du noch, wie still es damals war, Johann?
Es rührte sich kein Blatt am Baum,
So ist das nun nicht mehr, Johann,
Höchstens noch im Traum!
Ach nein, wenn dort der Schäfer sang
Allein im weiten Feld,
Nicht wahr, Johann, das war ein Ton,
Der einzigartig war auf der Welt.
Manchmal in der Dämmerung
Wird mir so zumute,
Dass es mir heiß den Rücken runterrinnt
Wie damals bei dem Brunnen.
Dann drehe ich mich hastig um
Als wäre ich nicht allein.
Doch alles was ich finde, Johann,
Ist, dass ich dastehe und weine.

An de Eck steiht 'n Jung mit'n Tüdelband – An der Ecke steht ein Junge mit einem Trudelreifen

An der Ecke steht ein Junge mit einem Trudelreifen,
In der anderen Hand ein Butterbrot mit Käse.
Wenn er nur nicht mit den Beinen durcheinander kommt!
Und da liegt er auch schon auf der Nase,
Und er stößt mit dem Kopf an den Kantstein,
Und er beißt sich heftig auf die Zunge.
Als er aufsteht, sagt er: Hat nicht weh getan,
Das ist ein Klacks für einen Hamburger Jungen.
Klauen, klauen,
Äpfel wollen wir klauen,
Ruck, zuck über den Zaun,
Ein jeder aber kann das nicht
Denn er muss aus Hamburg sein.

Danke

Ich verdanke einigen Menschen viel, die sich während der Entstehung des Manuskripts mit ihm beschäftigt haben:

Berit Peetz, die trotz eigener schwerer Schicksalsschläge weiterhin mit Vorschlägen geholfen hat;
Uta Stechmann, die für die Handung überaus förderliche Ideen einbrachte;
Gisela Glave-Lohfert, deren Kenntnisse und Einfälle äußerst wertvoll waren;
Petra Hartung, die sich ausführlich mit der ursprünglichen Version beschäftigte;
Jasmin Lübben-Hartung, die als eine der ersten Leserinnen kostbare Hinweise gab.